一人と千三百人
二人の中尉
平沢計七先駆作品集

hirasawa keishichi
平沢計七

講談社文芸文庫

目次

一人と千三百人／二人の中尉

平沢計七先駆作品集

一労働者

中野は書きかけた手紙を突然投捨てゝ、弱々しい吐息をしてごろりと横になると眼を閉じて顔をしかめた。木賃宿の四畳の間に廊下からさしこむ電燈の薄暗い光に照されて中野は死んだ者のように長い間じっとしていた。どこかの部屋でひそ〳〵話しているようの老人の声が折々聞えた。

中野の後の布団が突然もっくりもちあがった。布団の中から二つの眼がぎろりと光った。暫時《しばらく》経つと、

「おい君、君、君」と布団が云った。

中野は吃驚《びっくり》した、自分の外にこの部屋に人がいようとは思わなかったのだ。

「ねえそんなにしていると風邪をひきますよ。床に入ったらいゝだろう、ねえそうし給《たま》え」

「有難うございます」

「こんな所には始めてだと見えますね、東京へはいつ来ました」

「五日程前」

「ふむ、そして何しています」

「何して？」

「仕事は？」

「まだ何にもありません、何にも」と云って中野は思わず涙ぐんだ。

「ふむ、そしてお国は」

「信州です」

「東京に知っている人は無いんですか」

「ありません」

「ふん」とその男は黙って中野を見ていたが、

「じゃあ何だね苦学か何かするつもりで東京へ来たけれども、仕事はない、金はだん〳〵無くなると云うわけなんだね」

「はあ」と中野はうつむきながら頷いた。

「僕もね矢張君と同じようだった」と云ってその男は薄笑った。

「東京へ出さえすれば偉い人間になれると思ってね、ところがごらんの通り、今でも矢張木賃宿の浮浪人でいやがる」

中野はちらッとその男を見た。男の顔はただ暗かったけれども、ちっとも敵意をもっていないと云う事が直覚された。

「まあ安心し給え、人間は死なずに、悪い事さえしないで居れば運命がどこかで待っているもんだからね、仕事は僕が見付てやる」

「え！」と中野は思わず眼をみはった。

「心配しないがい丶」

そう云うてその男は立上って窓から外を見た。

「そうら見給え、これが人生だ、僕もね君のような淋しい心でこの市街を見た事がある。彼方《あそこ》に明い灯のたくさん輝いている宅《うち》が見えるだろう、彼方にも人間が住んでいるのだ。そこに暗い小さな長屋が見えるだろう。ここにも人間が住んでいるのである。しかし見給え、月はどこをも同じいように照している。ほらあそこが浅草だ」

浅草の空は明るかった。遠く青い火を飛しながら電車は走っている。中野はいつの間にか窓ぎわに立って、その肩にがっしりした大きな男の手が乗っていた。両人は兄弟のように親しくなった。がっしりした手の持主は云った。

「ここが人生だ、人間は強くなくてはならん」

中野の前には謎のような都会が横たわっていた。都会は大怪物《ばけもの》のように唸っていた。

石炭焚《たき》

（俺は労働時間制定論者だ。俺の歩いて来た労働社会が俺をそうさしたのだ。俺は事実の記録者だ。俺の書く人間はみんな今眼の前に活きている人間だ。俺は今たった一人の人間の運命を書く、しかしその背後に大きな人生のあるを知って貰《もら》いたい。紫魂）（一九一六、九、八）

一

「まあ一生懸命働いて下さい、後々は相当の事はしますからね」と云った大旦那の言葉を吉岡はいつ迄《まで》も忘れずにいる。大旦那に身体をすっかり任せて置けば自分達一家の一生は全く安心のものであると固く信じて、そのつもりで工場で働けるだけ働いた。

大旦那と云うは梅毒病者であるが頗《すこぶ》る機略に富んだ胆っ玉の大きい、身体も顔も太っていつでもにこ〳〵笑っている人である。その工場は瞬く間に盛大になって、一年毎位に工場の建増をやり、二月目位毎に新しい器械を据えつけた。従って初めは毎日のように工場へ顔を見せた大旦那は半月に一度位しか顔を出さないようになり、三月に一度位しか顔を現わさないようになった。工務所へはいろ〳〵の、吉岡を苦しめるような人間が入り込んだ。

　職工長になった人間は旅から旅へと渡り歩いた、身体は小さいが勝ち気な頗る切れる人間である。吉岡はその男も好きでなかった。

　職工等の収入は工場が盛大になるに反比例してだん〳〵少くなった。工務所でプレミヤだとかタイムスターだとかテーラー式管理法だとか新しい規則をこしらえる度毎に、職工等のとり高は少くなるに極《きま》っていた。古い職工は不平を云っては次第と方々へ飛び出した。ぎり〳〵歯を噛みしめて職工長と大喧嘩をした人間もある。その人間は敵打《かたきうち》のつもりで仲間を四五人工場から引っ張り出して満洲へ高飛びした。しかし工務所の役員はたったその時にやりと笑った切りである。新しい器械を使用するには、古い手工業時代の賃銭の高い職工を工場では必要としないのだ。

　吉岡のとり高も少くなった、が、又仕事も無くなって来た。しかし吉岡は自分が次第と苦しくなってゆくのは事務員だの職工長なぞが悪い事をするのであって、大旦那にこの事を申上げたならば、直ぐと暮しよくなるようにして呉れるに違いないと信じて疑わない。しかしたまに大旦那が工場を見廻りに来た時その事をお願いしようと思っても、以前のように親しい口をきかれないで、たゞ笑を含んでおじぎをするのみである。大旦那は矢張りにこ〳〵笑っていた。

「おい吉岡、石炭焚《せきたんたき》にならないか、そうすると早出で残業だから金が余計とれるぜ」と或る時職工長が吉岡に相談するように命令した。吉岡は喜んで直ちにそれに応じた。

二

石炭焚と云うのはこの工場に三ツある鉄を赤める為めの大暖炉に石炭をくべて歩く役目である。真赤な口をかっと開けて噛みつくようにぶる〳〵怒っているなかに石炭を投げ込むと、黒煙が反抗の渦を巻いて熱気と共に人間に飛びつくので一くべ毎に人間は逃げ出さねばならないのだ。朝四時から夜は八時迄が石炭焚の就業時間である。仕事の忙しい時には三時間位しか眠れぬ事が絶えずあった。それから石炭焚の大切な事は一日《ついたち》十五日の工場の休日の外は、一日でも欠勤してならない事である。この永い労働を務める人間は世界中に吉岡ばかりだろうと、学校を出たばかりの若い工場長が或る時笑いながら云うた。その笑いを読みながら大旦那は顔中皺を寄せて複雑な笑い様をした。

吉岡は石炭焚になってもその前と同じく一時間と雖《いえど》も工場を休んだ事がない、人間が働いていると云うよりも器械が働いていると云った方が適当である。自宅から工場迄三丁程の道を暗い朝通って又暗い夜帰って行く。一日十五日の休日で焚口の掃除をせんでもよい日は、何をする気にもなれず、ごろ〳〵と寝て暮すが常である。

過労の結果の疲労が彼の肉体に表われて来た。だん〳〵尖《とが》って来た彼の心が窪んだ眼やら高くなった頬骨やらに表われて来た。朝の九時頃にはや、仕事が閑になるのでその時分睡魔は一番激しく彼を襲うた。不具になった工具だの無駄になった製作品だのが赤黒く錆びて黙んまり込んで押しつめられてある荒っぽい鉄の空気の漲《みなぎ》っている物置小屋の小陰の、赤っちゃけた煉瓦の壁にぐったりと身を凭《もた》らせてうつらうつらとしている彼を、彼を馬鹿にしきっている仲間が見付け出していつものようにちょっとした悪戯をしようものなら、彼は猛獣のように暴れ出すようになった。その時の彼の眼、それは実に恐ろしいものである。何でも無鉄砲にやっつけると云う凄さが光っていた。特に若い折に怪我《けが》をした左の頬の疵痕《きずあと》が恐ろしくこの世の中を呪《のろ》っているようで、仲間はそんな折には慌て、逃げ出さずにはいられなかった。

彼のとり高は月に三十五六円で時によると職工長の月給よりも多い事がある。その金は実に彼の肉を削った労銀である。しかしその肉を削って得た労銀がどんな工合に消費されて行くかを彼はわからなかった、彼の一家はいつまでも貧乏である。彼はそれをふいと不思議に思う事がある。不思議に思った日の晩は屹度《きっと》彼はその内儀《おかみ》さんと喧嘩をした。「子供が大勢だから普通《あたりまえ》さね」と云うのが内儀さんの常に答える言葉である。彼がどんなに怒ろうが内儀さんはてんで対手《あいて》にしなかった。彼は赫《か》っとすると何でもかまわず狂人になって手当り次第の品物を無茶苦茶に投げつけるがくせである。いつもの病気がと云った風に内儀さんは彼のするまゝに放って置くのが常である。そんな時に一番娘のお由が、「お止しよ父ちゃん、だらしがないわよ」とませた口調で云うてその小さい手が彼の身体にまつわると、彼が荒れ狂う心も不思議と鎮まるのである。

お由は彼の為めには世界中のたった一人の味方である。どっちかと云えば、矢張工場通いの労働者を父にもった、世間の娘と同じく、母について父をいじめる一人であるが、そのいじめられると云う事も彼にとっては嬉しかった。

或る時、彼は町を歩いていながらふと綺麗な人形を店先に見出して、ふいとそれを十三になるお由に買ってやりたくなり、高い価を払って帰ってから内儀さんに毒づかれ、お由には笑われたけれども、彼は矢張嬉しかった。

三

「糞亜魔、様子が変だと思ったら」と、吉岡は或る時仲間にけしかけられて、始めて女房の貞操を疑って、夫婦で大喧嘩をやった頃からである。お由は呼吸器病にかゝって起き上がられなくなった。世界中のたった一人の味方が病気にかゝったのである。吉岡はどうしたらいゝかわからなかった、永い間の習慣《ならわし》は彼をして一時間も工場を休ませなかったが、工場にいても気は気でなく、心は絶えずうん〳〵と唸っているお由の傍に飛んでいた。

「早く引越なきゃあならない、便所が鬼門に当っている宅《うち》ってあるもんか」と彼はその借りている家を呪った。

「なあおい、思い切って引越そうよ」と病人の枕辺で相談すると、彼を馬鹿にしきっている内儀さんもこの事ばかりは優しく、「そうねえ」とうなずいた。が、思い切って引越す事が貧乏人の彼等には出来なかった。

　そのうちにとう〳〵忘れられない悲しい日が来た。車を挽いて苦学したと云う慈恵医学士の哲学者染みた若い医者は、どうしても駄目であると見切をつけて、蒼白い病人の顔を見ながら、沈んだ声で
「この附近の家は全く悪い、一歩表へ出てごらんなさい、誰だって咳をせずにはいられますまい、どこの工場から発散する瓦斯《ガス》かは知らないが、非常に悪い瓦斯が絶えず漂っている。この重大な社会問題を問題としている人間は一人もない。自分達の生命の問題だ、しかしそれを誰も問題にしない、国家も知らずにいるのか、知っていても下級民の事だから問題にしないのか真に恐るべき事である。ごらんなさい」と医者は繰り返して、

「この辺ではこの頃よく人が死ぬじゃありませんか、それも呼吸器病が多い」

　そこへ集まっている人達は医者が何と云うのかよくわからなかったけれども、悲調を帯びている医者の熱情と、人が多く死ぬと云う事がはっきりと胸にこたえた。

「方位が悪い」

　こう思った人間もあったが、無智を晒すように思われて口に出して云うものはない。吉岡だけは、

「便所が鬼門に当っているんだものねえ、こんな宅叩き壊すがようございますよ」と憎々しく叫んだ。医者はちょっと吉岡の顔を見たが、その言葉には答えずに静かに別の事を云った。

「何しろこの町は人気《にんき》の悪いわからずやの多くいる町ですよ。花柳病患者が驚く程多数である。この間もある赤ん坊の死んだのを検診しましたが、そこの宅は赤ん坊が生れては死に生れては死に、一人として生長するものがないと云うからおかしいと思って両親を診察して見ると両人ともに立派な梅毒患者であるのです。丈夫な子供が欲しかったら親等の病気を先に治癒《なお》してから子供をこしらわねば駄目だと云ってもその言葉がわからないのだね、そのくせ子供の死体を抱きあげては両人とも大声あげて泣きましたがね。こんな社会も国家は放任して置く、何事もないように月日は経って行く」

　聞いている人間にわかろうがわかるまいが医者はそんな事に頓着なく、思った事を口に

出し終るとさっさと帰って行った。病人の死期はだん〳〵迫って来た。

四

お由がとう〳〵息を引きとると、よもやに思った望みも果てゝ、母親は母親らしい慈愛を見せて泣き叫んだ。それよりも更に涙を流したは父親の吉岡である。罪のない死者の弟や妹の頭を荒々しく擲《なぐ》りつけた。此奴等《こいつら》がいたからだと吉岡には何となく思われたのだ。「あんなに食いたいってものを、食わせなかったのが心残りだ」と云っては母親は更に泣いた。仏の前には食いたくっても食わせられなかった、バナヽが供えられた。梨桃、それから父母も食って見た事のないパイナップルも仏が果物を好きだったからとて供えられた。近所の人で駄菓子を供えた人もある。小さい子供等はそれが欲しいと云って、吉岡に又叱られてめそ〳〵泣き出した。遠い親類の人達も次第と集まって来た。その人達もこの附近に来ると定《きま》って咳をせずにはいられなかった。しかし深く気に止めてそれが自分等の生活にどれだけの関係があるかを考えて見た人は一人もない。小さい葬式の出た時には空に黒煙が漲《みなぎ》っていた。

五

吉岡はすっかりがっかりして生れて初めて一週間ばかり勝手休みをした。しかるに不思議の現象《ありさま》が彼の身体に表われた、彼は見る間に肥えたのである。顔色もつや〳〵と血色がよくなって来たのである。心も嵐の吹いた後の野原のように静かに、ゆったりとなって来た。

しかし彼は働かねば食えない人間である。忽《たちま》ち又労働時間の長い生活に引き戻されてしまった。総て彼の周囲は世界中でたった一人の味方を失わなかった前と同じく彼に迫っている。彼の身体は元のように衰えて来た、眼が窪んで頬骨が高くなって心が尖って来た。彼は又器械になった。一日々々肉を削られて行く器械に！

働き労《つか》れて暗い悪い瓦斯の漂っている道をとぼ〳〵として宅へ帰ってもそこにはもう可愛いお由はいなかった。彼を馬鹿にしきっている女が、だらしの無い風をして寝そべっていた。

死

一

薄暗い工場の内裡《なか》で黒煙を吸いながらぶつ〳〵不平を云っている男やら、白く冷めたそうに光る器械の前へ突立って食う心配に追われている男やら、工場中をまご〳〵と追い使われて、怒鳴られ続けてびく〳〵と活きている人間やらが八十幾名と集って、箱根山は小涌谷の桜の花の真盛りの頃、国府津から小田原へ行く電車に乗っていた。

彼等は大威張りで、王者のようにくったくのない声で、うろ覚えの「箱根遠足の歌」をがなり合っている。

電車の沿道には、すゝけた小さい人家が青い色の見える畠をはさんで壊れそうに並んで居て、その人家からはだらしのない風俗《ふう》をした乳呑児を抱えた女だの、よぼ〱の老人だの、血色の悪い青い顔をした人間だのが、吃驚《びっくり》したようの表情をして、この「歌をがなり合う二台の電車」を送迎していた。

雨が薄黒く降っていて、この人家と人間とを更に景気悪く「歌をがなり合う人間ども」に思わせた。

電車の外の半農半漁階級の暗いこうした気分が、電車の内裡の東京から来た職工労働者階級をして驕慢ならしめた。

職工労働者は手出しの出来ない弱者の前で大威張りに威張って日頃苦しめられ通しの帳消しをしようと思っている。実際彼等はこんな時でもなくば自分を解放する時がないのだ。

先に走る電車の真中に、赤い大きい花を胸につけた上等飛切の服を着て突立った、滋養分をしこたま食っているおかげに綺麗に肥っている顔の大きい、口から音頭をとっている人間は、この箱根遠足隊の総指揮官である。

彼の平常の役目は常に工務所の一等の机に陣どっていて、ちょっとペンを走らせておいぼれ職工の首をちょん切ったり製品検査の役人が来た時には白粉臭い座敷に案内して、御馳走の御対手《あいて》をしてお世辞を使う事なぞである。

ところで、今この男は戦敗国を踏みにじる軍隊を引率した将軍か若《も》くば大同盟罷工に成功した労働者の首領のような気持で、盛《さかん》に職工労働者の驕慢の心を煽動し、自分は更に高慢な心に満たされている。

職工労働者は人間の持っている尊い自由の心をこの偽《にせ》首領の智恵に操つられ、統一されて頻《しき》りに愉快に歌っている。

電車は走る。村人の淋しい、恥しめられたように思っている環視のなかに、二台の横暴な歌を乗せた電車は走る。

二

ゴトン、ゴトゴトゴトン、ゴトン、電車は急に小舟のように動揺して、ぴたりと止まってしまった。

何事ぞ?

窓から折重なって首を出して見ると、一丁程後の線路の傍に一人の人間が中腰になっておどけた芸当をしている。と、唄って居る気分からまだ覚めきらない職工等には思われた。

真黒い人間がぶる〳〵慄えて芸当をしている、何だか知れない見物が飛んで来る。

しかし、それは一人の人間が電車に轢れたのである。

人間が電車に轢れた。この電車が人を轢いた。と、職工等がだん〳〵意識して来ると、彼等はがや〳〵としゃべくり出した。

「どうしたんだい。」

「間抜けめ。」

「可哀そうな事をしたなあ。」

「傘を持っていたから悪かったんでさ、ひょっと飛乗ろうとして、この手がそれるとくる、ととんぼして、あっと云ったが間に合いはしない。」と一人が説明した。

「吃驚したよ全く俺あここに突立っていると、俺あ全く。」と運転手台に出ていたらしい男はわからない事を云い出した。

「田舎者だからよ。」と一人が怒鳴った。

「べらぼうめ、二台連結した間へ飛び乗ろうなんて馬鹿野郎だ。」

「可哀そうな事をしたなあ。」

「人があんなに集った。助からねえかなあ。」

「おい、ここん所に肉があるぜ。」

見ると車輪に親指位の白い肉がぴたりと附着している。よく見ると、たら〳〵と血が線路の石に黒くにじんでいる。

小止みになった雨は、いつの間にやらはれていた、人達はみんな電車から外へ出て罵ったり、囁いたり、そうかと思うと黙って不安げに「轢れた人間」を囲んだ人集《ひとだか》りを眺めている男もあった。

見に云った人間がぽつ〳〵と帰って来た。

「どうだね、助かりそうか。」

「駄目だ駄目だ。」

「そんなに大怪我かえ。」

「見られたもんじゃあらあしねえや、まるで叩かれた牛の肉だね。」

「誰か可哀そうに宅《うち》へでも入れてやればい丶になあ。」

「ここらの人間は薄情だよ。」

雨が又ぽつり〳〵と降り出した。

三

轢れた人間は、小田原の電車会社の給仕で十九の若者である。一生のうちに東京へ出るのが年来の宿志であって、その為めに勉強し、その為めに家庭が絶えず不和である。

「今朝も養母と口喧嘩して、いっそ死んで見せると云いましたがね、矢張もうこうなるしらせがあったんでしょう。」と、変を聞いて駆けつけた彼の仲間が四角ばった東京弁で東京から来た人達に物語った。

半死の彼は仲間の手で軒下の物蔭に運ばれた。顔色がすっかり変って、身体中でびくびくと息をしている。血が泥に混って毒々しく流れている。

そこらの光景をよく見て、電車に帰った一人の職工はこう云うた。

「馬鹿野郎、とう〳〵ごねってしまいやがらあ。」

「止せ、同情の無い奴だなあ。」と一人の男が白眼で睨《にら》んだ。睨まれた男はフヽンと鼻の先で笑って、黙って横を向いて、そうしてこう腹の中で思った。

「べらぼうめ、こちとらは怪我なんて慣れ切っていらあな。」

四

「もう一時間半になる、こんなに待たせられちゃ、こっちがやりきれない。」と箱根遠足指揮官が云い出した。

「全くです、私等は死体を見に来たんじゃありません。」と相鎚を打ったは、先刻可哀そうですねと哀れな声を出した人間である。

その頃になって、初めて小田原から医者が車で飛んで来た。巡査が駆つけた。巡査は電車の傍へ来て二三人から事件を聞きとって行った。

暫時《しばらく》して一行は小田原から来た電車に乗り替えて小田原に向いて出発した。

「可哀そうでしたね、せめて香奠《こうでん》だけでも、集めてやりましょうよ。」としみ〴〵と云った人がある。

「よかろう。江戸ッ子の為すべき事だい。」と或る人間はふざけた調子で云うて、みんなを哄乎《どっ》と笑わせた。

「俺等の知った事じゃあらあしねえや。」とそっぽを向いた人間もある。

それがすむと、指揮官の音頭で又一行は歌い出した。後の電車には話上手な職工が乗っていて、その男を中心に死んだ人間の噂に花を咲かせた。

五

小田原の停留所の傍の電車会社の前に会社の制服を着た人達が四五人不安な顔をして電車の来るのを待っていた。そこに景気のい、歌を乗せた電車が走って来た。

その電車を見ると社員は給仕が轢かれたと云うのは嘘でないかしらと何とはなしに思われた。社員の立っている直ぐ傍の箱の中にこしらえた花園《かえん》があって、とり〴〵の美しい色を見せていた。これを見付けた電車の中の一人の男は、旅心を現わしたとでも云うような素敵もない突放した声で、

「やあ、花が咲いていやがらあ。」

電車は又走り出した。

六

轢かれた給仕はとう〳〵死んでしまった。死骸は運び去られて、轢かれた軌道は綺麗に洗われた。土地の人達は轢かれた男の噂で日を暮した。東京から来た人間どもが悪い。彼奴等《あいつら》が来なかったら何であの男は死ぬようの事があるものかと口々に悪口を云った。

夕暮時、箱根から帰る一行を乗せた二台の電車は小田原の方から走って来た。

「さあ今朝の所を通るぜ、可哀そうだからお念仏でも云ってやろうではないか。」と指揮官が云うと、

「やりましょう。」と声を揃《そろ》えて念仏を初めたが、

「念仏じゃ景気が悪い、御題目にしようでないか。」と云う事になって、一行はだん〳〵高調子に御題目を唄っている。

「南無妙法蓮げきょう、南無妙法蓮げきょう、なむみょうほうれんげ、ゝゝゝゝ。」

土地の人達はすゝけた宅の中から黙って電車を迎送している。黙って。

七

電車の中の職工等は自分達の生活に就いて平常考えていないように、この時も矢張考えていない。自分等の平常がこの土地の人達のような境遇に置かれてあるなぞとは、無論考えていない。たゞ指揮官の智慧に操つられて、いゝ気持で御題目を唄っている。

「なむみょうほうれんげきょう、なむみょうほうれんげきょう、なむみょゝゝ。」

電車道の附近に二人の子供がいた。大人は黙りこんでいるのに、彼等は走りながら電車に向って鋭い叫びをあびせ出した。

ばかッ、ばかッ、ばかッ。

国家の為め

上

「いよ〳〵戦争がおっ初まりますよ叔父さん、今日ね区役所から、兵役に関係のある人は、寄留届を早くしろって云って来ました。何でも点呼があるらしいんでさあ。」と、豊三は勇んだ声で云った。聞いている叔父の佐兵衛は静かに、

「そうだったってね。戦争もひょっとすると初まるかも知れぬ。何しろ英国やフランスが日本に出兵しろ出兵しろと騒いでいるから。」

「しめた、予備の四年ときちゃ、俺なぞは真先に引張り出される。ところでカイゼルの首を引抜いて目出度く凱旋する。ところで国家の為めってわけだ。」

叔父さんは思わず笑い出して、

「えらい意気込だな、しかしね、カイゼルの首を引抜くたって、畑から大根を引抜くようなわけにもゆくまいよ、何しろドイツと来たら敵ながら天晴《あっぱれ》な奴だからなあ。ロシヤをやッつけた手際などは鮮やかなものだ。」

「へえ」と、豊三は眼をぱちくりして、

「そんなに強いのかな、ドイツの奴等は。」

「ドイツもコイツも強いよ、世界を敵としてびくともしない度胆《どきょう》があって、命がけの独探は方々の敵国へ乗込んでいて、離れ術《わざ》を行うしさ、兵隊は強くて敵兵を国内へは僅かしか入れないしさ、職人の腕は見上げたもので、すばらしい器機をこしらえる。」

「いけねえいけねえ叔父さん、ドイツの贔屓《ひいき》ばかりしていて、人が独探だって間違うよ。」

「ドイツの贔屓をするわけじゃ無いが、真実《ほんと》の事だから仕方が無い。」

「国家の為めにならねえ。」と、豊三は真面目な顔で、強い声で云った。叔父さんは又しても吹出すように笑って、

「国家の為めにならないは、すばらしい愛国者だね。」

「そうですともさ、俺あ無学で何にも出来ない男だが、国を思う事と、正直な事にかけては憚《はばか》りながら、人に負けないんでさ。」と、豊三は益々真面目である。傍で聞いている豊三の内儀《おかみ》さんのお兼ははら〱して、

「何んて言葉でしょうあなた、叔父さんに向かってさ。」

「叔父さんだって何だって、真実の事は真実の事だい。」

叔父さんは相変らずニコニコもので、

「その通りさね、真実の事は真実の事で云わなくっちゃ、もの、道理がわからない。」

「そら見ろ、」と、豊三は女房を叱って、

「叔父さんだって、あ、云うじゃ無いか。」

「ところでね、わしも真実の事を云うが、ドイツの職人が日本の職人より腕がい、って云う証拠は、早い話があの飛行船さ、」と叔父さん。

「飛行船がどうかしましたかい。」

「ドイツの飛行船や飛行機がね、時々イギリスの都のロンドンやらフランスのパリーやらを襲ってね爆烈弾を投げるので、随分怪我人や死人も出来、建物も土地もメチャメチャにされてさ、その為めにロンドンもパリーも夜になると、飛行船から見えないように、燈火《あかり》をすっかり消して、まるで闇の都だと云う話がとっくの昔新聞に出ていた。」

「それがどうしました。」

「その飛行船が、今度はこの東京の頭の上へ飛んで来るかも知れないんだよ。」と、叔父さんは恐しそうに云う。

「へえ、それは真実かね。」

「真実だともさ、ロシヤがすっかりドイツに降参したから、ドイツの軍隊や飛行船が、シベリア鉄道に乗せられて、直ぐ傍《そば》のウラジオストックにやって来る。飛行機がそこで組立てられて空中を飛ぶと云う事になると、東京の頭の上へ来るなんて何でも無い話だ。」

「そいつは堪らねえ。」と、豊三は叫ぶように云ったが、直ぐに変な笑様《わらいよう》をして、

「叔父さん、おどかしっこなしですよ、そんなになる迄《まで》には日本でも黙っちゃ居ませんよ、日本だっても兵隊もあれば飛行機もある。」

「成る程、それはお前の云う通りだ、みすみすドイツの飛行船を東京の空に飛ばせるような事はせんでもあろうが、もしもそうなった時にはどうだ、日本にも飛行機や飛行船がある。けれど、それはドイツの飛行船のように高い空を飛べないんだ、まるで戦争にも何にもならないじゃ無いか、それに日本では高く飛んで来る、ドイツの飛行船を射つ大砲も無いんだ。」

「へえ。」

「だから、もしそんな時になったら、その時はドイツの飛行船にされる儘《まま》になるより外に方法は無かろうじゃ無いか。」

「それは真実かね叔父さん。」

「残念ながら真実だ、日本の飛行機の出来の悪い事は、度々墜落する事でもわかるでないか。」

「成る程。」と、豊三は頷いて、

「そうなっちゃ大変だ、こいつは国家の為めにならねえ。」

「だから、徒らに国家の為め国家の為めと、口でばかり云っていても仕方が無い。真実に国家の為めになろうと思ったならば、みっしり勉強して、腕も研《みが》いたり頭も利口にしたりして、敵に負けないような飛行機を作ったり、みっしり金を貯えていて、いざって云う場合には飛行機を製作する位の金も出されるようで無くっちゃならない。」

「そう云えばまあそんなものだなあ。」

「しかし、そんな大きな事を考えても、出来ない人間には出来ないのだから、一寸の虫にも五分の魂だ、自分は自分だけに国家の為めになる事をせねばならん。」

「そこだよ叔父さん、俺だっていざって場合には飛び出して、真先にカイゼルの首を……」

「それがいかないってんだ。」

「へえ。」

「口でばかりそんな事を云ったって、出来ない相談だろう、そんな事を云うよりも、国家の命令があって、もしも出兵するような事があったら、どうしようこうしようと、ちゃんと用意をして置かねばならん。」

「用意って、全体どんな事をするんです。」

「それがわからなくちゃ仕方が無いね、第一にお前が出兵してしまったあとの仕末をどうするつもりだね、ここにはこうしてお兼さんも、それから坊主もいるわけだが。」

「それはどうにかなりましょう、国家の為めに出兵するんだ、女房や子供の事位は誰かしら世話して呉れまさあ。」

「もし誰も世話して呉れなかったらどうするんだい。」

「それじゃ、叔父さんも世話してやらないつもりなんだね。」

「まあ、何云うんだねこの人は。」と、あまり豊三の言葉が鋭かったので聞き兼ねて、お兼が口を挟んだ。

「いや、そう云うわけでは無いが、仮に誰も世話をせんかったならばどうすると云うのだ。」と、叔父さんは穏かに云う。

「頼みませんよ。」と、豊三は向ッ腹を立て、、

「その時は区役所で面倒見て呉れるでしょうよ、べらぼうめ、国家の為めに、出征するんだい。」

「そこだよ。」と、叔父さんは力を籠めて、

「自分は国家の為めに出征する。しかし、自分の妻子が区役所、乃ち国家の御世話になるようでは、あまり威張れた義理じゃ無かろう。」

「全く、叔父さんのおっしゃる通りですわよ。」とお兼。

「何云いやがるんだい。」と、豊三は女房を怒鳴りつけて、

「口惜《くや》しかったら貯金でもして見ろ。」

「は、、、」と、叔父さんは大笑いして、

「全体それは誰に云っているんだい。」

「良人《うち》ではね、貯金しなくっちゃいけないと云う事は知っているんですわ、叔父さん。」

とお兼も笑を忍びながら云った。

「知っていても出来ないんだな、それはつまりふいふいっと思出すばかりで、どうしても貯金しなくばならぬ、それにはどんな方法でせねばならないと云う智恵が無いんだ。」

「そうさ、どうせ職人だい、智恵なんかありはしない。腕さえあればい、じゃ無いか。」

と豊三はぶりぶり怒り出した。

「豊三」と、叔父は屹《きっ》乎とした声で呼んで、

「わしはお前がいくら怒っても、云わなくばならない。い、かい、今の世の中は何をするにしても金が必要だよ、国家の為めに出征するにしても、可愛い妻子の為めにも又他人の世話にならない為めにも金がいるではないか、口でばかり国家の為め、国家の為めと騒いでいても何にもならない。真実に国家の為めを思うならば、自分の生活に先ず気をつけて、他人の御世話にならないだけの用意を常にして無くばならない。口でばかり国家の為め国家の為めと、云ったってね、それは絵に書いた餅のようなもので、食べられはしない

よ。」

下

その日の夜、真夜中に豊三はふいと眼を覚した。何時かしら、と見ると時計は止っている。母親に抱かれながら、すや〱と、二ツになった正坊は可愛い寝息をたて、眠っている。静かな夜である。遠くでカチ、カチ、カチと拍子木の音が聞える。凝乎《じっ》と耳を澄していると、どこからかとも無く、絵に書いた餅じゃ食べられない、と云う声が頭に閃《ひらめ》いた。はてな、と、考えて見たら、それは今日叔父の口から聞いた言葉であった。

国家の為めと口でばかり云っても仕方が無い。自分は出征する。後へ残った妻子は？と思って、眠っている正坊の顔を見た。と、夢でも見てか、正坊は微かに笑った。この可愛い子が、俺が出征した後はどうして暮すかしら。

豊三は急に起き上った、そして、我子の顔を今更のようにまじまじと見た。国家の為め、国家の為めとのみ思っていた心が、何だか熱にでも浮かされたように思われて来た。

そしてもしも俺が戦場で死んだならば、残った妻子はどうなるのか、と、思うと、男ながらに思わずホロリとした。戦争へは行きたくない、とふいに頭に閃いたが、馬鹿、それは国家の為めにならない、と、別な声が又聞えた。

「あなた、どうしました。」と、眠っていたと思ったお兼がこの時声をかけた。

「おい、真実に戦争が初まるかしら。」

「え、」と、お兼は夫の顔を見て、

「そんな事を考えていてあなた。」

「叔父さんの言葉が何だか気になって来たよ、出征する俺はいゝが残っているお前達の身の上が思われてね。」

「ホ、、、」とお兼は笑って、

「国家の為めじゃありませんか、少し位の苦労は何ともありません。」

「その国家の為めが怪しくなって来た。ただ、国家の為め国家の為めと口で云っているばかりじゃ何にもなるまい。出征した後で女房や子供に辛い目に逢わせたり、他人に迷惑をかけたりしちゃ、俺は男で無い。戦場へ行ったってその事が気にかゝって仕方があるまい。」と悲しそうに云った。と、その言葉が通じたのか、正坊が急にわっと泣き出した。

お兼は狼《あわ》てゝ、添乳《そえぢ》をしながら、

「おゝよしよし、父ちゃんはね、お国の為めに兵隊さんになっても坊の身体が心配で仕方がありません、とさ、それでも、カイゼルの首を引抜いて、お土産に持って来るんですとさ、おかしいね、ホ、、、父ちゃんは弱虫ねえ。」

豊三は黙ってぼんやりと、その有様を見ていたが、思わず苦笑して、

「つまらない事を坊に聞かして、もしも俺が戦死でもした後で、思出噺《ばなし》にでもなるのじゃあるまいな。」

「何ですって、」と、お兼は早口で云って、

「急に女々しい事をおっしゃるのね、そんな事で国家の為めになりますか。」

「俺はもう国家の為めも厭《いや》になった。」と、豊三は力無《ちからなさ》そうに云った。

「ホ、、」と、お兼は可笑《おか》しそうに笑った。が、終りになるに従って、泣くような声になった。お兼は夫の心を引立てよう引立てようと思っているのだが、その心の底は悲しさでいっぱいなのである。豊三は何の気もつかずに、

「何だって戦争なんかあるんだろうな、人殺をして何が面白いんだい。」と、だゞっ子のように、心に思った事は直ぐ口に出して罵った。

「それはそうよ、」と、お兼は夫にさからわず、

「けれどもね、国家の為めにする事だもの、何と云ったって仕方ありませんわ、それよりもちゃんと仕度して、いざと云う場合に笑って出征出来るような事をして置く方がいゝわよ。」

「その事を考えると俺は全く厭になるんだよ、俺はいゝさ、俺はいゝが……」

「私や坊の事ならば、御心配はいりません、ちゃんともう用意してありますから。」

「え、」と、豊三は吃驚《びっくり》して、妻の顔を見た。

「ちゃんと用意してあるんだと。」

「はい、こんな事もあろうかと思って、叔父さんと相談して、日々いくらか宛《ずつ》の貯金もしてありますし、あなたがお許しが無い故、悪いとは思いましたが、レースあみの内職も覚えて置きました。」

「そいつは豪気だ。」

「それでは、内職をしてもよろしいんですか。」と、お兼は嬉しそうに聞いた。女房に内職をさせるは男じゃ無い、と、豊三は常に口ぐせに云っていたのであった。その夫の口から賞められたので、お兼はこの上も無く嬉しかった。

「ねえ、そんなわけです故、私達の事なら少しも御心配ありませぬ。いざと云う時には心残りなく御出征なさいまして、お国の為め、立派にお尽し下さいませ。」

「そうか。」と一言《ごん》、豊三は太い吐《つ》息を吐いた。

「それからあの、」と、お兼は言葉をついで、

「もしもの事があった時には、どんな事がありましても、この子だけは立派な人間に育てあげますから。」と、正坊の顔を見ながら云った言葉は、流石《さすが》に涙が籠っていた。豊三は黙って妻の涙を見た。口に出しては云わぬけれど、妻に対する感謝と、いじらしさとで胸は一ぱいになった、と、突然、お兼は、

「ホ、、、、」と笑って、

「まだ兵隊に出るとも定《き》まらないのに、不吉な事迄考えて、すみませんでしたわねえ、じゃそのつもりで働きましょう。」

赤毛の子

赤毛の頭の大きい女の子が、よち〳〵路傍《みちばた》で遊んでいた。時には同じ位の年の子に泣かされていた。

私《わたくし》はこれだけの事実を知っていた。私はその子を見たゞけだ。その子に就いて考えた事は無い。それは当然の事である。その子は私の生活に少しも関係無かったから。

ところが、その子の母親は私と同じ町の生れであると云う事が偶然わかった。それが縁故となり、愛郷心が私等《わたくしら》を結んで、私はその子の父母をして二階家を借らしめ私はその二階に住んで、食事洗濯その他の事を世話して貰う事になった。浅草へ行った帰りには、屹度《きっと》菓子だの玩具だのを買って、土産に呉れる程の関係が私とその子の間に出来た。

赤毛の子はふうちゃんと呼ばれて今年五歳、その父親は床屋、母親は紡績の女工である。母親はその子の眠っている中《うち》に毎朝工場へ出勤した。夕暮その子が溝板《どぶいた》をがた〳〵鳴らして泣き出しそうな顔をして待っていると、急足で帰る母親は定《きま》ってふうちゃんを抱き上げて、幾度も幾度も頬ずりしながら家の中へ入るを常とした。

昼間母親の居無いのに馴れたふうちゃんは、近所の子と遊んだり、父親が客の後に廻って、チャキ、、、その頭髪を刈っている足元で、淋しい顔をしてちらばっている毛を拾っていたりした。

「ふうちゃん、かあちゃんは」と聞くと、眼をぱち〳〵させながら、

「かあちゃん、カイシャ」と、間の延びた返事をする。少し低脳児なので普通の子よりも余程不明瞭な言葉である。時に依ると、

「ふうちゃん、かあちゃんは」と聞くと、突然《いきなり》、

「かあちゃん、ばかッ」と罵《ののし》って、小さな手を振り上げて口を曲げどろんとした眼で睨《にら》む事がある。

去年私が帰郷した時、赤毛の子の母親の事を話したら、私の母は驚いて、

「まあそうかい、あの子はの利口な良い女の子だったがのし、可哀そうに妻女《おかか》になっても紡績の女工しているかのし、生家《うち》が貧乏だすけいに、小さい時旅へ働きに行ったって聞いていたがの、何でも生家へは音信不通だつよう」と云った。

私は東京へ帰ってから、赤毛の子の母親に私の母の言葉を話して、

「お作さんは利口な良い女の子だったたってね」と云って笑うと、お作＝赤毛の子の母も薄

笑して、

「でもね、尋常卒業する時は優等賞貰《もら》いましたわ」

尋常小学卒業する時優等賞貰った子が、紡績の女工に売られて、惚れ合った男と世帯を持ったが、矢張工場へ出て働かねばならず、いずれ金が禍したのであろうが、故郷の人々とは音信不通である。不幸な女の運命よと私は思った。

「この餓鬼は何だって馬鹿だッ」

床屋の店に貧しい百合の花の飾られた頃の晩だ、赤毛の子の父親は憎くって堪らないように我子を怒鳴りつけて、びし〳〵とその背中を打った。お作は急いで夫の手から我子を奪いとって。

「子供には罪が無いわよ」と、涙のたまった眼で夫を見て、それからふうちゃんを抱きしめ、その涙を拭ってやって。

「父ちゃんがかい、おゝよし〳〵、父ちゃんはゞかだねえ」

「何の因果でこんな子が出来やがったんだろう」

こう父親は吐息のように云って、腕組をした。

「子供に何がわかるもんかね。ホラ赤いべいべでしょう、これはねふうちゃんのだよ」と云って、お作は絹糸のいくらか混った赤の勝った、新らしい縫いかけの布をふうちゃんに見せた。お作はその時白が鼠色になって所々破れた通い服を着ていた。

五分間の後には父親はケロリとして、笑いながら私にこんな事を云った。

「私達はもうどうせこんなやくざもんだからね、外に望みはありませんが、子供だけは人間らしくしたいと思いまさあ、それでお恥《はずか》しいわけだが、これを」と、お作を指して、

「会社へやって、少しでもまあ子供の為めにしてやろうと思っています」

「まあこの子ったら、矢ッ張り新らしいのが好きなんだね、よし〳〵、早くこしらえてやろうね、ホ、、、、、、、、」と、この時お作はさも嬉しくって堪らないように声を立て、笑った。見るとしっかりと、ふうちゃんを抱きしめて、いつものように頭に頬をつけてお作は眼を閉じていた。

その慈愛の籠った顔！　私は女の美しさをそこに見出した。苦労にやつれてはいるがお作は娘時代には嘸《さぞ》かしと思われるような顔面《かおつき》である。笑うと深い笑窪が出来て、眦《めじり》の長い眼、濃い地蔵眉、ただ惜い事には髪の毛がふうちゃんのように赤い。

「お作さんはい、女だが、惜い事には髪の毛が赤い」

私は我れ知らずこう云った。

「まあ、お世辞をおっしゃって」と、お作は笑ったが。

「髪の毛はこんなになって、ほんとに私口惜いんですよ、若い時にはこうじゃ無かったんですがね」

「若い時には赤くない、じゃどうして赤くなったんだい」と、私は聞かざるを得ない。

「紡績の女工だもの当前ですわね」

「え」と、私は不思議の眼を瞠《みは》って、

「それは又どうしたわけだ」

「徹夜を平常《しじゅう》しましたからね」

「…………………………」

私ははッと思って言葉も出なかった。赤い髪、徹夜、紡績の女工。遺伝、赤毛の子、大きな頭、低脳児。赤毛の子は、不幸な運命をその母の職業からして得たのであったのだ。そしてその父も母も、美しい衣類をその愚かな子に着せる事を、人間らしくする事だと思っているらしい。私は急いで二階の部屋に帰って書物を調べた。化学工場の事務員である私に、私の職業が如何《いか》に関係し、そしてそれが私の子孫に如何に影響するかを知りたい為めである。

魂の価

夏の晩の闇に紛れて、花園軒のお園が逐電してから今日で三日になる。

　情夫と諸共であろう。後で血眼でお園を探している男もあるそうな。と、お園がこの町で評判な女であったゞけに、世間ではいろいろと噂を拡げた。その噂には酌婦の当然落ちて行く道だと云う嘲笑が含まれている、と、お園の姉のお静には感じられた。けれどお静はその噂をまるで信じなかった。あの優しいお園が姿を隠すとは、それにはよく〳〵な深い事情があろうとばかりに思った。が、それにしてもその事を何故《なぜ》姉の私に相談して呉れなかったのか、と、怨みがましい気も起った。どこへ行ったのだろう？　何をしているんだろう？

「ねえ貴方、園ちゃんの居所はまだわかりませんか」

「わからないね」と、夫の弘三はぶっきらぼうに答える。

「貴方ったら………」と、お静は弘三があまり落着いているので、腹立たしいような情無いような涙ぐましいような気になって、

「真実《ほんと》にどこへ行ったんだろう」と誰にとも無く罵った。じっとしてはいられないような思いが後から後からと胸におっかぶさって来た。

「蛙《かわず》が鳴いているな。人間の気が旅へ飛んで行く頃だ」

弘三は呑気そうにこんな事を云って、行水を浴びたばかりの、下帯一ツの身体で、縁側に突立ちながら胸を張って深呼吸を初めた。お静は取付く島も無いような心細い気で、逞《たくま》しい夫の筋肉の動くのを黙って見ていた。こうしちゃいられないと云う思いが、又しても追掛けるように胸を刺す。

一雨来そうな雲の切目から星の青白く光る夜である。蚊燻《かいぶ》しの煙が庭面を這昇《はいのぼ》ってその陰に夏菊が小さく咲いていた。と、蛙の鳴声がばったり止んで駆けて来る人の足音が聞えたと思うと、垣根の戸を突飛すように開けて飛び込んで来たは………？

「まあお園ちゃんじゃないか」

その人はお園であった。お園は忙《せわ》しく後を振返ったが、

「姉さん上げて貰うわ」と、とっかわと縁側に上った。

「お前まあ跣《はだし》じゃ無いの、真実にどうしたって云うの」

お園は座敷へ駆込むと、

「障子を閉めて、姉さんその障子を早くさ」

弘三は裸体の儘《まま》で庭へ下り、垣根の外を方々見廻した。

「誰も来ないよ」

「まあよかった」と、お園は安心したようにべたりと身体を崩して、

「姉さんすみませんが、お冷を一杯頂戴」

お静は大急ぎでコップに水を入れて持って来て、妹に飲ませながら、

「どうしたっての全くさ園ちゃん」

「どうしたもこうしたも」と、お園は云いかけたが、思い出したように笑って、

「私口程も無く度胆《どきょう》が無いわね」

「まあ園ちゃん、耳の下から血が出ている」

お園は静かに耳の下へと手をやった。そうして、丁度その時浴衣を着て傍へ来た弘三に
「義兄《にい》さんすみませんでした」と、女らしく挨拶した後で手に着いた血を見たが、口を曲げて鼻で笑って、

「私擲《うた》れたのよ」

「誰にさ、誰がそんな酷い事を………」と、姉は眉根を顰《ひそ》めて妹を見た。

「くだらない事よ、何でも私に嫌われたと思ったんだね、私の方じゃ別に好きも嫌いも無い人なんだけれど………」

「その人は誰なの」

「姉さん達の知らない人、けれどいずれ飲んだくれでさ」とお俠《きゃん》な言葉を走らして、

「けれどあの人はお酒を飲まなきゃ生きていられ無い、とでも云う人なんでしょう。私にはあの人の気持はわかる。私が急に見えなくなったもんだから、尋ね出して、私を打《ぶ》ったなんて事は、ほんの表面《うわっつら》の事で、真実は世間からいじめられ通しにいじめられているもんだから、私を打ってその帳消をやったんだわ」

「ふむ」と弘三は頷いた。

「だから私思うさま打たれてやったわ。真実にさ、逃げも隠れも手出し一ツせずに、もっとお打ちもっとお打ちと云ったように、身体を投げ出しました」

「何故そんな馬鹿な事をするんだねえ」とお静は言葉を入れた。

「後でその男は私にあやまったのよ。そこへゆくと男はさっぱりしているから私可愛いと思う。ホ、、、、」と、お園は姉や義兄の前も忘れたように素敵な声で笑った。

「ところがね、機会《はずみ》なんてものはどこにあるかわかりはしないわね、その男が涙を流さんばかりにあやまっている所を外の男が見たのさ。見さえしなきゃ何でも無かったのだけれども、見たもんだから今度はその男が私を打ちやがった」

「又打たれたのか」

「私はそんな事で打たれるのは口惜《くや》しいからさ、嚙みついたわ」

「園ちゃん、お前がかい」

「そうですともさ、そうしたら又打ちやがった。男って奴はでれりとしているくせに、感心に腕っ節だけは強いわね、あら義兄さんごめんなさい」

弘三は微笑《ほほえみ》ながら黙って聞いていた。

「私根限り怒鳴ってやったわ、そうしたら折良く近所の人達が駆付けたから、とっとと逃げて来たのよ。ところがねおかしいのよ、逃げ出して見ると急に恐くなって、まるで夢中でここ迄来てしまったわよ」

「園ちゃん」とお静は心配そうに呼んで、

「私にはお前の話がよくわからないが、全体どこへ今迄行っていました」

「私？　私ね」とや、ためらったが、お園は、

「私はねその男の所にいたのよ、その打った男の所に」と早口で云った。

「まあ」とお静は驚いて、

「それではその男ってのは、お前と諸共に逃げたって男なのね」

「そう云えばそうとも云えるわよ」

「それじゃ世間の云っている通りなのね」

「そうよ、何もかも世間のおっしゃっている通りよ姉さん、ねえごめんなさいね」

姉は妹の顔を凝乎《じっ》と見た。その顔色はみる〳〵蒼白《まっさお》になった。

「園ちゃん、お前すっかり変ったのね」

「酒場《バー》の女ですもの」とお園は姉の言葉に対して山彦のように直ぐ答えた。

「それで、これからお前どうする積《つもり》なの園ちゃん」と、暫時《しばらく》経ってからお静は聞いた。

「そんな事はわかりませんわ」

「お前ね、私の傍にお出で、ねえ、どこへも行かずに、何もしなくもよいからさ」

お園の口元に笑が閃いた。が、姉の熱心な態度に気が付くと、しんみりした言葉で、

「有難うよ姉さん」と云ったが、

「でももう子供じゃ無いんですから、…………」

「子供で無いんだから」と姉は聞返したが、

「子供で無いんだからさ、私心配で堪らないわよ」

「い、からさ、そうおし、ねえ貴方《あなた》」と救いを求めるような眼で夫の弘三を見た。

「園ちゃんの自由にしたがよい。打たれたって蹴られたって、自分の行こうとする道を行く方がその人間の幸福だろうさ」

「まあ貴方迄そんな事を云って」とお静はやっきになって、

「誰が何と云ったって私もう園ちゃんをどこへもやりはしない。園ちゃん、お前阿母《おっか》さんの事を考えてごらん、阿母さんの息を引取る時に何と云って…………」

「姉さん」とお園は突然姉の言葉を遮って、

「御親切に有難うよ、私だってたった一人の姉さんの言葉に従いたいわ、それに別れたり何かはしたくないけれど、私ねこの頃しみ〴〵考えたんですが、人間には宿命ってね、兄さんのお言葉じゃないけれど、ちゃんとその人間の生きて行く道が定《きま》っているらしいのよ、酌婦には酌婦の定められた運があって、何でもかんでもその運の中に押込められてゆくらしいんだわよ」

「だからどうすると云うの」

「私風のように吹かれて行ってしまいましょうよ」

「それがいゝ」と弘三は無造作に、

「私の所へ来たいと思う気になったらね、いつでも帰って来ればいゝからね」

　お園はその云ったように風のように吹かれて行ってしまった。どこへ行こうとしたのか、それは自分でもわからなかった。お静は妹の身の上を思って悶えたり昂奮したりしたが月日の経つと共に心も次第に落着いた。夫に向って或る時こう云った。

「私ねすっかりわかりましたわ」

「何がわかったんだい」

「酌婦の収入が何故女工の工賃より多いかと云う事がすっかりわかりました」

「妙な事を云い出したな」

「お聞き下さいよ」とお静はしんみりした声で、

「もう五六年前の話ですけれど、私が会社へ出初めの頃なの、園ちゃんはその時矢張酒場の女になりたてでしたが、園ちゃんのとるお金が私のよりいつも多いのです、そこで阿母さんは私にも酒場の女になれってね、その為めに妹と両人いろ〳〵苦労していっそ死んでしまおうとした事もありましたわ」

「ふむ。そんな話聞いた事もある」

「でもい、工合に阿母さんの気も折れて、酌婦になぞならなくっても済みましたが、その時にどうしてもわからない事がありました。それは真面目に辛い労働している女工の収入が何故酒場の女の収入より少いかと云う事でした。それがやっとわかりました」

「で、どうわかった」

「酒場の女は労働を売るので無くて、魂を売るのでした。園ちゃんをごらんなさい。あんな優しい娘《こ》だったのが、いつの間にかあんなに自堕落になってしまいました。園ちゃんは魂を売ったんです。酒場で得たお金は真実に魂の価なのね」

「魂の価！」と弘三は胸を打たれたようだった。

「それは面白い見方だ、けれどね、世間にはそれに当て嵌《は》まって、もっと惨酷《みじめ》な生活もある」と直ぐに云った。

「え」と、妻は夫の顔を見た。

「それはね労働者だよ、園ちゃんがこの間の晩の話に、園ちゃんを打った男は、園ちゃんに逃げられたから、それを見付け出して擲ったと云うは表面の話で、実は世間からいじめられているから、その帳消をするつもりで打ったんだと云ったろう。あの言葉は面白い言葉だ、私もそう思う。労働者は労働者であるが故に世間から馬鹿にされ、卑しめられ人間らしい待遇を受けていないのだ。人間らしい待遇を受けていないならば、その魂が尖《とが》って来るのは当然《あたりまえ》だ。だからね労働者は労働を売っていると同時にその魂も売っている。酌婦は魂を高く売っているが。労働者は安い金で魂を売っている、フ、、、」と弘三は笑った。お静には又わからない事が出来た。労働者は何故安く魂を売らねばならないのであろう？

国を売る人

一

力三は国家の為めと云う言葉が大好きであった、それで新任の社長を直ぐ好きになった。社長はその新任早々、職工全部を食堂へ集めてニコ〳〵笑いながらこう云った。

「皆様、国家の為め一生懸命働いて下さい。皆様がお働きになるのは軍人が戦場で働くと同じく国家の為めです。皆様がお働きになればなる程、国家の為めになるのです。」

力三の友人の原田と呼ぶ職工は、力三の直ぐ傍《そば》で鼻で社長の言葉を聞いていたが、その日の帰りに、力三と身体を並べて家路へ帰りながら、

「太い奴だ。今度の社長は国を売りやがる。」

力三はその言葉に激しく反対した。まるで自分が頭をがんと擲《なぐ》られでもしたように。原田は力三が何と云おうが対手《あいて》にせず、自分の云いたい事を、自分勝手に云い続けた。

「国家が国民を教育するのは、国家自身の為めであって、個人の為めでは無い。だから国家の教育をその儘《まま》生活とする人は、国家の為めになるかは知れぬが、個人の為めになるかならないか、そんな事はわからない。もしもそれが個人の為めになるならば、それは鳥に投げた石が、幸福にも鶴にまぐれ当ったようなものだ。ところが国家的教育を受けた人間を巧みに利用して、自己の利益を計る人間がある。それは乃《すなわ》ち今度の社長のような人間だ。」

力三は、原田こそ国を売る恐ろしい悪魔だと思った。

二

その日の夜は月夜であった。秋近い風が快く吹いて、川瀬が涼しく唄っていた。宵宮の神楽太鼓の音が胸の血の響と調子を合して、浮き立つように空を転って来て、転って行った。橋の上で力三は月の光を凝乎《じっ》と仰いだ。その神々しい何とも云えぬ気分。それは愛国を叫んで昂奮する心に似ていたし、又お絹を思う心とも同じであった。

「絹ちゃん。」と力三は思わず呟いて、はッと顔を赤らめた。四辺《あたり》を見廻すと幸い外の人

影が見えないので、

「絹ちゃん！」

今度は口に出して、はっきりと呼んで見た。そして又顔を赤らめて忙しく四辺を見廻した。町の方から人声が聞えて来た。見ると暗い中からだん〳〵浮き出て来たは、夫婦らしい若い男女である。力三が見ないようにして見ると、その人達は話声を低くしたが、力三の傍を通り過ぎると、又睦じそうに語り合った。力三の顔には思わず微笑が浮んだ。自分だって絹ちゃんとあんな風に歩けるんだ。あゝ絹ちゃん！　逢いたいなと思った。いっそ今晩も行こうかしら、でも昨晩《ゆうべ》行ったばかりだし、明晩ネルの単衣《ひとえ》が出来るわと、絹ちゃんは昨夜云ったのだけれど、着物をとりに来ました。と云うのも変だな待てよ、変じゃ無い、普通の事だ。と、思っても矢張変だ。変で無いようで、変なようで、いっそそうだ、いゝ月絹ちゃんがここへ来るといゝ。月はこんなにいゝんだし、涼しい風は吹くんだし、いゝ月だねと先ず私は云おう、真実《ほんとう》にいゝ月ねえと絹ちゃんも云って呉れるに違い無い。僕は愉快だ、私もいゝ気持よ、川の水に星が綺麗《きれい》に映っているね、まあ真実に綺麗だわ、私の心もこの星のように清くありたい。私もそうよ、けれど私はたくさんの星よりも一ツの月が懐しい。月は絹ちゃんの心だもの、私もよ、私も月のような貴方《あなた》を愛しますわ、真実に、真実ですとも！

「小杉さん。」

力三ははッと思って空想からさめた、我を呼ぶと意識して見ると、力三は夢かと疑った。今自分の前に立っているは、絹ちゃんだ。あ、真実に絹ちゃんだ。

「兄さんがあの、呼んで来いって。」

「兄さんが？　私をですか。」

「えゝ」と云って、お絹は先に立って、恥しそうにばた〳〵、駆け出した。力三も黙ってその後から歩いた。神楽太鼓の音が風の吹き工合か一頻《ひとしき》り高く聞えた。花の囁きの聞えるような夜である。お絹は立止って、忙しく四辺を見廻したが、

「兄さん。」と高く呼んだ。誰も返事する者が無い。

「兄さん……………兄さん。」

「………………」

「まあどうしたんでしょう。先刻《さっき》小杉さんの姿を見かけたって兄さんは云って、又いつもの橋の上に居らっしゃるんだろう、ここに待っているから迎えに行って来いって。」と、お絹は独言《ひとりごと》のように云った。力三は血の気の顔に上るのを覚えた。ひまさえあれば橋の上に佇《たたず》んで絹ちゃんの事を思っていたのを、兄さんに悟られたのだな、

「そんな事を兄さんは云ったんですか。」

「えゝ」と云った拍子に両人《ふたり》は互に顔を見合った。はッとして顔を外けると、お絹は、

「まあ厭な兄さんだこと。」

両人は歩き出した。お絹の家迄五町程黙って歩いた。

「い、月ねえ。」と、お絹は云ったが、力三は矢張黙って歩いた。胸の中では何か云お

う、何か云わねば悪いと思いながら。

両人は十二月には結婚する身であった。力三はお絹を送り届けてから、昂奮した胸を抱

きながら、力強く大地を踏みながら自分の下宿へと向った。月を仰ぎ見てこう思った。

「うんと働くぞ、国家の為めに、それから絹ちゃんの為めに！」

三

その年の十二月に力三は予期した通りお絹と結婚した。それから五年は過ぎた。力三夫

婦の間に子供が両人出来た。しかし力三は幸福では無かった。働いても働いても金は手許

に少しも残らず、それが原因で夫婦はよく喧嘩した。お絹はもう昔のように美しくも、優

しくも力三の眼にはうつらない。事実お絹は又世帯染みておばあさん染みて来た。お絹の

兄はお絹夫婦の結婚当時には、妹夫婦の嬉しそうなのを見て喜んでいたが、この頃ではあ

まり往来もしなくなった。それらの事実と共に力三の愛国心も次第に薄くなった。

或る日の事、珍らしい客人が力三の家を訪れた。それは四年程前にどこかへ行った、力

三の友人の原田である。

原田はどこへ行って何をして来たかは少しも話さなかったが、す

ばらしい洋装や金時計や、車で来た有様やで力三には、原田がこの頃非常に有福な生活をしている事が覚られた。

「社長はまだ以前の社長か、この頃は自動車で乗り飛ばして居るだろう、東京でも有名な男になっている。金も余程出来たらしい。この間新橋で一事件あってね、知っているかね。」と社長の命令で働いている力三でも知らない事を原田はいろ〳〵聞き、そして話して聞かした。力三はその話を聞いている内に、忘れていた昔の事を思い出した。

「社長が国を売る男だって貴方《あなた》は云いましたっけ。」

「そんな事を云ったかしら。」

「あれは全体どう云うわけです。」

「何でも無い事さ、資本主が国家の為めだから働けと労働者に云って置きながら自分達ばかりの懐を肥すから、いつも貧乏な労働者は、国家の為めだと思って働いてもその労に酬いられないから、結局国家を怨む。ところで利益を受けるは資本主で、だしに使われて馬鹿を見るのは国家だから、そこで資本主は国を売る人と云うのさ、は、、、しかしそれが世渡り上手のする事だ。は、、、」と、原田は云い終って大笑《たいしょう》した。力三は昔のように原田の言葉に反対しなかった。お絹は有福らしい原田の、特にその胸に煌《かがや》いている金時計をしみじみと見惚《みと》れて居た。

孝行

尋常五年生の勝三郎は、小学修身巻の五を声高々と読み出した。暑中休暇は終りに近附いて、秋じみた風がもうこの職工社宅に吹くようになった。猫の額程の庭には咲かなくなった朝顔が垣根と云うよりは、並べてさした竹切に縋《すが》って裏の宅《うち》からも手を伸ばした一族とからみ合いながら、ぶり〳〵と慄えていた。少年の邪念無い声はその咲かなくなった朝顔に向って淀み無く響いて行った。

「第十一課産業を興せ、鷹山《ようざん》は産業を興して領内を富ましめんとはかり、新《あらた》に荒地を開いて農業をいとなまんとする者に………」

「八釜しいやい。」と突然怒鳴ったは、父親の祐吉である。勝三郎の顔色は忽《たちま》ち曇った。眼の下がくろずんで来て、泣きたくなったをじっと堪《こら》えて、手の爪を噛みながら眼を伏せた。

「静かにしろ、うるさい餓鬼だ。」

父親の罵《ののし》る口汚い声はなお続いた。台所で夕飯の仕度をしていた母親のお勝は、事ありと知ってそゝくさと来たが、我が子の顔を見ると親の情の籠った声で、

「どうしたんだい、よう、勝三郎。」

勝三郎は母親の声を聞くと忽ち声をあげて泣き出した。

「どうしたんだねまあ。」と、お勝は今度は夫の顔を見た。

「あたい何もしないんだい。本を読んでいたら、父ちゃんが、やかましいって、あたい何もしないんだい。」と、勝三郎は泣きじゃくりながら云った。少年の心は叱られた悲しさよりも、不当な叱りをうけた怒りに燃えている。「そらあ父ちゃんが悪い。」と、母親は一も二も無く我が子の言葉を信用して、

「お前さんもお前さんだね、子供を泣かせるなんて、この子に罪はありはしないわよ、一生懸命勉強しているんじゃありませんか。」と夫をやりこめて、勝三郎には優しく、

「父ちゃんがね、あやまっているから堪忍しておやり、ねえ勝ちゃん。」

「あゝ」と勝三郎は頷いてちらッと父親を盗み見たが、父親は意気地なげに煙草に火をつけているのを見ると、勝ち誇ったように小声で以前の続きを読み初めた。その読み声はだんだん高くなった。

「第十二課孝行、鷹山は又孝行の心深き人なりき、常に養父重定のもとに行きて安否をた

ずね、その喜ばしき顔を見るを楽みとして重定の歿するまで少しも怠ることなかりき。或時重定はその屋敷の庭をひろげて面白く造らんと思いしが、上下ともに倹約を守るおりからとて遠慮して見合せたり、鷹山これをきき御老年の御慰みこれに増すものなかるべしとて、人夫をつかわして重定の心のまゝに造らしめたり。」

祐吉は今度は黙って、聞くとも無しに勝三郎の声を聞いていたが、

「お勝。」と、台所にいる妻を呼んで、

「なあ、思い切って故郷《くに》へ行って来ようか。」

「それがいゝともさね、親が大病だって云うに、帰りもしない親不孝がどこの国にあるものかね。」とお勝は台所から顔だけ見せてこう云った。

「だが、その予算が無いからなあ。」

「それがいけないんだよ、お前さんは二言目にはよさんだのよすだのって云うけれどさ、どうせ足りない世帯だからよすもよさんも無いじゃありませんか。」

「だがな、無茶な暮しをしちゃ余計に苦しくなるばかりだからなあ、昔は親孝行をしたい時には親は無しと云ったが、今じゃ親孝行したい時には金は無しだ。」

「世の中が違って来たんでしょうよ。」と、お勝もしみ〴〵と云ったが、声を低くして、

「けれどさ、あの子の前もあるから。」と伜《せがれ》の方をちょっと眼で示して。

「出来るだけ孝行はしましょうよ。」

「孝行はしたいもしたくないもないけれど、先に立つのは何と云っても金だからなあ。」と祐吉は又同じような事を云った。

「金なら俺《わし》が工面しましょう。」と、この時突然云った者がある。外《ほか》に誰もいないと思っていたので、驚いて夫婦が見ると、さっき奥の間に眠っていた同居人の吉永がいつの間にか傍に佇んでいた。

「まあ吉永さんお眼覚め。」と、お勝は愛嬌笑いをした。

「おくにへ行っていらっしゃいよ、親が大病だ。もう逢われるか逢われないかわからないって時じゃないか、考える事は無い。行っていらっしゃい。」と吉永。

「まあ急にそんな里心出してさ、吉永さん雨でも降らなければようござんすがね。」と云って、いつものようにお勝は笑った。吉永は常に無く、にこりともせず。

「冗談や嘘じゃ無い。金なら全く俺が出しましょう。」

「へえ」と、祐吉は疑るような眼で吉永を見たが、

「有難いが、借りは借りても返すに困るからね、へ、へ。」

「貸すんじゃ無い、失礼だが差上げましょう。」

「…………………」

夫婦は吃驚《びっくり》して顔を見合せた。

「俺が親孝行する気で差上げようと思うんでさ、と、云った所で今ここに持っているって

わけでも無いが、屹度《きっと》明日迄に工面しましょう。」

「全くかね、吉永さん。」と、祐吉は喜びながらもまだどこかに疑っているような声。

「俺の平常《ふだん》が平常だから、そう真実《ほんと》にしないのも尤《もっと》もだが、心のどん底から云っているんですぜ。」

「真実にしないってわけでは無いが、それではすまないからね。」

「なあにすむもすまないもありませんや、世帯持と違って、独身者の俺にゃその心がけで働けば何でも無い事でさ、それに俺の心じゃ俺が親孝行をする気なんだからね、は、、、」と、吉永は笑って、

「考えて見れば俺も随分親不孝な男さ。」

「お互さまにね。」

「お互様はよかった。うは、、、、。」と、吉永は又しても妙な笑いようをして、

「そんなもんさ、そのくせお互様に親孝行をしたいと云う心が無いわけじゃ無いのだが、そこがそれかんじんなものを持っていないからね。」

「今もその話をしていたんですよ、昔と違って親孝行をしたい時には金は無しだってね。」とお勝が言葉を入れた。

「その通りさ。」と吉永は頷いて、

「世の中が親孝行出来無いようになってしまったんだね、こうやって旅で工場稼ぎをして

いる身では、月々親元へいくらか宛でも送る事がまあ親孝行とでも云うのだろうが、十呂《そ》盤《ろばん》をとって、月々の収入はいくら、出る金はいくらと勘定して見ると、いつだって足らん足らんじゃ無いか、それだから自然遠くの親類よりも近くの他人と云う気になろうじゃ無いか。」

「全くだ。」

「だから、親孝行をするには先ず金を貯めろ。金を貯めるにはどうすればいゝって事を考えるのが、真実《しんじつ》に親孝行をする道さね、金を貯めろたって、一生懸命働けだの、出来るだけ倹約しろだのってばかり云っていたって駄目の皮だ。その証拠には一生懸命働いて出来るだけ倹約しても、いつでも貧乏すっからかんの職人がいくらもあるじゃ無いか。」

「全くだよ。」と、祐吉は相変らず同意を表している。

「だからさ、貧乏人の子供の読む小学校の本にもさ、何とか真実《ほんと》に金のたまる事を書いて呉れそうなもんじゃ無いか、たとえばさ、労働組合は何故《なぜ》労働者の賃銀がたくさんとれるのかと云ったような事をさ、それを今聞いていれば、鷹山が親孝行したって、フ、ン。」

と、吉永はさも〳〵馬鹿にしたように笑って、

「鷹山って奴は偉い人だったかは知らねえが、今とはまるで時代が違っている昔の人で、おまけに金持ときていやがる。それを今時の貧乏人の子供に教えたって仕方があるまいじゃ無いか、子供が笑っていらあ、俺ん所のちゃんは何故金を呉れないんだ、俺あ親孝行を

したいんだけれど父親《ちゃん》が金を呉れないから親孝行出来ないってな。はゝゝゝ。」

母親のお勝は、吉永がだん〴〵子供に聞かせたくない事を云い出したので、吉永の前では愛嬌笑をしながらも、はら〳〵して我子の勝三郎の方を見た。

勝三郎は何の気もつかず、先生から教わった通り、繰り返し繰り返し、小学修身書巻の五を読んでいる。

「重定の心のまゝに造らしめたり、又或時鷹山、重定を招待し、領内の老人を集めて料理を与えしことありしが、附添い来りし子や孫のむつましげに老人に給仕する様を見て、深く感心し、これより重定を招く時は常に自ら給仕して仕うること、せり。」

御主人様

お月様がまん丸く西瓜のように出ていたこと、鎮守の森からお化けが出そうであったこと、母親が自分をしっかりと抱きしめて、涙の一ぱいたまった眼で自分を見た事を織ッ子見習のお菊ははっきり覚えている。母親の泣いたのは別れが悲しいからだとわかっていたが、その時五円の金で機織《はたおり》工場へ身を売られたのだと云う事は、わかろう筈《はず》も無かった。

母親がぼろ〳〵泣きながら、

「御主人様の云う事は何でもよく聞くんだよ、御主人様の云う事は何でもよく聞くんだよ。」と云った言葉は何故か一番強く心に沁み込んで忘れられない。その言葉を思い出す度には又母親の泣顔が必然《きっと》眼の前に現われた。母親と別れた時にはどうしたわけか涙一滴眼に出なかったが、その言葉とその顔とを思い出す時には涙が自然とにじみ出た。

お菊は自分の働いている工場は信州であると云う事を知っていた。けれどもお菊の知っている信州は工場の窓から見える山と空と森と町と、それから月に一度位工場の門の外へ出て見る事の出来た宅《うち》だの小川だの橋だの畑だのに過ぎなかった。あの山の傍《そば》に行ったならばきっと良い所があるに違いない。行って見たいなあと絶えず願ったが、その願いは果たさるべくもなかった。それが叶わなかったらせめて門の外へ自由に出られたならと、思ったがその願いも果さるべくも無かった。織ッ子が外へ出られないように、塀は高く頑固に聳えていて、その傍に行くと町も森も山も何もかもみんな隠してしまって、見えるのはたゞ空だけである。お菊は草のボチボチ生えている塀の蔭で、空に光るお星様を見上げては母親の顔を思い出し、思い出し泣きに泣き泣きした。

そんな時によくお菊を慰めて、時とすると諸共《いっしょ》に泣いて呉れたは織ッ子のお作である。お作は今年十八歳になった評判娘で、どっちかと云うとお侠《きゃん》な子で他の織ッ子の様に気兼遠慮が少く、大きな美い声で誰の前でも関わずに気乗りがすると唄を唄った。

「親が承知で機織させて浮気するなはよく出来た。」

お菊は仕事を終えてから、塀の蔭でお作から唄を教わるのが一番の楽しみであった。その時にお作は工場で唄うようなお侠な投げつけるような声では唄わなかった。淋しい悲しい声で泣くように唄った。その唄の文句は又定《きま》って、「機織する身と空飛ぶ鳥は、どこのいずこで果てるやら」と云うのであった。

「唄の通りだよ、お菊、俺あもお前も別々にどこかへ行ってしまうんだあやあ。」と、或る時お作はしみじみとお菊に云った。

「俺あ厭だよ、俺あ厭だって云うに、俺あいつ迄経っても別々になるのは厭だよ。」とお菊は直ぐ早口で訴えるように云った。

「だって。」とお作は何か云おうとしたが、お菊が一生懸命に自分の顔を見て縋《すが》り付こうとしているのを見ると、何も云えなくなったように、それッきり黙ってしまった。

すると、それから三四日経った日の晩、工場の主人は六十人程の織ッ子をみんな、いつも飯を食べる板の間へ集めた。どうしたのかしらとお菊が思っていると、やがて一人の女が真裸で、全くの真裸でみんなの前に引きずり出された。見るとそれはお作であった。

「この阿魔主人の云う事をきかないから、みんなのみせしめに折檻してやる。みんなよく見ていて、主人の云う事をきかなくっては駄目だぞ。」と、監督の宮原が云って、その真裸のお作をびしり〳〵と打った。そうして暫時《しばらく》経ってから。

「さあお作、御主人様に悪かったとあやまれ、あやまらないともっと打つぞ。」と宮原はお作に云った。お作は初め恥しそうに頬ッぺたを赤くして下うつむいていたが、だん〳〵口惜しそうな眼で宮原を睨《にら》みつけとう〳〵しまいには、

「さあもっとぶてもっとぶて、殺せ、殺せ。」と怒鳴った。

「この阿魔生意気云やアがって。」と、宮原はなおもびしびし織切《おりぎれ》で真白なお作の身体を打った。打たれた所は見る〳〵赤くなった。お作は打たれれば打たれる程夢中になって怒

鳴りたけった。

「これでもあやまらんか。」と宮原は力一ぱいにどやしつけた。それでもお作はあやまらなかった。

「これでもかこれでもか。」と宮原はお作の髪の毛を摑んで蹴ったりぶんなぐったりした。それでもお作はあやまらなかった。

見ているお菊は堪まり兼ねてとう〳〵わっと泣き出した。すると、むこうでもこっちでもみんなが、しく〳〵と泣き咽《むせ》んだ。

その晩からお作の姿はこの工場に見えなくなった。以前から色男があってその男とどかへ逃げたのだと噂する子もあったし、主人が別な工場へ売り飛ばしたのだと云う子もあった。

お菊はその翌晩誰も慰めて呉れる人の無い塀の蔭で、お作から教わった唄を泣くように唄った。

機織する身と空飛ぶ鳥は
　どこのいずこで果てるやら

それからお作を思い、母親を思い、「御主人様の云う事は何でもよく聞くんだよ。」と云った母親の言葉を思い出した。そして又唄を唄った。世の中はもう秋。いろ〳〵の虫がお菊と声を合せて、方々で悲しく唄い鳴いた。コロコロコロ、コロコロ。

お作が死んだ！　怨み死にに死んだ！

と云う事が、織ッ子一同を吃驚《びっくり》させたはその次の次の次の日であった。お菊は恐くなって独《ひとり》で夜塀の蔭へ行けなくなった。それでも唄だけは小さな声で唄わずにはいられなかった。

宮原が狼《あわ》て、工場へ来て、いつものように働いている織ッ子のうちから、お菊その他の小さい子供を十人程呼び集めて、どこかへ連れて行こうとしたは、お作が死んでから十日程過ぎた日である。お菊はお作のようなひどいめに逢うのじゃ無いかしらと、その小さな胸をびくつかせた。御主人様の云う事は何でもよく聞くんだよと云った母親の言葉が、直ぐと思い出された。

宮原は連れて来た子供等を寝間の押入の中へとおしこんだ。そうして、

「黙っていろよ、ちっとでも声を出すときかないぞ、声を出すとお作のようなめに逢うぞ、い、かわかったか。」と、念をおして狼て、工場の方へと出て行った。

子供等は何が何やらわからぬが、恐ろしさに息を凝《こら》して黙っていた。

しかし、それは自分達を保護する為めに国家が設けた工場法が行われずにいるかどうかと、工場監督官が工場臨検に来た為め、主人がその不正行為を隠そうとて、自分達を押入に追い込んだのだ、と云う事を小さな子供達にわかろう筈は無かった。

日暮方、押入を開けた宮原の顔が、意外にもにこにこしているのを見て、お菊はホッと安心の息を吐《つ》き、御主人様の云う事をよく聞いて、押入の中で苦しかったのを忍耐《がまん》して、黙っていたと云う喜びが全身に満ちて、何だか広い明るい、行って見たいと思っていた、あの山の傍の良い所へ遊びに出たような気持になった。

コロコロコロ、コロコロコロコロ、

どこかで虫の鳴く音《ね》が聞えた。

金貨の音

行《や》ろう。眼を瞑《つぶ》って行ろう、世間の誰もが行っている事だ。

仕上師の市岡は斯《か》く思い定めて、安心したような気持になって、ぐいと盃を取上げた。

中元や歳暮やを贈答する時期になると彼はいつでも、どこの工場にいる時でも屹度《きっと》悩ましい気分になった。中元や歳暮やを贈答する事は、美しい人情の表現であると彼は思わぬでも無かったが、世間でする贈物は、中元や歳暮は箱で、その中には人間のすまじきものを入れて置くとしか彼には考えられなかった。で、そう思うと、中元や歳暮やを外《ほか》の意味無しに、単に贈答すると云う事だけでも罪悪のように思われて、彼は且《か》って中元や歳暮を人に、特に上役関係の人に贈った事がなかった。彼が方々の工場に浮浪人のように転々しなくばならなかった理由がそこにあると云えば云えぬでも無いと彼は思った。

けれども、俺はもう妻がある。いつの間にか小児《こども》も出来た。いつ迄も飛んで歩いているような考えではいられぬ。生活の為めだ。眼を瞑って行ろう。世間並の事をするのだから、何で不義不正であろう。

彼は強て斯く思い定めて、安心したような気持になり、その証拠のように元気よく、ぐいッと盃を呑み乾《ほし》た。が、刹那にその安心を裏切るような、もや〳〵したものが盃の中から湧き起ったような気がして、凝乎《じっ》と盃の中を凝視した。とたん、

「ごめん下さい」

「…………」耳を澄ますと、

「ごめん下さい」と。確かに自宅《うち》を訪れる聞き馴れぬ声がした。

「どなた？」

「〇〇局へ出ていらっしゃる市岡さんってお宅はこちらでございましょうかしら」

「市岡は私だが…………」と云いながら、彼は障子を開けると、そこに見た事の無い人品の卑しからぬ四十位の男が佇んでいた。はて誰かしらと思ったが、「まあおあがりなさい」

その男は云わる、儘《まま》に座敷に上り、腰低に挨拶した後、

「私は〇〇局に器械を納めています△△と呼ぶ商人でござります。この後何かと御厄介になろうと思いますが、何分ともによろしくお願いいたします。これはつまらぬものでござりますが、ほんの名刺がわりで」と云いながら、何やら紙包をすばやく市岡の座布団の下

かせなかった。

「何ですかこんなもの？」と、市岡には云えなかった。その男のそうした行動は実に鮮かなもので、恐らくは幾百度と無く試みて出来上った手練であろう、水を洩す程の隙も無く、巧妙に市岡の気を外《そ》らさぬように直ぐと世間話をして、そうして市岡に一言半句も吐かせなかった。

その男が帰った後、その持って来た紙包を開いて見ると、あッと市岡は声をたてる所であった。中からピカリと現われたは金貨であった。五円の金貨が二枚、それは彼には初めて見るものである。

彼は思わずその金貨を合して見た、チャリンと金貨は世にもほがらかな音で鳴った。彼には初めて聞く音である。彼の顔には微笑が自然に浮んだ。が、みる〳〵その眉根が迫って、暗い色が惨として顔中に漲った。

彼は二月程前に〇〇局の器械の修理長を命ぜられたのであったが、その器械は新しいのに似合わず、何故《なぜ》こんな器械を買入れたのかと思われる程の粗造品であった。彼は今その器械を思い出したのだ。何故そんな粗造品を高い価格で買入れたかと云う理由がはっきりとわかったように思われたのだ。

同時に旧い頭の課長の前に御歳暮を出して、媚びるようにぺこ〳〵頭を下げてる自分の卑しい姿が頭の中に閃いた。彼は声を出して泣くように笑って見た。

苦学

一

悲哀やら苦悶やらがしかみっ面をして、よなよなした、そのくせ摑まえ所のないつよい力で重太郎の心臓にしがみつくと、彼は狂人にでもなったように無茶苦茶に労働した。すると彼はすっかりいい気持になって、いつの間にやら、悲哀や苦悶やが、その反面の笑顔を彼に見せた。労働は重太郎の為めには慈愛に満ちた母親である。彼はその魂を脅かされる毎に「母親」の懐に飛込むを常とした。彼は生まれながらの労働者であった。彼の身体には労働が最も適していた。彼は他人の二倍の仕事をしても、疲労を知らざる人の如くであった。身体は労働をすればする程、固肥りに肥っていった。ところが若い旋盤師である所の彼に「これからの職工は腕一本では世の中が渡られない、しっかりした頭が無ければ駄目だ」と云う思想が萌え出た後、彼のその逞《たくま》しい肉体は、ともすると痩せ勝ちになった。二十歳の春、苦学を目的に朋友《とも》の倉と手を携えて北海道を飛び出して上京し、職を石川島造船所に求め、夜毎に築地の工手学校に通う事になったが、倉の頭脳が聡明なのに反して、重太郎は何も覚えられなかった。彼は工場でぼんやり器械をみつめながら代数や幾何を考えた、それでも何も覚えられなかった。ぼんやりして品物を削り過ぎた事もあった。それでも何も覚えられなかった。

「この頃はどうかしてるな」と、職工長に時々叱られた。叱られるとこそ〳〵と便所へ入って彼は考えた。考えたが矢張覚えられなかった。

「どこへ遊びに行った」と職工長に睨《にら》まれて、彼は忽《たちま》ち小さくなって、

「便所へ行って来ました」

「馬鹿ッ、便所に一時間も行ってる奴があるかッ」と、職工長は怒鳴りつけた。とう〳〵重太郎は堪《こら》えきれなくなって、夜学の帰り路、渡船場の横の川沿いの道を歩きながら、云おう云おうと思いながら、云い出し得なかった事を、倉に思い切って云った。

「俺あ駄目だ、学校は尻割《けつわ》るよう」

「何だって君」と、倉が吃驚《びっくり》して聞くと、重太郎はとてつも無い大きな声で、

「俺や馬の子だい」と、自分で自分を罵って、ぽろぽろと涙を澪《こぼ》した。

ふと気がつくと、重太郎はいつの間にか駆け出したのであった。どこをどうして駆けて来たのか、波除堤《なみよけ》の上に立っている自分を彼は見出した。

遠くに品川の灯が美しく煌《かがや》いていた。彼の眼からは新しい涙が又しても滲み出た。それでも云おうと思った事を云ってしまったので、重荷を下したように気が軽くなったを覚え、ホッと吐《つ》息を吐いた。波除堤の下では波がさら〳〵と鳴っていた。

二

重太郎はその当時、倉を世界一の幸福者《しあわせもの》のように、その頭の良いのを羨《うらや》んだ。けれども重太郎の身体は通学を止してから日に増し壮健になった。仕事の成績は別人のように良くなって、職工長の笑顔ばかりを見るようになった。

それに反して倉はだん〳〵病弱になった。苦学して身体の肉を削って脳味噌を増しているかの如くであった。工場を時々休まねばならなくなり、時には医者の薬を飲まねばならない事もあった。しかし倉は重太郎のように学問を止そうとは思いもしなかった。倉の為めには学問が慈愛の深い母親であった。世間が鬼のように眼を剝《む》いて彼を睨む時、彼は急いで「母親」の懐に抱かれた。学問をすると云う事は彼に希望を将来に有《も》たせるものであると同時に、現在の隠家《かくれが》であった。

倉と重太郎とは同じい下宿屋の同じ部屋で兄弟よりも親しくしていたが、重太郎は夜業の無い時、倉が学校に行った後、独りでポカンとしていられなくなって、近所の踊りの女師匠の宅へ通うようになった。一生懸命に仕事をしている時、重太郎はフイと唄の文句を思い出して、それを唄う事がある。けれどもそれは以前学問した時のように、彼の仕事を妨げはしなかった。だん〳〵興が乗って上機嫌になって、思わず大きな声で唄う事もあった。

そのうちに倉は学校へ通えなくなった。学校ばかりで無く工場へも出勤出来無くなった。病気が重くなったのである。医者は彼に肺病であると宣告した。重太郎は踊の師匠へ通えなくなった。倉の為めに彼は二人分の生活費を負担せねばならなくなったので、踊の師匠に通うだけの余裕が無くなったのである。それでも重太郎は愉快に呑気に働いた。何か厭な感情に襲われる時は例によって無茶苦茶に働いた。彼は労働の「母親」の手に抱かれて、時々は良い気持で習い覚えた唄を唄った。

三

春の、ある夕暮の出来事である。工場から元気よく帰った重太郎が、下宿の梯子をトントン昇って自分の部屋の障子を開けると寝ていながらいつもは待ち兼ねた顔をして、

「お帰りなさい」と懐しげに云う倉が、狼《あわ》てゝ夜具を引冠《ひっかぶ》った。何を冗談するんだと重太郎は思って、窃《そっ》と傍に寄って、急に夜具をひんめくった。と、倉は面喰って顔を外《そむ》けたが、隠されぬ涙が重太郎の手にも熱く感じられた。

「どうしたんだい」と早口に聞くと、やゝ永い間倉は黙っていたが漸《ようや》く涙を呑んで、

「僕はね、もう駄目だよ」

「馬鹿云え」と重太郎は、ブッキラ棒な言葉で怒鳴って、

「直るって云ってるじゃ無いか、大丈夫だよ」

「有難う」と、しんみりと倉は云ったが、

「君には非常な御世話になってねその恩も返さずに全くすまないが、堪忍して呉れ給え。高木君」と、一語鋭く重太郎の姓を呼んで、

「しかし僕よりも君の方が幸福であったね、いつだったか、君が学校を止した時に、僕は随分と君の薄志を責めたっけが、何の事だい。苦学するって事は死ぬ事だったんだな」

「そんな事は無いよ、まだ君………」と、重太郎が何か云わんとするのを、倉は手を振って止めて、

「僕の考えが間違っていた。学校を止した君の考えの方が正しかった。僕等はだな、苦学なぞ出来ないように出来ていたんだ」

「だって君、君は学問するように出来ていたよ」

「いや、それはね学問するように出来ていたかはしれないが、苦学するようには出来ていないんだ。学問が僕を殺すんじゃ無いが、苦学が僕を殺すんだ、あゝ生きたい、もう一度健康な身体になりたい」

そのとたん激しく咳がこみあがって来たので、倉は激しく咽《むせ》び悶えたが、それがやっと鎮まると、眼を据えてこう云った。

「学問したい人間には学問させろ、学問したい人間を殺す奴があるか」

重太郎は無二の親友であった、倉の死際に血を吐くように云った言葉を、いつになっても忘れられなかった。彼が労働運動の陣頭に立って、多大な犠牲を払って活動しているのはその為めである。彼が心のひるむ時、親友の死際の叫びは叱るように聞えて来る。

「学問したい人間には学問させろ、学問したい人間を殺す奴があるか」

一家七人

上

過ぎ去ってみれば総てが夢のようだ。

八畳と四畳半の宅《うち》に毎日毎日百人も集合して昂奮してお互いに叫んだ事。会社の悪辣《あくらつ》な詐計で寄宿舎の女工中の強硬分子の六七名は、その国元へと送り返された事。その女工が汽車を途中で乗り捨て、罷工本部《ストライカー》へとって返し、寄宿舎の女工が会社から暴悪な圧迫を受けつつあるを報告した事。罷免者が寄宿舎の塀外で労働歌を歌いながら大示威運動をした事。寄宿舎の窓からも女工等は初め元気よくこれに応じたが、会社の為めにその窓を釘付けにされ第二回の示威運動の時には、黙って涙ぐんでいた事。罷工男工も亦《また》これを見て思わず男泣きに泣いた事。罷工が惨敗に終って解散式を行ったその悲壮な光景。会社に降服した四五名の男工が、女工の為めにお前さんがたはそれでもキンタマがあるのかと嘲笑された事。

その時分れたぎりで、半年振りで逢った田村と猪野とは、恰《あたか》も名優の大活劇でも見ているような気持で、その当時の事を語り合った。

「須永とおせんとは夫婦になっているそうじゃ無いか。何でも相模紡績にいるって話だ」

猪野がこう云った頃は両人は余程酔っていた。

「そうですか、あれがストライキがとりもつ縁かいなんてんだね」

「ハ、、、、、、」と、両人は笑った。

それから後には誰はどうしたとか、彼はどこで働いているとか、その当時生死を賭して会社と戦った盟友の有様を語り合った。しかし多くはその行衛《ゆくえ》がわからなかった。

「みんなちり〴〵ばら〴〵さ、だがな魂はいつでも一ツ所にいるような気がするよ、俺等がこんなにして話し合っているように、奴等も又どこかで俺等の事を思っているに違いない」猪野はしみ〴〵と云った。

「そうとも、ストライキって奴はみんなの魂と魂とを結びつける道具なんだ。はなればなれになっている原料のトップをよ、一反の紡績に織りあげる機械なんだよ」

「全く忘れられないな、こんな気持は御無理御尤《ごもっとも》で、どんな事をしても会社へへいつくばっている奴等にゃわからないや」

「そう云えばあの綿引のおやじはどうしているね、あのゴマスリやのおやじは」

「ふむ、あれが面白い事になってね、あいつとう〳〵会社を追い出されてしまった」

「なにッあいつがかい、真実《ほんとう》かいそれは」

「真実だとも、しかも俺の所へ頼みこんで来やがった」

「ほう、何だって頼みこんで来たんだ」

「解傭手当を貰って呉れってね」

「へえ、それは大笑だ」

「この頃ではこの紡績はひどいそうだ。不景気になったら、職工がいないほうがいゝんだから、あの当時はさ、温情主義の何のと云ったのががらりと正体を現わして、少しの事でも厭だったら出て行けと云わんばかりだとさ、それでさ、俺等の罷工にも入らなかった奴等が、どうしても組合が無くってはいけないと云っているそうだ」

「ふん、やっと眼がさめたんだな」

「眼がさめてももう遅い。綿引のおやじ無理無道な首の切られようをしても、何ともする事が出来ないんでいやがらあ」

「で、君は何と云ってやった。ざま見ろッて云ったかい」

「まさか、そうは云わない。まだはっきりと返答はして無いがね」

「何故、直ぐにはねつければいい、では無いか」

「だがね、あのおやじも困っているからね」

「それで骨を折ってやるつもりかい」

「実はどうしようと迷っているんだ」

「止せよ」と田村は無造作に云い放って、

「あいつには大勢の職工の怨みが籠っているんだ、その怨みからでも苦しむのは普通《あたりまえ》だ」

「いや、悪いのはあのおやじでない、よく考えると会社が悪いんだよ、だからおやじを助けて会社をとっちめてやろうとも思うんだ」

「おい綿引の宅へ行こう」と田村は突然云い出した。

「何しに行くんだ」

「あのおやじ、どんなに苦しんでいるかを見て笑ってやろうと思うんだ」

猪野はそれには答えず、考え深い眼をして腕組をした。

下

田村と猪野とが綿引の宅を訪れたのは夜の八時を過ぎていた。

「やあ、これは珍しい、よく来たね、今は、…………そうか、王子に、景気は？　悪い、お互いに困ったものだね」

綿引は元気よく田村を迎え入れたが、その言葉には力が無かった。

「綿引さん、あんたも首になったそうじゃありませんか」と、田村は勝ち誇ったように云った。同盟罷工の時、同情を求めるとそんな悪い仲間に入れないと、一言のもとにはねつけた綿引の顔が憎み深く田村の眼の中にあった。

「やられたよ」と綿引は直ぐに応じて、

「会社って奴は血も涙も無い所だよ」

「天罰だよ」と、田村は云おうとしたが、その言葉は出ずに、

「何故又やられたんですね、あんたは随分会社の為めになった人なんですのにね」

「全くね、わしもまさか会社はこんなに迄冷酷だとは思いませんでしたよ」

「今やっとわかったかい」と云おうとしたのを止して、田村はこう云った。

「その年になって、会社を止させられて、これから後には全体どうなさるつもりですかね」

「困った、全く困った」と綿引はその皺の多い眼の悪い顔をしかめて、

「わしだけならまだいゝがこの家内だろう。一家七人これが干乾になるのを待っているようなものだ」

田村は綿引と共に宅の中を見廻した。薄暗い勝手口にもの、かたまりのようにうずくま

っているは、七十を越した足腰もたゝぬと思われるような老婆であった。十位をかしらに四人の子供が汚い布団にくるまって枕をならべて寝ていた。七ツ位の女の子が眼をあいてまじ〳〵と田村の顔を見ていた。

「お内儀《かみ》さんは？」

「働きに行っていますよ、今はこれだけの家内で働いているのはあればかりなのだから、全くやりきれない」と、最後の言葉は口の中で悲しそうに消えてしまった。

田村はこの老人を責める事が、何だか気の毒であるような気がしだした。酒の酔いもすっかりさめてしまった。黙って綿引のうつむいている頸の垢じみたのを見ていると、その頸の脈がぴくりぴくりと動いて、

「田村君、君はわしを怨んでいやしないか」と、呟くような声が聞えた。

「…………」

「怨んでいるでしょう。尤もだ、君達が職工一同の為めにやったストライキの仲間入をしなかったのだからね」

「怨んでいるよ」と、田村は素直に云った。

「わしは全体どうすればいゝんだ、わしは全体どうすればいゝんだ」と、綿引老人は涙声でしみ〳〵と云って、

「わしだってあの時程困った事はなかった。会社の悪い事はわかりきっている程にわかっ

ている。けれどもこの家内でしょう。会社を追出されたらば途方に暮れると思いますとね、心を鬼にして、ねえ、それが悪かったんでさね、会社って奴、いくらへいこらしても、追い出す時にはやっぱり追い出しやがる」

田村はこの時「悪いのはあのおやじでない、よく考えると会社が悪いんだよ」と猪野の云った先刻の言葉が思い出された。俺達はこんな哀れな仲間ににくしみをかけるよりも、こんな哀れな人間を無数に生みつ、ある産業組織を責めねばならんと彼は思った。

田村は綿引の困惑している有様を眼の前に見たが、それを嘲笑《あざわら》ってやるかわりに、いくらかの金を包んで、嬉し泣きに泣いている綿引の手に握らせ、外へ出ると、そこに化物のような大きく黒い建物。可憐な女工や虐げられている大勢の人々を呑んでいる紡績工場が威張りくさって突立っていた。

二人の中尉

一

第一回国際労働会議に送る労働者代表選出に就いて、一波瀾あるらしい時であった。私は異様に緊張している同志と別れて、自由をすっかり奪われた奴隷のように、しかも一回の抗議も中立てる機関の無い、兵営の門をくゞらねばならなかった。

ある朝、召集された後備歩兵は、四方から山間の練兵場に群れ集った。私の心は案外落ち着いていた。現役当時からの智識が、兵卒は如何に燥慮しても、時日の来る迄しっかり兵営に縛りつけられているを知っていたからである。

「よう珍らしい、御機嫌よう」

「久し振りだのう、お前さま今東京かね」

兵営生活で結びつけられた人達が、そこゝこで別れた後の消息を語り合った。

やがて私達は中隊毎に分けられる時が来た。

「第八中隊はどうだね、ばかに八釜しいって話でねいかね」

「六中隊は白旗だってや」

「第十一中隊はどうだやあ」

「だめ〳〵、発射弾五、命中点ゼロ」

話している間に、だん〳〵軍隊生活が甦って来た。と、この時一人の将校がつか〳〵と私の傍へ来て姓名を聞いた。私は直ぐ、その将校が誰であるかと云う事がわかった。予備役召集の時に、三週間その将校の指揮に従った事があった。

「やっぱりそうでしたね、実は待っていました。是非私の中隊へお出で下さい」

その将校――H中尉――は私と語り合いたい為め、わざ〳〵後備兵係を志願したのであるそうだ。で、親友を迎えるよりもなお嬉しそうに、私をその中隊、第九中隊へ編入してしまった。

その翌日から練兵は初まった。

暑い夏であるが、三面山に囲まれ練兵場には涼しい青葉の風が吹いた。地上一面に柴が生えて、埃のたゝないのが気持よかった。H中尉は自分より年齢の多い後備兵に円陣を作らして、血の気の多い声で講話をした。

「総て人間は、自分自身の意志で生活しなくってはならない。他人に強いられてやるのでは無く、自ら進んで活きなくってはならない。練兵するにしても、命令だからと云うのではなく、自分自身の意志でやらねばならない」

けれども、後備兵のたゞの一人も自分自身の意志で練兵するものは無かった。H中尉もそれが当然である事を知っていた。それで、彼の口はそう云うだけで、その履行を迫らなかった。恐らくは、彼の講話は、無理無体に、国家の強権で召集された後備兵に云うのではなく、自分自身に対して云っていたのであろう。彼は軍隊の強制を厭い、極度に自由に憧れていた。けれども、彼の運命は軍隊に喰いつかれていた。ところで、彼はそんな事を云っては、自ら慰めていたのであろう。

練兵の間の休憩には、樹蔭々々に自由な姿をして、その時こそ後備兵は、自分自身の考えを、百姓丸出しの言葉で話し合った。中尉はよく在郷軍人会の内容を聞いた。後備兵は馴れるに従って、無遠慮に在郷軍人会の内容をさらけ出した。多くの在郷軍人会で、その幹部の地位は、金力のあるものに占められ、小作人階級はそれに従っていなくばならなかった。金があり、金で買った学問があれば、一年志願兵になられ、一年志願兵が郷里に帰れば、在郷軍人会の重要な椅子を占める事が出来、その又地位を利用して、無産階級を苦しめる態度をとると、小作人の後備兵はその不公平を罵り、反抗した。中尉は私にこう云った。

「日本でも独逸《ドイツ》にならって、民衆の勢力に対抗し、これを屈伏せしめる為めに、在郷軍人会を強大にする事を努めているのだ」

「うまくゆきますかなあ。今の民衆は特権階級の考えているよりは利口過ぎるようですなあ」

「そうでしょう。それはそうなるべきです」

夜になると、週番の時には、中尉は必ず私を迎えによこした。私共両人は士官室で、点呼の来るのも忘れて話し合った。士官と兵卒として話すのではなく親しい思想上の友人として話し合った。中尉は熱心に私の話す東京の民衆思想が急変しつつある有様や、労働運動の実際を聞いた。話がシベリア出兵問題に及ぶと、H中尉は、特権階級の侵略的野心を痛罵した。

二

○○在郷軍人会の総会がこの○○兵営にあった。県中の支部分会の会旗と、それを捧持して支部分会の代表者はその朝練兵場に集合した。某知事、某将軍の講話があった。長々しい型にはまった拙い講話を、兵卒は、炎天の下で、不平を云う事も強圧されて、黙って聞いていなくってはならなかった。自治的と称している在郷軍人会に強権が伴って、それで民衆の自発的噴火を防ごうとしている滑稽。私は腹をかゝえて苦笑せずにはいられなかった。講話が終ると相撲銃剣術等の余興があった。酒を自由に買い飲めるので、後備兵は大喜びであった。

その晩の事である。H中尉の従卒が飛んで来た。

「中尉殿が直ぐお出でを願いますって」

士官室の扉を開けると、私は直ぐH中尉の異様な昂奮が眼に写った。顔は真赤になって、身体は急速に息をしていた。シャツのボタンは外れ、手はしっかりと、机の片端を摑んでいた。酒気が激しく漂っていた。

「君ッ、おわかれだ」

彼は、私の顔を見るなりこう云った。

「どうしたんです」

「この聯隊にシベリア出兵の命令が下った。そうして僕はその先発隊です」

「……………………」

云うべき言葉が、私の口から出なかった。

何と云う意外な災害であろう。

「僕はどうしたらい、のだ」

暫時の後、中尉は頭髪をかきむしりながら底力のある声で云った。

「ねえ、この場合、僕はどうした事をすればいいのでしょう。君の意見が聞きたい。もしもシベリアでボルシェビキと戦わねばならない時、僕は一体どうすればいいのだ」

「さあ、…………」

この時、私は一時のがれな卑怯な意見を吐いたように記憶している。何でも、私はこう云った。

「自分を殺そうとする敵に遭遇した場合、それが好ましくない事であるにしても、その敵は殺さなくってはならない。何故ならば、自分がその敵を殺さないならば、自分が敵に殺されるから」

中尉は黙って私の意見を聞いていた。私は続いて、

「もしもそれが厭であったならば、軍人を止めるがよい。それが一番正しい事だ」と、云おうとしたが、卑怯にも云わなかった。と、

「何とかロシアへ行かずともよい方法はないですか」

振り返って見ると、そこに従卒君が突立っていた。彼も昂奮していた。小作りな、眼の涼しい若者が、よく磨いた白い歯で下唇を嚙みながら、じっと私の顔を見た。

私達は黙ってしまった。従卒もそれっきり口を錠のように閉してしまった。

中尉の運命はその従卒の運命でもある。私は彼が平常の議論からして、彼が何を云おう

かと云う事がわかるように思われた。彼は確かに斯《か》く思っていたに違いない。

（それを職業としている士官でも、シベリア出兵には反対するのだ。況《いわ》んや強制された一兵卒の俺は、断じて、そんな特権階級の道具になる命令には服従しない。その為めには

…………）

彼はこれに反抗する方法に確信があるらしかった。しかし彼の口は錠のように固く閉じられている。それを口にすると云う事は恐ろしい事であったのであろう。

私共は長い間黙っていた。

戦争の為めに建てられてある四角い赤い煉瓦の壁だの、佩剣《はいけん》だの、軍服だの、戦争そのものを実写した額だのが、威嚇するように、私共三人を取り囲んでいた。

「軍人にならねばよかったのだ。軍隊程非常識な所はないのですからね。この前に、東京の友人から、婦人公論を送って呉れた事がありましたがね、それがA中佐の目に止まると、僕から奪いとって、溝の中へ叩き込んだ事があった」

何と思ったのか、中尉は、不思議な程落ちついて、静かに、こんな事を話し出した。

「命令は絶対だ。精神も奪われる、生命も奪われる。魂も奪われる。軍隊は人間を人殺しの機械にする所だ。しかも人間が人間を機械にする所でなくて、機械になった人間が、他の人間を機械にする所だ。そうだ。時代を知らない人間の機械が威張っている。その機械にはもう人間の言葉は通じない。…………」

話し出すと、中尉の口から情熱が、迸《ほとばし》るように突き出た。彼はやゝ酒を飲んでいた。一時は青くなりかゝった顔が、又赤くなった。

この時点呼ラッパが鳴り出した。中尉の口から、これから吐き出そうとする不平の、恐らくは十分の一も云わない先に、絶対の命令を強いる点呼ラッパは、戦闘でも開始するように、厳《おごそ》かに鳴り渡った。

三

シベリア出兵の噂は忽《たちま》ち伝播した。聯隊中はそれを云う為めの口であり、それを聞く為めの耳であった。現役兵は盛んに故郷へ手紙を出した。気の毒なのは、今年除隊になる筈《はず》の二年兵であった。彼等は待ち焦れた故郷へ帰る代りに何の為めに戦争するかわからない戦場へ行かねばならなかった。我子の帰るのを指折り数えて待っている父母へ、兄弟へ愛人へ、彼等は急いで手紙を書いた。

第〇中隊第三班の銃架の傍の柱に、小さなカレンダが掛けられてあった。それには誰が記したのか、除隊の日を起算しての日数が、毎日インキで書かれてあった。二年兵は朝毎に、そのカレンダ一枚はぎとりながら、夜も夜で、二人以上集まるときっと、

「あゝあと九十九日だなあ」とか、

「さあ九十七日になったぞ」とか云い合った。

なかには時計を見ながら、

「そら、あと九十六日と五時間、二十五分と十二秒だ」

「そら又一分過ぎた」

「おいカレンダ、早く少くなれ」

実際このカレンダこそ、彼等にとっては、聯隊中での最も親愛なものであるのだ。

そのカレンダが誰によってか、忽然として、一枚残さず、荒々しくむしりとられたを私は見た。彼等にはもう、そのカレンダは親愛なもので無くなったのであろう。

後備兵はこれ迄現役兵と混合班を作っていたのであったが、階上の第五第六班に後備兵ばかりで起居する事になった。

「こいつはいゝ。ズベラが出来るぞ」

後備兵にとっては、シベリア出兵は寧《むし》ろ喜ばしい事のように見えた。雨が降ろうと鎗が降ろうと、あと十日も経てば、この厭な兵営を出られるのである。それ迄は成るたけ要領よく呑気に過す事、それが後備兵の幸福であった。シベリア出兵の為めに聯隊は動揺している。そのドサクサまぎれに、少しでもなまけよう、それが後備兵の幸福であった。ところが、彼等にとっては、意外にも、四日程経っての後の日曜日に外出止めの命令があった。理由は出兵準備の為めだとある。外出は兵卒にとっては何ものにも増して楽しい事である。自由に呼吸出来る時である。何の用が無くとも、営門から外へ出る。それが重大な慰安となるのである。それが止められたのである。後備兵はプンプン怒り出した。

「何だと、シベリア出兵がおいらに何の関係がある。あと二十本のメンコ飯を喰えば、宅へ帰って立派な聯隊長様だ。命令だなんてあまり威張るない」

酒保へ行ったが、酒保でも酒の販売が禁止されてあった。見ると、他の中隊の後備兵はどし〳〵外出している。

「おい外出禁止は中隊命令だっゃあ」

「糞面白くもない、週番士官は誰だい」

「昨日からK中尉だ」

「あいつか、野郎服装検査を面倒臭さがって外出止めにしゃがったのだなあ」

「野郎まご〳〵すると、毛布じめだぞ」

夜になってから酒保では酒を売った。出兵間際の一夜である。私は階下の班に行って、顔馴染になった現役兵を見舞った。彼等は返納品の手入で可成り忙しかった。私は二三人に二言三言言葉をかけたが、彼等は命令には絶対に服従すべき事である事を知っていて、何の為めに戦うのであるかと云う事を知らなかった。私は気の毒になりながら、階上の班に帰ると、後備兵の半分は酔払って、毛布の上に寝転びながら、盛んにK中尉を罵り合っていた。

やがて点呼ラッパが鳴り出した。いつもの通りに班内に整列すると、

「おい中野が居ないぞ」

「どうしやがった」

「酔払っていやがるんだぞ、誰か見て来てやれ」

「あッいけねい、週番がやって来た」

階下から士官の剣のガチャツく音と、間もなく点呼をとる声々が聞える。

「可哀そうに営倉だぞ」

この時、ようやく、誰かゞ想像したように、中野がぐでんぐでんに酔払って、よろめきながら帰って来た。

「あゝよかった。しっかりしろッ中野」

それでも中野は、間違いも無く自分の席に立った。同僚が急いで服装を直してやった。

「どうしたんだい。みんなが心配してたぞ」

「しッ」

「気をつけッ」と、現役軍曹の班長が怒鳴った。週番肩章をつけたK中尉が、週番下士を従えてやって来た。

「第五班、総員四十三名、現在員四十三名」と、報告した後、班長は、

「番号ッ」と、後備兵に命令した。

「一」

「二」

「三」

……………………みんなが憂惧した程でも無く、中野は間違いなく自分の番号を云った。

兵卒が番号を云い終ると、班長は、ホッと安心したように、

「異状ありません」と云って、早く士官の立去るのを兵卒と共に待った。が、士官はその儘《まま》立ち去らなかった。

「お前の名は何か」

果して、士官の怒声が中野の前で吐かれた。

「はい。中野清太郎」

中野の身体はふら〳〵揺れ出した。

「そんな不動の姿勢があるかッ。貴様酔払っているな」

「はい」

「コラッ、口答えするかッ」

全く突然であった。中尉は中野を突き飛ばした。突き倒されて、起き上った中野の頬は五度び六度び、中尉の掌で鳴り響いた。

「後で士官室へ来い。班長中野を後に連れて来給え」

中尉の靴音が階下に消え去ると、後備兵は猛烈に騒ぎ出した。

「口答えなんかせんじゃないか」

「士官なら兵卒を擲《なぐ》ってもい、のか」

「中野ッ。行くな行くな、行くなら反対に中尉の油をしぼって来い」

それでも、中野は悄然として、士官室へ行かないわけにはならなかった。しかし、中野の行った時、K中尉の姿は、もう士官室に見えなかった。聯隊本部へ報告に行ったのであろうと思って待っていたが、どうしたのか、中尉は遂に中隊へ帰って来なかった。

消燈後、毛布に包まれ寝ながら、後備兵は黙っていなかった。

「野郎、後備兵と現役兵とごっちゃにしちゃ間違いだぞ」

「戦争に行くと思いやがって、サカリのついた馬のように荒っぽくなっていやがる」

サカリのついた馬のように荒っぽくなっている。それはそうかも知れないと私は思った。出兵前の、中尉の眼から見たならば、後備兵の、あまりと呑気であって、出兵軍人に対し同情のない態度が癪に触ったのであろう。全くこの場合後備兵が在営中だと云う事は、まるでその気持に於て、水の中に油の混っているようなものだった。それは、戦争を目的としてある兵営の空気と、平和を好む民衆の心との相違である。極度に圧し馴らされている現役兵と、外来者である所の後備兵との気持の相違も、私はハッキリと見た。

四

兵営の空気と、民衆思想の衝突とが、その翌朝、矢張この中隊に起った。

それは、朝の洗面場で、現役曹長が、自分が洗面する為めに、現役兵に汲まして置いた水桶の水を、後備兵が使っているのを見て、ブルブル怒り出したからである。一言二言云い争うと、曹長の手が一人の後備兵の頰に飛んだので騒ぎは大きくなった。

「威張りやがるない。彼奴はおいらが二年兵の時、新兵だったんじゃねいかよ」

「ろく〳〵百姓出来ねえもんだから、威張ろう為め軍人になりやがって、何が曹長だ。世間に出たら使い道の無い人間だ。のらくろ野郎めッ」

「水を使ったのが何故悪い。兵隊が大勢殖えたんだから、誰だって余計な時間待っているんじゃないか。それを曹長だからって、自分だけが水桶の水を思う存分使ってい丶って事はない。ある水なら誰だって使ってい丶や」

「明日の晩にみろ。野郎出兵も出来ないようにしてやるから」

後備兵は口々に罵った。彼等の団結は労働者がストライキを計画するよりもなお速かに結ばれた。明晩。それは出兵祝いの無礼講のある晩である。

この日の演習は歩哨斥候の動作であった。天神森の涼しい樹蔭で私達は実習をした。

よく晴れた日だ。前面遠く重なり合っている山と山との間に、海が見えるかと思われるような日である。直ぐ眼の下に深森があって、その尽くる所に、兵営の瓦屋根が、キラキラ白く輝いて、その先に村松の町が、呑気に昼寝をしていた。練兵場ではどこかの中隊が頻りと突撃演習をやっていた。射的場からは、時々ポンポン射撃の音がする。私は一人の同僚と共に第一歩哨に立てられたが、歩哨に立てられているような気はしなかった。鶏がどこかの民家から欠伸でもするように鳴いた。

そこにはH中尉が見廻りに来た。

「第一歩哨異状は無いか」

「はい。五分間前に、前面の独立樹附近に敵の斥候らしい者三名現われましたが、間も無く後方へ退却しました。終りッ」と、同僚は報告した。H中尉なお二言三言試問をしたが、私には唸くように、

「君、残留になった」

「え、どうして」

中尉は微笑をもって、これに答えただけであった。どことなく、もの足らぬ、淋しい微笑であった。

午後三時、演習が終ると、私は服装もとらずに営兵所へ駆けつけた。それは今日の新聞を受取る為めである。丁度この時、東京では国際労働会議に送る労働者代表の選出に就い

て政府と労働組合とが大活劇を演じている時であった。私の属している労働組合は大活劇をしている。私の同志は目覚しい奮闘をしている。新聞紙はその半面、一面をこの活劇の為めに書き立てゝいる。私は少しも早く新聞を読まねばならない。

私は営庭を横切り走ったが営兵所附近に来て、釘付けにでもされたように立ち止まらざるを得なかった。

見よ、そこにも、こゝにも一群れの人々は、悲しそうに話しているではないか。老いたるも若きも、なかには赤い手柄をかけた丸髷の婦人も混っていた。

私は尤も遠い樹蔭で、腰の曲った老爺の泣いている姿を見た。その対手《あいて》の現役兵は頻りと慰めているらしい。老人は杖を持って草鞋を履いていた。恐らくは汽車も通らぬ山奥から出て来たのであろう。食糧を包んであると思われる弁当袋を背負っていた。

私は何事か慰めの言葉を、この現役兵が戦場へ赴くを知って、別れに来た人々に云いたくって堪まらなくなった。けれども、その話を妨げるのを恐れて、その間近くにも行けなかった。私は新聞を見るのも忘れて、長い間、営庭に立ち佇んで、別れを云っている人達を見た。

出兵祝いの夜がやって来た。夕食には珍らしく酒が出た。一人宛て一合であったが、酒保から、又はどこからか配給以外の酒が密輸入されていた。何事か起らねばならない夜である。兵営の空気と民衆の気持とが衝突する夜である。しかし、夕間際になってから、後備兵は曹長を擲る事は中止だと云い出した。形勢の非なのを悟って、曹長は後備兵に謝罪したのであるそうだ。

酔が廻わると唄が初まり、踊りが初まった。初めは各班毎に踊り、踊らない班もあったが、暫時の後には、踊り手は各班を踊り廻った。踊り手の群れは又、時々士官室を見舞った。が、後備兵に目指されている憎まれ者のK中尉は遂に姿を見せなかった。居合わせたH中尉は、後備兵の為め班内に担ぎ込まれ、盛に胴上げされ、祝福された。

歌には出陣を祝うような文句は無かった。平和に踊りぬく在所の盆踊りの唄が多かった。歌わぬ時にはただ無茶苦茶な調子をとって踊り廻った。密集した力の満ちた男の強い響きが、兵営中をころがり歩いた。

フト私は窓から外を見た。月の清い晩である。山は黒く屹然と立っていた。

人間のごまかしの愚劣な生活！

私は自然に叱られるような気がした。

泣いていた老人の姿。それが又思い出された。

無茶苦茶な、目的も何も無いような踊りの群れは、盛に兵営を転び歩いている。

五

「K中尉を弾劾しよう。野郎ほって置くとくせになる」

こうした輿論が、後備兵の間に伝播した。

「どうだい、みんなで聯隊長に上申しようじゃないか」

しかし、問題が具体化すると、それに賛成しない口吻を洩す兵卒も出て来た。

「だがなあ、もう出兵するんだからなあ、勘弁してやろうよ」

「出兵するんだから猶更《なおさら》だ。戦地へ行ってもあんな調子でやられちゃ現役兵が可哀そうだ」

「そうだそうだやっつけよう」

K中尉弾劾の硬論を主張するのは一等卒連中であり、中尉擁護の立場に立つのは上等兵仲間であった。私は工場でストライキを行う時、硬論が一般の職工によって主張せられ、会社を擁護するような主張をするのが、「長階級」である、それと同じい心理が、兵営内にも行われる事実を見た。

一般職工と「長階級」とが非常の場合に仲間喧嘩をするように、主張の相違は一等卒連中と上等兵仲間とに、一寸《ちょっと》した口論をせしめた。と、遂にこの問題を私の所へ持って来た。

「ねえ、何とかしめくゝりをして下さい」

私はこれ迄この問題を傍観していた。数知れぬ程の労働争議に私は関係したので、ストライキの場合でも私の気持はその当事者のように、緊張したり昂奮したり出来なくされている。その心持の現われが、矢張こんな場合にも現われている自分を私は見た。私はこの渦中に入る事に気が進まなかった。けれども後備兵はしっかり私を摑んで放さなかった。そのうちに私自身にも興味が湧いて来たので、

「それでは兵卒会議を開こう」

いよ〳〵聯隊が出兵すると云う前日、午後が武器被服の手入であったので、後備兵一同は第五班に集合し、私は満場から議長に推選された。

議事の半ばに下士室から現役の軍曹や伍長がやって来て、何事が初ったのかと云ったように、じっと有様を見た。私は自分ながら上出来に、この監視の立場にある人達を笑わせて、文句を云わしめなくする事が出来た。現役兵が傍聴に来た。H中尉がやって来た。私はいずれも、これを満場に計って追払ってしまった。こうした会議に馴れない、恐らくは初めてこうした有様を目撃した人達は、好奇心にそそられて、誰しも会議の邪魔をしなかった。とう〳〵K中尉弾劾の決議文は可決され、これを上申する方法を私が一任されてしまった。

私の議長振りは大評判になった。

「何でもたゞの人間でないと思ったが偉いもんだ。中隊長よりも偉い。大隊長よりも偉い、聯隊長、先ず聯隊長だな」

私はこの無邪気な人達に対して苦笑しないわけにはならなかった。みんなが、自分の力が、民衆の力がどれ程強いかと云う事を知らずにいる。私はちっとも偉くない。ただ境遇が私をして、議長でも出来得るようにしたのだ。誰しもが、自分自身に忠実であり、近代労働者として小作人としての自覚があったならば、私よりもなお勝れた才能をもっている人達が多いに違いない。ただ、みんなが、自分で自分の力を知らずにいるのだ。

私はこう云った意味の話をした。

するとその晩、一人の上等兵が窃《ひそ》かに私に聞いた。

「真実の事を云って下さい。君は猫を被っているのだろう。どうも真実の事は隠しているようだ。俺も小作人だ。真実の事を知りたい」

私は後備兵の気持と、後備兵を通じて、一般の小作人階級が、どうした方向へ、その考えを持って行くかと云う事を知った。そして若しも××××、××××××××、××××××、×××××××××××。

その翌朝、いよ〳〵聯隊の現役兵は出兵した。町は花火を揚げてこれを送った。私共後備兵は、営門を出で、両側に堵列《とれつ》して、これを見送った。

戦時武装をした軍隊は今、歩武堂々として私共の前を通る。万歳の声が、どこからか起った。しかし何と云う貧弱な万歳の声であろう。腹の中から迸《ほとばし》り出る声で無くて、口の先で義理に云っている声である。

第○中隊の後備兵は黙っていた。が、やがて、自分の中隊の現役兵が歩いて来た。知っている兵卒同志は、お互いに微笑をかわした。と、擲られそこなった曹長が愛嬌を振りまくらしい顔をして後備兵に向けた。続いて第三小隊長として、K中尉の軍人らしい姿が眼の前に歩いて来た。抜群な功名をするつもりであろう。指揮刀は日本刀が仕込まれてあった。

「万歳ッ」

突然、後備兵の誰かゞ叫び出した。

「万歳ッ、ばか万歳ッ」

恐らくはK中尉の耳にはばかと云った嘲笑的な言葉は聞えなかったのであろう。肩を聳《そ》びやかし、得意な顔をして、挙手の礼を返しながら、悠々と通り過ぎた。

社会劇　工場法

時　日本と云う国に初めて工場法の実施された翌年。晩秋の夜。

所　東京深川の猿江裏町の裏長屋

人　大久保惣助　機械職工
お時　その妻
秀雄　その子
老人　古本屋の叔父さん
中野　職工係

お倉　　お時の朋輩
お千代　　お時の朋輩
高山　　職工
依田　　職工
佐野　　職工
近所の人　　二三人

（幕静かに開く）

（舞台は狭く汚れたる労働者の巣。暗い五燭の電燈に隠現して貧乏がそこ〻に寒むそうにしがみついている。

お時は二十二三の女盛を垢染みた着物に包んで、せっせと内職の当物張りをしている。傍に眠っている赤児の秀雄にかけてある着物だけがこの宅《うち》のものでないように、新しく綺麗な色彩を放っている。

外では霜でも降るらしい、支那そばの笛の音が悲しげにどこからか聞えて来たが、どこかへ消えて行ってしまった。

静かな夜である。

舞台の下手《しもて》の、家外には共同水道がしょんぼりと突立っている。

お時は急に聞耳をたてた。風の音か、と思ったら、今度ははっきりと人の訪れる声が聞える。下手の門外に佇んでいる若い女の影二ツ。それはお時が女工してた時分の朋輩、お倉とお千代とである。そゝくさ立上ったお時が入口の雨戸を開けると、懐しそうな気勢《けはい》を洩しながら、表の両人は宅《うち》の中へと入った）

お時 （驚いたが、直ぐ驚喜して）お倉さんじゃないか、まあしばらくね、お千代ちゃんもまあねえ。

お倉 （お時に）上げて貰《もら》うわ。（ずか〳〵と上りこんで座り、あとからお時の座るのを待って、丁寧に挨拶する）今晩は、御無沙汰しました。一度来よう来ようと思っていたけれどね。

お時 い、え私こそ、それでもよくまあねえ、（お千代がお倉の後で矢張お辞儀をしているのを見て）まあお千代ちゃん、大きくなったやあ。（お千代を見惚れて感嘆する。語尾についお国言葉が出た）

（お千代はやっと女になったかならぬかの十七歳の少女である。今は昔、お時とお倉とが温味《ぬくみ》の無い紡績会社の寄宿舎のある部屋で若々しい心のやりばも無く、すっかり自由と云うものを奪われていた時、同じ国から新らしく買われて来たお千代の、可愛いらしい顔かたちや無邪気な起居振舞《たちいふるまい》がどのように慰安になったろう。お倉とお時とはお千代の事で喧嘩もしたが、三人

は又真実《ほんとう》の姉妹のようなまじわりをした）

お千代　（はにかんだような笑いをしながら）私も逢いたい逢いたいって思ってたけど、道が遠いすけいにの、（と半なまりの越後弁で懐しそうに云う）

お倉　（宅の中を見廻していたが、無遠慮に）まあ何だか貧乏臭いわねぇ。

お時　（はっとしたさまで、急にみすぼらしい自分を顧みた。が、てれ隠しのように）お倉さんのコートはいい柄だわね、随分したでしょう。

お倉　（心附いたように、着て居たコートを脱ぎながら）なあに安物よ、もう嫌になったから、これを売ってね、もっといいのを買おうと思っているわよ。

お時　まあこのコートが嫌になったって、

お倉　当節は何でも服装《なり》で人間の価値《ねうち》を定めるんだからね、宅はたとい九尺二間のトンネル長屋を巣にしていても羽だけは綺麗にして置かないと、

お千代　（お時が自分のみすぼらしい姿を恥じて、お倉の言葉を聞くに堪えぬさまなのを知って、窃《ひそ》かにお倉の袖をひく）姉さん。

お倉　（お千代を顧たが、お千代がいつ迄も黙っているので、けゞんな顔をして）何だいやあ、おかしな子だね。（矢張お国言葉が少し混る。お倉がお千代に話す時には常にそうである）

お千代　（見詰められたお倉の眼を外して）だって、（秀雄の寝姿を見付て、赤ん坊の傍に寄り）まあ可愛い！

お倉　（同じく赤ん坊の傍ににじり寄りながらお千代に対して）変な子だよ全く。

お千代　（お時にわからないように、お倉にお時の姿を眼まぜをする。そうして大きな声で）何んて可愛い子でしょう。

お倉　（お時の姿を凝乎《じっ》と見詰めたが、漸くお千代の心がわかったらしく）あゝわかった。お時さんが貧乏染みているから、服装の話など止せっての。

お千代　（真赤になって）まあ厭《いや》な姉さん。

お倉　（笑う）お止しよ、そんな事何だってい、じゃ無いの、他人《ひと》様じゃあるまいし、それにお時さん、貧乏たって別に恥しい事は無いわよ、私達はさ親から何ひとつば貰ったんじゃあるまいしさ、親の脛齧《すねかじ》りやお亭主の寄生虫たあ違うわよ、私達は私達が働いて喰って来たんじゃないの、それがさ、子供でも出来れば、働けなくなるから、貧乏するのは当然じゃないの、

お時　有難うよお倉さん、何ね、この頃は良人《うちのの》が怪我をして休んでいるんでしょう。それでお恥しいこんな有様なの。

お倉・（しみぐ〜と）全くね、稼人《かせぎにん》が怪我しちゃどうにもならないわね。（急に快活に）そうそうかんじんな用を忘れていた。今日はその事で来たんだがねお時さん。（改って）此度《こんど》は大久保さんが飛んだまあ災難で、真実にお気の毒でござりました。

お時　（座り直って）え、有難うござります。

お倉　（お千代が風呂敷包から出して、渡した一封を受取って前へ差出し）これはホンの志ばかりなんだけんど、十三号室の女工一同からお見舞として差し上げますので、何卒《どう》ぞお収めを願います。

お時　こんな事をして戴いては、返って何でござりますが。

お倉　（お俠《きゃん》に、友達に対する態度になって）とって置きなさいよ、とるのとらないのって面倒臭いじゃないの、それから（と、懐ろから、別に金をいくらか出して包み）これで赤ん坊の頭巾の一ツも買って下さいよ。

お千代　姉さんったら、それじゃあんまり。

お倉　何があんまりなの。

お千代　（低声で）あんまり馬鹿にしたようだわ。

お時　いゝえ、馬鹿にした所じゃない。（感動しながら）貰って置くわお倉さん、私のようなものでもお友達だと思いばこそね、（秀雄の寝顔に向って）坊や叔母さんがね、いゝものを下すったよ。

お倉　（秀雄を抱きあげて）まあ全く可愛い顔してるね、お時さんにそっくりだわよ。

お千代　あら眼を覚すといけないわ、まあ笑って、眠りながら笑っているわ、おや泣くわ泣くわ、姉さん下しなさいよ。

お倉　（秀雄を寝かして）早いものだわね。お内儀《かみ》さんになったかと思うと、いつの間にか母ちゃんになってさ、ホラ。（思い出したように）いつかお時さんが云ったけね。私は今こうやって紡績の女工をやっているけれども、私のお亭主になるたった一人の人が、どっかに矢張生きているに違いないってね。

お時　まあそんな事を覚えていて？

お倉　それから、その人は眼には見えないけれど、私が悪い事をすると、その人は怒ってるように思われるし、一生懸命働いていると、その人はどこかで私を賞めているように思われるって。

お時　（懐しそうに）その時分は全くよかったわ。幸福《しあわせ》が待っているように思われたんだものねえ。

お倉　まだお時さんの文句の続きがあったよ。

お時　（センチメンタルな眼をして）だから、私が悪い事をせず、ただ一生懸命働いていると、その人はいつか迎えに来て呉れるに違えないって。

お倉　そう〳〵。そう云った時のお時さんの眼をまだはっきりと覚えているわよ、真実に神々しいと云いたいような眼をしていたわ、それからまだあった。（少し考えて）ホラ、お時さんはこう云ったじゃ無いか、いつか私も赤ん坊を生むに違いない。その赤ん坊に対しても悪い事は出来ないってね、その赤ん坊が大きくなってから、自分の母親はこんな悪い人だって思うような事をしちゃいけないってね。

お時　そんな事も云ったわよ。

お倉　そしてさ、お前さんはその言葉の通り働いたじゃないか、一生懸命働いて悪い事はしまい、善い事を善い事をってばかりしていたじゃないか。そうしたら思っている通り、お亭主が迎えに来て、思っている通り赤ん坊が出来たんだわね。（笑う）

お時　何もかもその通りよ、けれどちっとも幸福にならなかった。みんな反対《あべこべ》になってしまった。世帯なんかもつものじゃないって事が、しみ〴〵わかったわよ。お千代ちゃんもうっかり世帯を持とうなぞって、不量見起しちゃいけないわよ。

お倉　なあに、世帯を持つのが悪いのじゃ無いのよ、貧乏が悪いんだわよ、何故貧乏しているかと云うと、会社が自分でばかりお金を儲けて、職工にろく〳〵給料も払わないからよ、だから一口に云えば会社が悪いのよ、だからさ（急に眼を輝して低く力ある声で）この頃に一騒動起そうってのよ。

お時　騒動を起すって？

お倉　騒動を起してもいゝ、わけがあるのさ、お時さん、お前工場法ってしっているか。

お時　知らないわ。

お倉　去年から出来た政府《おかみ》の規則なの、それによればね、満十二にならない子供を女工にしてはならないって。

お時　へえ。

お倉　それを工場じゃ犯しているんだわよ、まだちっぽけな子供をどん〳〵募集人が連れて来るのよ、でね、この間もおかしかったわ、交代日に浅草へ遊びに行く道で交番のお巡りさんがその小さな子に、お前年はいくつって聞いたのさ、そうしたらその子は教えられた通りに十三って云ったからね、ほんとに吹き出したくなっちゃったわ、ねえ千代ちゃん。

お千代　真実《ほんとう》、だってこれっぱかりの子が、真面目臭って十三って云うんだものね。（笑う）

お倉　それからが面白いんさ、流石《さすが》に巡査さんも不思議に思ったと見えて、なお根掘り葉掘り聞くんでしょう。その子はとう〳〵真実の事を云っちゃったのよ。

お時　真実の事って？

お倉　会社の年は十三だが、真実の年は十一だってね。

お時　まあ。（三人笑う）

お倉　でね、その後警察の方から何とか云って来るかと思ったら、何とも無いんさ、巡査さんだっていゝかげんなものね、それからまだ会社が工場法を犯していやがるわよ。

お時　そう！

お倉　工場法によれば一日一時間以上私達を休ませねばならないんだとさ、それでね、会社ではおひるまえに一度、おひるからも一度休ませると、ちゃんと掲示をねしてありながら、休ませやがらない。

お時　まあねえ。

お倉　まだいろ〳〵あるが、政府の規則も守らないような会社だものさ、女工なんて人間とは思っていないんだわよ、女工の生血をすゝってさ、自分達は自働車で芸者と相乗り、全く人でなしさね。考えて見るとおかしなことだらけさ、職工や女工は何にもわからんと思って好き勝手な事をしていたんだね、

お時　それで騒動を初めるんだって？

お倉　（緊張して）極《きま》っているわよ、私達だって馬や牛じゃ無いから、そう黙ってばかりはいられない。

お時　だってもそれじゃ悪いわ、会社の為めにならないわ。

お倉　（笑う）そうら初まった。私はお時さんが屹度《きっと》そう云うだろうと思っていたわよ。けれどさお時さん。大久保さんの怪我だってね、問題なのよ。

お時　（気遣しげに）良人《うちのの》が、問題だってそれは全体何なの。

お倉　男工の人達がそんな話をしていたわよ。

お時　そう云えば、まだ帰らないが（凝《じっ》と耳を澄す。表には風が吹き出したらしい）良人は病院に行くってね、いつもならとっくに帰っているんだけれど。

お倉　だけれどね、心配はありませんよ（思い出したように、お千代と顔を見合せて）それ

じゃお時さんお暇《いとま》をしますよ。（急にそわ〳〵する）
お時　まあ急に帰るなんて、まだお茶も出しませんのに。
お倉　実はね、今晩少し忙しいのよ、宅《うち》がわかったから又来るわ。
お時　後生《ごしょう》だからもっといて下さいよ、その中に良人でも帰って来ましょうから。あらもっといて下さいよ。
お倉　有難う。でも全く忙しいんだから。（お倉とお千代挨拶して帰る）
お時　（両人《ふたり》を見送って、表の戸を閉めたが、心配そうに耳を澄した。と、赤ん坊の秀雄が夢でも見たのか、急に泣き出した、お時は狼《あわ》て、添乳《そえぢ》をしたが泣き止まぬので抱きあげてあやしながら子守唄を唄い出した）坊やのお守はどこへ行った、あの山越えて里へ行った。里のお土産《みや》に何貰った……………（唄っているうちに、秀雄は眠り、お時もいつの間にか懐しい、センチメンタルな快い気分になって唄い続けた。と夢でも見たらしい。秀雄は急にけたゝましく泣き出した。若い母親は狼て、添乳をした）
お時　（母親らしい慈愛で赤児の背を軽く叩きつ、子守唄を唄っていたが、それがいつの間にか話になる）坊やは良い子だねんねしな、坊やはほんとに良い子だねえ、ねんねんねんねんねんねんこしたらね、明日は浅草へ行って赤い帽子を買ってあげようねえ。それから赤い洋服に赤い可愛い靴に、まあどんなに可愛い、だろうねえ。（あまたゝび秀雄を接吻して）その時になればかあちゃんだって銘仙の羽織位は持っているわよ、倉ちゃんのようなコートも着て、丸髷に結うわよ、てがらも赤い新しいのに、そうよ、まだ派手過ぎはしなくってよ、父ちゃんはオーバコートに今流行《はやり》の黒い何とか云う帽子に、そしてなかよく活動写真へ行こうねえ。い、ことねえ、い、ことねえ。（あまた、び秀雄を接吻して）まあこの子はもう眠ってしまったのだよ。（しげしげと我子の顔を見ていたが、急に声を曇らして）まあ可哀そうにやせたわよ、やっぱりお乳の薄いせいだわね、（涙ぐんで）ほんとに坊やも可哀そうねえ。けれどねけっして母ちゃんをお恨みでないよ、かあちゃんだってね、今日は一度しきゃ御飯を戴かないのだからね、ねえい、かいねえ、今度ねえ生れて来るなら大金持の子に生まれて来るのだよ。（怨恨を混えて）ずっと、ずっと、上等飛切の大金持のお宅へねえ、そうしたらこんなにやせたりなんかしないわよ。忘れてもこんな貧乏人の子に生れるものじゃあ無いわよ。（泣く）母ちゃんだってどうしてい、かわからないわ、父ちゃんがお怪我をしてね、お銭《あし》なんか一銭だってとれないのよ。（罵る）ほんとに明日のお米もあらしない。（凝乎と秀雄の顔を見ていたが、そっと秀雄を寝かして急に狂人にでもなったように内職を働き出した。外には風も吹き出したらしい。ビュウと空がうなり出した。どこかの雨戸ががたがた鳴った。この宅の入口は正面に当っている。主人の大久保はそこの障子をあけて景気よく帰って来た。大分酔うているらしい、着古した木綿羽織に対照して右手を包んだ包帯の白きが浮いて見える）

お時　（内職をせっせとやりながら）お帰りなさい。寒かったでしょうねえ（振り向いて何か

云おうとしたが、急にくるりと良人に後を見せた。大久保の酔うているのに気がついたのだ）

大久保　おや、おや〳〵おかしいや、お帰りなさいっておしり向ける奴があらあしねえやな。

お時　（涙ぐんで）知りませんよ。

大久保　知りませんよと来やがった。（笑う）可愛いお亭主さんが寒い夜路からお帰り遊ばしたのだ。どうかその何だい、お手柔かって奴《やつ》にお願い申してえんだ。実はお時俺あ嬉しくって堪まらねえんだ。（笑う）まあこっち向きなって事よ、（お時の肩に手をかける）おやお前泣いているじゃないか。

お時　（大久保の手を振り放して、屹度《きっと》良人に向き合う）妾《わたし》、今日と云う今日は愛想もこそも尽き果てしまった。さあ暇を出して下さい。たった今暇を出して下さい。

大久保　（ぽかんとして）暇を出せって俺にかい。

お時　誰が他人に云うものか、あ、口惜しい。（泣き伏す）

大久保　（酔のさめ果たようの顔付きで）おいどうしたんだい、冗談であらあしねい、あ、よし〳〵、（秀雄を抱きあげて）秀雄が泣き出すじゃないか。

お時　（良人の手から小児を奪いとる）この子は妾の子だから妾が連れて行くわよ、さあお前さんも男らしく綺麗さっぱりと暇をお出しなさいよ。

大久保　暇を出せって。（暫時考えたが、急に）じゃ何だなお時、俺がこんな不具になったから、それでお前は夫婦分れをしようてんだなあ。

お時　おや面白い事を云うわよ。いつ妾がそんな事を云いました。いつそんな事を。（涙ぐんで）憚《はばか》りながら私等のなかはそんな水臭いんじゃあないわよ。

大久保　だからよ。何だってそれじゃあ分れようと云うんだ。

お時　考えてごらんよ。

大久保　べらぼうめ、考えたってわかるかい、俺が病院へゆく迄は何とも無くてよ、帰るそう〳〵吠え出しやがったんだろう。

お時　よくまあそんな白々しい事が云えたもんだ。宅じゃ明日のお米代もないんだよ。

大久保　それがどうしたてんだ。

お時　今日も妾は一度しきゃあ御飯を戴かないんだよ。

大久保　違えねえ、それがどうしたてんだ。

お時　もう質草も一つだってあらあしないわ、可哀そうに秀雄のもの迄一つ入れ二つ入れ、もう何にも無いわ。

大久保　それがどうしたてんだ、貧乏は兼ての約束じゃないか、お前の方でも考えて見るがい、や、世帯の持ち初めに何と云った、いよ〳〵食えなくなったら両人して情死《しんじゅう》しましょうって云ったじゃないか。

お時　まあそんな白々しい事を、誰が貧乏が辛いって云いました。

大久保　そう云っているじゃないかべらぼうめ、犬や猫じゃあるまいし、一日や二日食わなくったってめそ〳〵泣き出す奴があるものか。

お時　まあ妾、一日や二日食わなくったって泣いたり何かしなくってよ。

大久保　じゃ何だって吠えやがるんだ。

お時　あらお前さんも随分虫がいゝわよ、よく考えてごらん。

大久保　だから貧乏が厭だてんだろう、どうせ俺は働きのない男さ。

お時　あらそんな事じゃないわよ、妾こうして一生懸命内職しているのに。

大久保　それがどうしたてんだ。

お時　お前さんが怪我をしてから入るお銭《あし》がちっともはいらないので、この寒空にこんな薄着で、火一つおこしてないじゃありませんか。（涙ぐむ）

大久保　それがどうしたんだ。

お時　それだのにお前さんはあんまりだと思うわ、呑気らしくお酒に酔っぱらってさ。

大久保　む、む、む、（狼てゝ）成る程、此奴《こいつ》は一言もねえ、成る程、違えねえ、そうだ。それはそれに違えねえ。む、む、む、

お時　（微かに笑う）そんなに唸らなくてもいゝわよ。

大久保　なにしろすまなかった。おゝお時、すっかり忘れていたが実はお前に喜ばせる事があるんだぜ。

お時　すむもすまぬもあらあしませんが、（小さな声で）妾も少し云い過ぎたわねえ。
大久保　百円って金が入るんだ、百円って金が。
お時　え、、そらあ冗談じゃないの。
大久保　冗談も嘘もあるもんか、その為めに前祝に一杯ひっかけたわけさ。
お時　そして又そらあどう云うわけなの。
大久保　実はこう云うわけだ。此度《こんど》工場の規則が変ってさ怪我をしたものにゃあ金を呉れるんだとさ。さっき病院で中野さんって職工係の役人がそう云うたんだ。それで実はその中野さんって役人が今晩ここへその金を持って来る事になっているのだ。
お時　まあ嘘じゃあないの。
大久保　嘘なものか。
お時　よかったわね。でも真実《ほんとう》に思われないよ。
大久保　ここん所へ百円って金が入れば一息吐《つ》けらあな。
お時　（少し考えて）ちょいとお前さん、そのお金をどうするつもり。
大久保　どうするって、先ず差配のあばたに家賃を叩きつけてやらあ。
お時　それから。
大久保　米屋にも酒屋にも綺麗に払ってよ、それから越後屋は宅の様子を知っているもんだからちっとも催促しないからあそこへは一番早く払うや。

お時　でも半分位貯金しなくっては心細いわ。
大久保　五十円か五十円位は大丈夫貯金出来るよ。
お時　それから坊やの着物はどうしてもみんな質受しなきゃあ。
大久保　い、とも。
お時　兄さんの所の借金だって返さなきゃ悪いわ、亀戸の姉さんの宅《うち》だって義理があるから猶更《なおさら》ねえ。
大久保　俺は洋服が一着欲しいな、洋服位無くっちゃ肩身が狭いや。
お時　伝手《ついで》に黒のほら今流行《はやり》の何とか云う帽子もお買いなさいよ、妾も銘仙の羽織にそれから東コートが欲しいわ、お倉さんのはそりゃ美《い》い柄よ。
大久保　欲しいものは何でも買うさ。
お時　そう〳〵。坊やにも赤い帽子に赤い洋服に赤い可愛い、靴を買ってやらなきゃ、そうして一晩みんなで浅草へ行きましょうねえ。
大久保　よかろう浅草と云えば、しばらく行かないねえ。
お時　（少し考えて）けれどもお前さん大丈夫かねえ。
大久保　大丈夫って、何が大丈夫だい。
お時　兄さんと姉さんの借金が合せて四十三円でしょう。それに何か持って行かなきゃ悪いわ。

大久保　そらあ何か持って行くさ。

お時　酒屋と米屋と越後屋とでかれこれ（考えて）八九円あるわ、それに家賃が三ツ。十二円でしょう、それから質屋、それから貯金。

大久保　そうだなあ。

お時　（考えて）質屋と貯金を入れなくもかれこれ七十円足らずになるわよ、お、厭だ。

大久保　仕方がないから貯金は止そう。又い、月日も来らあな。

お時　心細いわねえ、でも仕方が無いから貯金は止して、坊やのものや、それからお前さんの羽織と、夜具ね、損料布団じゃ不経済だからあれを出して（考えて）質屋だけでも十五六円はか、るわ、利子もいるしね、そうすると合せて八十七円お、厭だ。（泣声で）百円から差引いちゃあいくらも残らないわ。

大久保　俺の洋服は大丈夫かい。

お時　妾だって銘仙の羽織位は欲しいわ。中古で沢山だから。それよりも坊やの洋服と帽子と靴とは是非買わなくっちゃ、それに明日からのお米代も、それはまあ米屋に払うから当分い、としてもお湯銭や何かお小使を多少用意しなきゃならないし。

大久保　浅草へも行かなきゃならないし。

お時　あらお前さんは呑気ねえ（考えて）ねえお前さんの洋服ねえ、あれをもう少し待って戴けないかしら。

大久保　そら困らあ。
お時　でも仕方がないんだもの。
大久保　それよりもお前の羽織を待ってはどうだ、別に今が今いると云うわけじゃあるまいし。
お時　いけないわいけないわ、この間もつい昔のお友達に逢って辛かったのよ。お友達はみんななりを持っているんだものね、妾だって元から無いわけじゃ無かったのだけれども。
大久保　何だって。
お時　あらそんなに怒らなくってもい、わよ、妾そんな事今更何とも思っちゃいないのだから。
大久保　思っちゃいないがやっぱり亭主が働きが無いてんだろう。俺がこんな不具になったと思いやがって何のかんのと吐《ぬか》しやがる。勝手にしやがれ、べらぼうめ、たった今出て行け。
お時　何ですって。
大久保　たった今出て行けてんだ。行かなきゃ叩き出すぞ。
お時　じゃ百円って金に眼がくれて妾を追い出そうてんだね、（泣く）出て行きませんも出て行きません、誰が出て行くものか。

大久保　たった今ひまくれと云ったばかりだ、さぞ本望だろう、とっとと出て失せやがれ。

お時　誰が出て行くものか両人のなかは出るの離れるのってそんな水臭いなかじゃないわよ、いよ〳〵困ったら両人が情死しましょうって。

大久保　何云っていやがるんだい。（布団を投げつける）

お時　あらお前さん打《ぶ》ったね。

大久保　打ったがどうした。おやお時俺を擲《なぐ》るつもりだな。

お時　あら又打ちやがった、さあ打てもっと打て、殺して呉れ。（怒鳴る。秀雄は泣き出した。両人はとう〳〵つかみ合い擲り合いを初めた。近所の人が二三人水道の傍の裏口からそっとなかを覗いてひそ〳〵話をする）

老人　（黙って裏口をあけて入って来た。浮世の苦労を顔中の皺に畳んだ右手のない老人である。秀雄を抱き上げてあやしながら黙って両人の喧嘩を見ている。両人は誰か入って来たので止めて呉れるものと思い殊更に罵り合ったが、止めそうもないので力抜けがして次第と静かになる。とう〳〵お時は泣き伏した。大久保はきまり悪そうに老人の手から秀雄を抱きとろうとした）

大久保　どうもお世話をかけました。

老人　子供は罪のないもんさね、親達が喧嘩していても見なせいこんな可愛い顔をして又眠ってしまった。

大久保　全くお世話様でした。此奴があまり癪な事を云ったもんだからねおじさん。

老人　（笑う）惣ちゃん所で又初まったって外で近所の衆が笑っていましたぜ、全体まあどうしたわけなんですえ。

大久保　何でさつまらねえ事で、実は俺がこの通りの不具になったもんだから此奴《こいつ》がその。

お時　あらそうじゃないわよ、おじさんこの人が百円と云うお金に眼がくれて。

大久保　（怒鳴る）何云っていやがるんだ万八め。

お時　さあ打ちやがれ、かゝあに一枚の羽織も惜みやがって、嘘吐き、よっぱらい、やくざもの、けちん坊。

大久保　手前が亭主の洋服を惜みやがって、薄情あま。

お時　あら又打ったわね、さあ殺しておくれ。

老人　（両人を止める）まあ〳〵そうかみ合ってはさっぱり話がわからないが全体惣ちゃん、その洋服だとか羽織だとか云うのはどう云うわけなんだい。

大久保　へえ何でさ此奴がありなしの金で此奴の羽織をこしらうてんで。

お時　嘘よ嘘よ、この人が血の出るような御金で自分の洋服をこしらえるって妾たちを乾《ひ》干《ぼ》しにして。

大久保　何だって。
老人　まあ待ちなさいよ、だが其奴《そいつ》は感心の話だ。
大久保　へえ。
老人　何だろう惣ちゃんは血の出るような金でお時さんの羽織をこしらえてやろうと云うので。
大久保　そうじゃないんだ。お時がその。
老人　そうでない事があるもんですかねえ、お時さん、お時さんもありなしのお金で惣ちゃんの洋服をこしらえたいと云うのでしょうがね。
お時　そうじゃありませんよ、この人が何ですわ。
老人　成る程ねそう無くっちゃならねえ、それが夫婦の情合と云うものだ、お亭主さんはお神さんの羽織をこしらえてやろうとして、お神さんはお亭主さんの洋服を買いたいと思って喧嘩迄するとは見上げたものだ。
大久保　実はそのおじさん。
老人　（おしつけるように）世間にゃよく自分勝手を云い張ってすったもんだで騒ぎ廻る夫婦があるもんだが、ここの夫婦だけは全く見上げたものだと、いつでも私は長屋中賞め歩いていますわい。だが何ですぜ惣ちゃん。
大久保　へえ。

老人 夫婦喧嘩もたまにゃいゝかも知れねえが、実はあんまり感心したものじゃありませんやね。
大久保 へえ。
老人 惣ちゃん。
大久保 へえ。
老人 お時ちゃん。
お時 はい。
老人 私に云わせれば、夫婦喧嘩って奴はお互の惚れようが足りないからなんだよ。
お時 まあ。
老人 もの、理窟がそうじゃあるまいか、お亭主さんが真実《ほんとう》にお神さんに惚れてお神さんが真実にお亭主さんに惚れていたなら、まさか近所騒がせの大声も出されまいじゃあるまいか。
お時 まあ。（笑う）
老人 全体この世の中で人間が一番いゝ事は人に惚れると云う事だ、私も若い時に経験《ためし》があるが、何と云ってい、かね、お月様をじっと見ている時の気持とでも云おうか、お母さんの愛情と云っても違っているし、惚れたのは矢張惚れたと云うより外に仕方があるまい。

大久保　（せっせと火をおこしていたが、ふいと言葉を入れる）死んでしまいたいような気持さね、おじさん。

老人　ふむ、そうだ、惣ちゃんは惚れた事のある人間だ、お時ちゃんは何と思うね。

お時　知りませんわ。

老人　（笑う）女の知らないと云う事は知っていると云う事さね。

お時　まあ。（笑う）

老人　だが世の中にはこの惚れると云う気分がわからずに生涯を過ごしてしまう人間がいくらもある、可哀そうな話だ。惚れると云う事を知らずに人に惚れさせようとする人間がだん〳〵殖えて来た。それが又人間の幸福な世渡りだと思っているらしい。ところが惚れさせようとしても先様が厭だと云ったり、一人に惚れて貰っても更に大勢に惚れさせたがったりしてそう云う人間にはいつでも不平不満が絶えやしねえ、不平不満だから喧嘩もせにゃなるまい、血眼になって騒がずばなるまい、人を罵ったり、嘲ったり、嘘吐きになったり。

大久保　（火鉢を老人にすゝめる）今晩はべらぼうに寒いじゃありませんか、おじさんの話は俺にはよくわからないが、全体惚れるとか何とか云うのは何の話なんだねおじさん。

老人　人間がこの世の中に活《い》きて行くと云うことについての話さ、人間がこの世の中に活きてゆくには人に惚れると云う生活と人に惚れさせると云う生活の二ツあるのだ、人に惚れさせると云う生活はまだ真実の人間の幸福がわからないのだ、惚れると云う人間こそは真実の幸福なのだ。惣ちゃんも惚れた経験《ためし》のある人間ならこのためし話はわかるだろう。

大久保　へえ。

老人　どうだね、わかるかね。

大久保　ちっともわかりませんや。

老人　わからないかね、お時さんはどうだね。

お時　妾《わたし》にもよくわからないけれども、惚れてそして惚れられるのが一番良いと思うわ。

老人　（笑う）違いねえ、だからさ、まあ人に惚れて貰いたかったならば自分が先ず惚れなきゃなるまい。工場で余計のお銭がとりたかったならば、自分が先ず一生懸命働かねえばなるまい。

大久保　何だいおじさん、そんな話かね。

老人　工場で云えばさっき惣ちゃん、百円がどうしたと景気のいゝ話をしていたが、全体ありゃ何の話だね。

大久保　そりゃおじさんこう云うわけなの、あゝおじさんにも義理の悪い借金があったっけが、あれもすっかり返してしまいますから。

老人　何云ってるの、借金の事を聞くのじゃありませんや。

大久保　だけれども、つい長くなっちまって。
老人　何しろ結構だ、で、その百円って金は誰が呉れるのだ。
大久保　実はその工場から貰いますので。このまあ指のおかげでとんだ福運にありついて。
老人　ふうん。
大久保　厭だねおじさん。そんな無気味の声を出して。
老人　惣ちゃん、真実に工場から貰えるのかい。
大久保　貰えるにも何にも、ちゃんと職工係の役人が病院で俺に云ったので、実は今晩その金をここへ持って来る事になっていまさあ、その為めに前祝に一杯ひっかけたわけで、ところで此奴が。
老人　そりゃ嘘だよ惣ちゃん。
大久保　嘘？　おどかしちゃいけませんぜおじさん。
老人　気の毒だがそりゃ嘘だ、お前さん方はまだ知らないかも知れないが、去年から工場法ってお上の規則が出来たんだ。
大久保　そう〳〵、中野さんもそう云いましたよ、工場法、違えねえ。
老人　その工場法によると、私もよくは知らないが何でも職人が怪我をして死んだ時は百日分とか二百日分とか、金にすりゃたか〴〵百円や百五十円のはした金だ。大切な人間の命ですりゃ資本主って者の一晩の交際費にも足りない程なんだから指の一本やそこらいくら出すものか、私はあまりばか〳〵しい規則だからよく読んで見る気にもなれなかったが、まあせい〴〵出して十円ッて所だろう。

大久保　おじさんそらあ真実《ほんとう》かい。

老人　真実だよ、お上がそんな規則をこしらえたとすりゃ職人の命が百円か百五十円に定まってしまったようのものだ、規則がいっそ無いなら無いで何とか話のつけようもあろうと云うもんだが、現に私がこの腕を落した時にゃ私は黙っていたが世間の同情って奴が承知しねえ、友達が落こった片腕を持って行ってとう〳〵三百円って金を会社の重役から吐き出させやがった。

大久保　ふむ腕を持って行ったのかね。

老人　腕を持って行ったのだよ、最も会社のやり口も癪に触った仕方だったから無理も無いが水引をかけて熨斗《のし》をつけてさ、私はそんな事して呉れるなと止めたのだがね。

大久保　面白いや、何故又おじさんはそれを止めたんだ。

老人　（や、沈思して）その時だよ、私がさま〴〵の事を考えたのは、人はどこから生れて来てどこへ死んで行くのだとか、人間は何の為めに活きているのだとか。

大久保　何の為めに活きているんだって。

老人　その外こんな事も考えた。この世の中にゃ芝居でするような勧善懲悪って奴は無いかも知れねえが、大きな底の知れねえ勧善懲悪は確にあるものだと云う事もわかったし、神様って者もあるらしく思われて来たのだ。だから今迄世間で云っている神様や仏様が偽物《にせもの》だって事もわかって来た。ごまかしの勧善懲悪や偽物の神様や小《ちっ》ぽけの仏様がこの世の中にはびこっているもんだから真実の真人間が闇の暗い底へおしこめられて泣いているのだ、私はその真人間にならなきゃならないのだ。

大久保　真人間って全体何の事だいおじさん。

老人　私が会社から金をせびりとっちゃいけないと友達を止めたのは、その真人間になろうとした時だったからだよ。私が腕をもがれたのは成る程私の過失《あやまり》でなかったかも知れねえが、私は神罰が当ったと思って空恐ろしくなったのだ、成る程工場じゃその時酔っちゃいなかったがその前の晩大酒を呑んだのだ。その頃酒呑みでなかったら何とか怪我をせずにすむ方法があったに違いねえ、その時だってそうだ、私は仕事をそっちのけで前の晩の女の事を考えていたのだ、女の事なんか考えていなかったなら器械に故障の出来た事を怪我しねえ前にわからない筈はなかったのだ。そんなことを考えたら、私は今迄の生活方《くらしかた》が真人間のする事でないと云う事がはっきりわかったのだ。その時の苦痛ってなかったよ、いっそ死んで、さあ死んでしまうと思ったが、死ぬ位ならばと思い直してとう〳〵敵打《かたきうち》を初めた。

大久保　敵打？　じゃ何だね、会社の重役の野郎冥途の道連に打《ぶ》ち殺そうとしたのか。

老人　（悲しげに大久保を見る）そんな事じゃ無い。

大久保　じゃその前の晩の女でも打ち殺そうってのか。

老人　何の、そんな事であるものか。私はその三百円の金で古本屋を初めたのだ。

大久保　古本屋を、敵打に？

老人　そうだよ。私の敵ってのは会社の重役でも女でも酒でも無いのだ。それ迄になんにも考えない、何にも知らない馬鹿の私の心だったのだよ。私ばかりでありゃしねえ、世の中の職人って奴はみんな私のような酔っぱらいでやくざもんで何にも知らない何にも知ろうと思わない馬鹿の心を持っているのだ。その馬鹿の心がみんな私の敵だ。私はその敵を打殺して、真実の人間の幸福を職人に知らせなきゃならないのだ。その為《ため》めにゃ有益になる本を読ませなきゃならない。

お時　（感嘆して）まあねえ、そしてうまく敵が打てますかしら。

老人　（悲しげに首を振る）駄目だ駄目だ。俺は敵打を初めてからかれこれ十年になるが口惜《くやし》涙を流し通しだ。

お時　何故なの、何故涙なぞ流したの。

老人　世間と云う者が敵打をするに都合が悪く出来ていると云う事がしみ〴〵わかったのだ。早い話にゃ職人が本を読む時間がないのだ。酒を呑む時間や賭博をする時間はあらあ、本を読む時間がないのだ。そんな心に職人がなるように世間がさしてあるのだ、宅を出て一丁も行かねえうちに酒場《バー》があらあ、二丁行こうものなら白粉臭い女が媚び笑っていやがらあ、電車に乗って一時間経たねえうちに金さえあらあ好き勝手のまねの出来る場所があらあ。だが一里歩いても、二里歩いても十里百里と歩いても何にもあらあしねえ、ほんとに何にもあらあしねえ。

お時　何にもあらあしねって、全体何の事なのおじさん。

老人　（怒鳴る）職人が魂の入替をする場所がないんだ。腐った魂を捨て丶綺麗な神々しい、立派の魂を受入れる場所がないのだ。世間じゃ職人の魂を腐らせる為めに洲崎や吉原や浅草や亀戸やをはびこらせて置くが職人の魂を清める為めにゃ何にもこしらいてあらあしねえ。（泣く）

（涙ぐみながら）職人が怪我をしたり病気になったりするのはたいていその心が腐っているからだ。無理もねえや、その魂の腐っていると知らして呉れる人間もないんだからな。私だってもっと早く真人間と云う事に心づいたらこんな浅ましい不具になるものか、不具になってから三百円貰おうが千円万円貰おうが何でももとの通りになるものか。大酒を呑んで、夜更しをして、汚い女を抱いて寝て工場じゃ居眠して、不勉強で不注意でぼんやりで、腕を歯車にとられたり眼玉を擲《ぶ》ったり骨を折ったり、胃の腑を腐らしたり肺の臓をひっかき廻したり、大切の命さえ無くする職人が今この世の中にいくらあるかわかりゃしねえ。（泣く）

お時　（はら〳〵して）まあおじさん。

老人　（涙ぐみながら）職人の病気や負傷に金を出させてやろうと云う気が出たら、何故職人が怪我や病気にならないようの事を考えないのだ。職工扶助令も大切だが、真実の工場法をいつこしらえるのだ。職人の魂の入替をする方法を考えないのか。（怒鳴る）国家を、国家を、お、国家をどうするのだ。

お時　（はら〳〵して老人に縋る）まあおじさん、ねえおじさん、そんな大きい声を出して。

老人　大きい声を出して（泣くように笑う）ふむ、私の大きい声は人間の耳にゃ入るまい。黙っていよう、黙っていよう。（泣く）

大久保　おや誰か来たよ、だれ？

声　（戸をがた〳〵させて）一寸《ちょっと》伺いますがね、この辺に大久保って人はいませんか？

大久保　大久保は宅《うち》だが、あ、工場の中野さんだよ、（いそ〳〵立上って戸をあけ）どうも御苦労様で、どうかお入りなすって。

中野　この宅か、随分尋ねたよ（宅へ入る。髭のある眼の恐い三十男である）や今晩は。

お時　お寒うございましたでしょう。

大久保　工場でいろ〳〵お世話になっているお役人の中野さんだ。

お時　（愛嬌笑をして）まあねえ、いろ〳〵有難うございます。

中野　何、い、よおかまいなく。（大久保に）早速だがね病院で話したものを持って来た。

大久保　（媚び笑いながら）どうも有難うございます。

中野　（風呂敷包をといて金包と書付とを出す）さあこれが約束の金、それからこれに一つ印を願おう。

大久保　へえ。

中野　あゝ面倒臭かったら拇印でもいゝよ。

大久保　へえ、じゃそう云う事に負けて貰いやしょう。ここにつくんですか。（拇印をしようとする）

老人　（急に）惣ちゃん。

大久保　へえ。

老人　その書付をちいと見せて呉れ。（書付を受取って読む）一ツ金二十円也。

…………

大久保　二十円ですかいおじさん。

老人　そうだよ。

大久保　百円じゃないんですか。（もじもじしながら中野に）さっき百円って云うように聞いたように思われますが、やっぱし二十円なんでしょうか。

中野　（威圧するように）その金を改めて見るがいゝじゃないか。

大久保　（狼てゝ金を改める）やっぱしこれは二十円きりだ。

中野　そうだよ。

老人　その二十円はまあそれでいゝが、この証書に印を押すと惣ちゃん、これからもう工場へ出られなくなるんだよ。

大久保　へえ。（驚く）そらあ真実ですかおじさん。

老人　ここへちゃんと書いてある。この二十円の金と云うは工場を解雇されても異存はありませんと云う手切金だ。

大久保　其奴《そいつ》は困ったなあ。（中野の前に平伏して）へえどうもすみませんが中野さん、これから一生懸命働きますからどうかもと〳〵通り使って貰いたいんですが、へえ。

中野　（静かに）お気の毒だがね事務所で相談の結果定めたので、私の力にゃとてもゆきませんで。

大久保　へえ、とても駄目でしょうか。困ったなあ。

老人　（中野に）私はこの大久保の叔父みたいの者だが、この証書には少し分りにくい所があるように思いますで、一々説明をして貰いたいと思いますが。

中野　ふむ。

老人　第一に御聞き申したいのは大久保の此度《こんど》の負傷は工場法第十五条に基く扶助令のどの項目に相当しているのでありましょうか、身体の健康旧に復し得ず退業する者でしょうか、或は身体の健康旧に復し得ずと雖《いえど》も引続き従来の業務に服するものでしょうか、もしも工場を止さねばならず、又止させられるとしたならばあまり金高が少いように思われますが。

中野　ふむ。（たじろぐ）

老人　もう一ツお聞き申したいのは、大久保は負傷してから一月あまりになりますが、扶助令による賃金の二分の一以上の支給を受けていませんが、それはこの二十円に入っているのですか、但し又外に御支給下さるのですか。

中野　ふむ。

老人　この証書に書かれた二十円の金は何の為めの二十円か、その意味が明瞭に書いて無い。政府が国家人民を思ってこしらえた法律は国民はこれに従い、これを守らねばなるまいと思いますがね。

中野　それはそれに違いないが、法律はだね。法律は人を使うものでなくて、人が法律を使うものであると云う事を知らねばならん。この証書が明瞭でないのは乃《すなわ》ちそこだ。明瞭でない方が当人の為めであろうと思うからだ。

老人　と云うは又どう云う理由ですか。

中野　工場法第十五条にはこう書いてある。職工自己の重大なる過失によらずして業務上負傷云々と、だからね、職工が重大なる過失をした場合には工場主は一文だって職工に支給せんでいゝじゃないか。

老人　では大久保が重大なる過失をしたと云うのですかい。

中野　そうだ、と云ってしまえばみもふたもないから兎に角二十円と云う金を呉れる事にしたのだ。工場の方でも損害は莫大だ。器械は破損した、病院の負担はせねばならず、その上に二十円の金だ、有難く思わねばなるまいと私はまあ思うね。

老人　（大久保に）全体惣ちゃん、どうして又怪我をしたんだね。

大久保　どうしたもこうしたもあらあしねえ、あっと云ったらもう歯車が壊れて指がちぎれていやがった。

中野　やっぱり不注意だったからだよ。

老人　成る程ね、たとえ立派の法律が出来ていてもこれを使う人がなきゃ何にもなりゃしねえ、百千の工場法を施行するより健全な国民道徳を樹立せねば嘘だ。人間の腐った魂を打殺さなきゃ。敵打だ、敵打だ。

ねえ中野さんとやら、こう云う事は後々の例にもなる事だ、どうか表面《おもてむき》にして貰いたいもので。そっと職人の宅へ手切金を、ごまかし金を持って来ずに公然とみんなの社会の見ている前で渡して貰いたい。

中野　（怒る）よろしい。じゃこの金は貰って行こう。入らぬ金なら一文だってやるものじゃあらあしねえ。（立上る）

大久保　（狼《あわ》て丶）待って下さい、ねえ中野さん、すみませんがちょっと待って下さい。

中野　何か用かい。

大久保　（老人に）ねえおじさん（もじもじしながら）何のかんのと云ってもつまらないから、いざこざなしに、何でさこの二十円で。

老人　じゃこの二十円を受取って工場を追い出されようてんだね。（罵るように）お前さんの事だ、お前さんがそれでい丶と思ったらそうするがい丶。

大久保　へえどうも有難う。じゃ中野さんこの証書に拇印を押しますから。

中野　そうか、じゃそう云うことにしよう。

大久保　（拇印して）じゃこれでよろしゅうございますか。

中野　（証書を受取って）では金は渡すよ、じゃさようなら。

大久保　へえ、どうもいろ〳〵有難うございました。どうか皆様によろしく、さようなら。

お時　お寒いのに有難うございました。（中野去る）

大久保　おじさん、どうもすみませんでしたねえ。

老人　そして惣ちゃん、これからどうするつもりだね。

大久保　何ね本郷の兄貴が大きな牛屋をしていますから、そこへ行けば食うに心配ありませんや。だがなあお時。兄貴の所へ行くたってその服装《なり》じゃ行けねえや、お前の銘仙の羽織だけは買おうよ。

お時　い丶わよ、い丶わよ、妾どうでもい丶からお前さんの洋服はね、どうしても買いましょうよ。

老人　（両人にくるりと背を向けてひそかに涙を拭く。すゝり泣く）

お時　あらおじさん。

老人　（怒鳴る）指の怪我位じゃ駄目だ。足を打切れ、眼玉をつぶせ、死んでしまえ。死な、きゃわかるまい。意気地なし、意気地なし。（大久保とお時はぼんやりとあきれている）

（此時大勢の人声足音が聞えて来た。と思う間も無く、六七名の職工がたゞならぬ態度で急ぎ来て、その中の一人ががらりと大久保の宅の表口を開け、何事が起ったかと驚いている大久保を表に呼び招き、大久保を取巻いて何事をかひそ〳〵と語る。その有様陰謀をくわだつるもの、如し）

老人　（一人の職工に聞く）どうしたんだね。

高山　いよ〳〵喰えなくなっちゃったからねおじさん。

老人　ところで、工場の冷めたい石に魂が入って、騒ぎ出した。と云うわけだね。

高山　石だって叫び出さあね、黙っていれば飢え死にだ。

老人　で、会社へ賃銀を増して呉れと、請願書でも出したのかね。

高山　そんな事じゃない。もっとてっとり早い事だ。

老人　（顔をしかめる）じゃどうしようてんかね。

依田　（高山の後から顔を出して、拳を振り廻しながら噛みつくような声で）これだこれだ。

老人　（ぎょっとして）じゃ何だね、（思わず立上って、何事か思われるさまで、どことも無く睨む）

大久保　（宅の中へ入って、忙しく帯をしめ直す。その有様先刻とは別人の如し。お時に向って）じゃ行ってくるからな。

お時　（不安げに）行って来るって、どこへ行くつもりなの。

大久保　止めるない。仲間のつきあいだ。

お時　だってお前さん会社はもう止し………。

大久保　やかましいやい。（熱病患者のようになって宅を飛び出し、職工等と共に急ぎ行く）

お時　（大久保の後を追って門口迄出たが、力及ばぬので大久保等の後を見送って）どうしたってのだろう。（顧て老人の姿が眼に入ると、そこにつか〳〵と進み、べたりと座って）ねえ叔父さんどうしたってんだろうねえ。

老人　（何事をか考えていたさまだったが）無理は無いよ、無理はないが、（何事をか又考える）

お時　宅の人《うちのひと》も良人だね、もう会社は止すって定まっていながら、人におだてられると直ぐとその気になっちまうんだものねえ。

老人　魂が無いんだよ、日本の職工は魂が無いようにされているものだから、時によるとそのもぬけの身体に、悪魔の魂や、幽霊やが忍び込んで飛んでも無い芝居をやらせるん

お時 だな。恐ろしい事だ、恐ろしい事だ。

（老人の云っている事がわからぬので、頼り無く思われ、だん〳〵と不安が増して来る。せか〳〵立上って）こうしちゃいられない。（秀雄の傍にべたりと座ってその顔を見たが、又立上って）こうしちゃいられない（うろ〳〵しながら）こうしちゃいられない。

（老人何事をか考えている）

佐野 （登場）（顔のところ〳〵にかすり疵《きず》をうけている。昂奮して眼が凄く光っている。表から入口の戸をがらりと開けて）今晩は、大久保君は？

お時 あ、佐野さん、どうしたってのまあ、

佐野 大久保君は？

お時 良人《やど》は皆さんと今出て行ったばかりだけれどさ、何だってのさ、全く、

佐野 いずれわかるよ、（云い捨て、戸を閉めようとする）

老人 待って呉れ。（つか〳〵と歩いて、佐野の両手をとり、宅の中へ入れてその顔を見る）お前さんの顔も疵だらけじゃ無いか。疵は全体どうしたんだい。

佐野 （悪事を見現わされた人の如くはッとしたが、直ぐその後から驕りがましい笑を顔に浮べて）、実は今そこでやっつけたんだ。

老人

お時 （同時に驚いて）やっつけた？

佐野　（もの凄い笑を洩しながら語る）今そこで中野って野郎に逢ったんだ。

お時　それでは、宅に来た会社の役人だわよ。

佐野　その野郎日頃から癪に触ってる野郎だから、（残酷な表情動作をしながら）ぎゅぎゅぎゅッとおしつけて、どっぷりと溝の中へ叩き込んだ。

老人　（思わず佐野の両腕を握りつめて）それじゃお前さん達は、そ、そそんな事をやろうと云うんだな。（吐き出すように）いけねえいけねえ、そんな事はいけねえ。

佐野　（直ぐ反感を抱いて）何がいけねえんだい。

老人　そんな事じゃお前さん達の希望は通るまいがね。お前さん達は生活に困るからもっと賃銀をあげて呉れってんだろうがね。

佐野　そんな事は極っていら、

老人　それごらんそれごらん。そんなら出来るだけその希望の果たされるように、骨を折らなきゃなるまいじゃないか。人をぶんなぐって叩きつけて、それで自分の希望が果されると思っているのか、何故穏かに筋道をたて、会社へ賃銀値上の請願をなさらないんだ。俺はね全くお前さん達には同情しているんだ。物価はあがる。その割に給料はあがらない、生活に困る。そのくせ会社では七割八割と云う法外も無い配当をしているんだ。俺だって黙って見ちゃいられないと云う気にもなるが、何故その手間上《てまあげ》を願う方法を道理に合った方法をしないんだ。何故穏かに請願書でも出さしゃらなかったのだ。

佐野 （せゝら笑う）ヘン、そんな事は知ってらい。請願書を出してよ、それで聞き容れて呉れるなら、こちとらはこんなに心配はしねえや、今迄に随分請願書も出して見た、が、一ツとして聞き容れるこっちゃない。奴等の云い草は定っていらあ、君達の困っているのは知っている。会社でも考えているから安心しろだとさ、ヘン困っているならさっさと手間上をすればいゝじゃ無いか、××××××××××××××××××××××××××××××××

（話しているうちに昂奮して、頭が混乱し無茶苦茶に怒鳴り出す）べらぼうめ、むこうがむこうならこっちもこっちだ、一寸の虫にも五分の魂だ、××××××××××××××会社じゃ全体俺等を何と思っているんだい、己《う》ぬが宅に飼ってある犬猫とでも思っているのか、犬猫だって食う事には事欠かねえや。

老人 尤《もっと》もだ尤もだ、そう腹のたつのは尤もだ、が、まあ気を鎮めて、俺の云う事を聞かっしゃい。今時の会社は職工労働者を人間扱いにしない、と云う事は真実だ。職工の云い分なぞ耳の中へ入れないのも真実だ。が、そんなら何故《なぜ》職工の云う事は通らないのか。

佐野 彼奴等《きゃつら》が職工を人間と思っていねえからだ。

老人 それに違いないさ、それに違いないがそれじゃ何故又職工を人間扱いにしないと云ったら、それは職工労働者に力が無いからだ。

佐野　力が無い？

老人　力が無いから馬鹿にされるんだ。

佐野　そ、そそれだから癪に触るんだい。

老人　そんなら何故力が無いかと云うに、第一職工労働者の中に他人に馬鹿にされるような行いをしている人間が大勢あるからだ。成る程、職工労働者と一口に卑しまれても中には見上げた立派な人間もいる。けれども大勢の中には飲む打つ買うで仕末にならぬ人間もいる。生活に困るから賃銀値上をして呉れと騒ぐ人間は多いだろうが、中には手間上があったらその金で遊びに行こう、たらふく飲もうと、手間上の無い前からたくらんでいる不心得な職工が無い限りでも無い。そんな事じゃとても駄目だ、会社に向って人間らしい待遇をして呉れと云う前に先ず、自分が人間らしい人間にならなきゃ駄目だ。第二には……………

佐野　（老人の言葉を遮る）おい、お説教ならもう止してくんな。

老人　な、な何だと、（泣かんばかりの声で）御説教だと、俺がこんなにお前さん達の為めを思って云っているのがわかりませんかい。俺の云っているのは説教じゃ無い。真実にお前さん達が幸福になる道はどこから行くんだと云っているんだ。

佐野　わかっているよわかっているよ、その為めにゃ酒も飲むな遊びにも行くなってんだろう、いくら俺達だってよ酒や女の為めにならないって事は知っていらあ、だがね、俺等は酒でも飲まなきゃやりきれないんだい。

老人　尤もだ尤もだ、折角工場法が出来てもその法網をくゞって職工を圧制する人間が対手《あいて》だ。真直に流れようとする水を堰き止めたら横に溢れるのは当然《あたりまえ》だ、お前さんの云う事は尤もだ。が、そうばかり云っていては全体この世の中はどうなるんだ。資本主も労働者も理窟に合った事をせずに、自分勝手ばかりしていたら全体この世の中はどうなるんだ。

佐野　ヘン、そんな話は金持の方へ行ってして貰いましょうよ、（騒しい人声聞える）お、やっていやがるな、（耳を澄し、残忍な喜色を顔に浮べたが、その人声に誘われるように表へ飛び出す）

老人　待たっしゃい、あ、行ってしまった、（宅の中へ帰ってお時と顔を見合せる）

老人　（人声鋭く聞える）

（人声を聞入ったが、思わず沈痛に叫ぶ）お、神様！

（お時。不安な態度でうろ〳〵する）

――幕――

戯曲　一人と千三百人（一幕三場）

この一篇には六分の事実と四分の空想とを混じたり、それは斯《か》くする事が現在の有様を象徴するに適当なりと信ずればなり

登場人物

野沢惣兵衛（野沢造船所社長。五十六歳）
同　おきよ（惣兵衛の妻。五十歳）
同　芳春（惣兵衛の長男。二十七歳）
同　まり子（惣兵衛の末娘。十二歳）
吉岡与作（治療所長。五十八歳）
同　千枝子（與作の娘。二十一歳）

山本房次郎（職工組長。三十三歳）
布川久太郎（職工。四十一歳）
同　由三（久太郎の伜。十一歳）
肉体を売ってる男（職工。四十六歳）
魂を売ってる男（職工。二十五歳）
片手の男（元職工）
跛《びっこ》の男（元職工）
大火傷《おおやけど》した男（職工）
片眼の男（職工）
野沢家の書生
野沢家の下女
同盟罷工《どうめいひこう》者多数
職工の妻、娘等の家族多数
荒海《あらみ》文雄（何者かわからず三十二三歳）

時代
大正七年初夏

場所

神奈川県の某大造船所のある土地

第一場

（野沢造船所の職工千三百余名が、賃銀三割増、購買組合の改善、吉岡治療所長排斥の三ツの要求を貫徹せんが為めに、総同盟罷工を行ったその六日目、晴れた初夏の夕暮前、寺院の本堂に多数の同盟罷工者は集合して、何事をか語り騒いである。背景は仏壇。仏壇の前に同盟罷工者の報告壇が作れてある。金色に輝く法燈や、精巧な欄間の彫刻や、丹塗《にぬり》の円柱や、それらを溶合した寺院の空気に、同盟罷工者の不安、昂奮、緊張した気分が織り混って騒しくも亦《また》静かな舞台を現している。罷工六日に渉ってなお会社の態度は強硬なので、彼等の心は恐ろしく危険性を帯びて来た。しかし、失望と、生活の窮迫との為め、罷工を裏切ろうとする心が、或る人々の心の底には動いている）

（突如として、何事か起ったらしい気勢が群集の心を虜《とら》えた。彼等は士官に命令された、兵卒が行動する速かさで舞台の下手《しもて》を等しく見た。がや〳〵した声がぴたりと止んでしまった。彼等の神経は必要に迫られて訓練されたので、斯《か》かる行為は頗《すこぶ》る迅速《じんそく》である）

（下手より、若い身長《せい》の高い男が、痩《や》せた老職工を引きずるように連れて来て罵《ののし》りながら群集を押分けて報告壇の前に出る）

山本　（同盟罷工の実行委員長、洋装のがっしりした体格の男。若い男に向って）どうしたんです。

若い男　（誰に云うとも無く罵る）此奴《こいつ》は犬だ、俺あ確かにわかった。どうもおかしいと思った、会社へ電話で真実《ほんとう》にストライキする心は無かったんでございますが無理にす、められたものでございますから、なぞと吐《ぬか》しやがった奴は此奴に違い無い。（群集騒ぐ）

老職工　（泣くような声で吃《ども》りながら）そ、そ、そんな事は、そんな事はありません、そ、そ、そんな事は……。

若い男　何云いやがるんだい。そんなら何故《なぜ》今日は出て来ないんだい。今日あたりはのるかそるかってんだ。なあ、みんなの顔を見ろ、血眼になって奮闘しているんだ、ぬくぬくと自宅《うち》に収って居たは手前ばかりだ。

老職工　そ、そ、それがさ、勘弁しておくんなせいよ、俺あ気分が悪るかったんだからね。

若い男　嘘付け、この騒ぎに病気になぞなって堪まるものか、病気は病気だが、犬病気だろう、尤《もっと》も手前なんかはよ、平常から肉体《からだ》を売っている職工だからだ。

老職工　俺あ全く気分が悪るかったんだからね。

若い男　やい手前はよ、平常は平常で肉体を売っていやがって、いざって場合には友達迄売りやがる。

老職工　（反抗気味に）嘘だって云うに、証拠はあるかえ。

若い男　証拠？　（口ごまる）

老職工　証拠も無くて、何だって俺あが犬だ。

若い男　（口ごまって歯噛みを為し老職工を睨《にら》む）ウヌッ。（突然老職工を擲《なぐ》る）

（その付近に居た五六名の人々立上って、僅かの間、若い男と老職工を中心として縺《もつ》れ合う、その鎮まった時には、山本委員長が老職工を背後に庇《かば》って、若い男と対立している）

山本　（静かに）私に任して貰《もら》おう、仲間喧嘩をしている時じゃ無かろうぜ（老職工に向って）辛《ひど》い目に逢いましたね、何しろ気が立っているんだから堪《こら》えて下さい。どこか怪我《けが》をしませんでしたか。

老職工　い、え別に怪我はしませんが。

山本　それは何よりでした。（哀む如く老職工を凝視した後）こんな場合だからね、私はみんなの為めに、お気の毒な事も聞かねばならないが、全体お前さん、今日のこの集合には何故出席なさいませんでした。真実に病気だったんですか、それとも……

老職工　（や、云いためらったが、投げるような言葉で）俺あ三日飯を喰わねえ。

（群集、電気に感じたるが如く、恐ろしい沈黙を作った）

老職工　（罵る）会社の奴め、米の配給を止めてしまいやがった、罪の無い子供迄泣かしやがる。

山本　（老職工の手を犇《ひし》と握る、そして群集に対して）諸君お聞きの通りだ、購買組合は勿論私共の購買組合なのです。それを会社は私共を苦しめる利器として、米の配給を止めてしまった。（泣くが如く）ここに三日間食事をせぬ人があります。諸君の米櫃《こめびつ》も恐らくは空でありましょう。（断乎とした声で）しかし吾人は負けてはならぬ（訴える如く）諸君の心は勿論小動《こゆる》ぎも致しますまいが、いたいけな妻子の苦しみを見る時、何人か心を動かさざるを得ましょう。（再び断乎とした声で）しかし吾人は勝たねばならぬ。この場合吾人が若しも節を屈してこの目的を裏切ったならば、吾人は人間としての待遇をされないのみでなく、又実に人間としての心を失った奴隷にならねばならぬ。

（群集、拍手する事も忘れて緊張し、又我れを忘れて拍手した）

（その、静寂な深林が暴風に襲われたが如き、拍手の終って、元の静寂に帰らざるうちに、群集は又新しい驚愕に面した。若い男が老職工を抱いてぼろ〳〵声をあげて泣いているのである）

若い男　すまなかったな、全くすまなかった。飯なんざあ俺の宅《うち》にいくらもある。と云う程でも無いが少し位はあらあさあ諸共《いっしょ》に行こう。

老職工　（感動しながら）よろしゅうござりますよ、え、有難うございます。

若い男　遠慮する事は無いや、さあ。（両人退場、群集無言で見送る）

第一の群集　（呟く如く）可哀そうに、あの身体で三日も飯を食わなくっては堪《たま》ったものじゃ無い。

第三の群集　全くだ、肉体を売っている職工に違い無いのだからな。

第二の群集　荒海《あらみ》さんがそう云ったんだ。それからあの若い男は魂を売っている職工だ。とこう云った。

第三の群集　変っているな、それは又どう云うわけなんです。

第二の群集　それはねこう云うわけなんでさ、職工は労働を売って賃銀を得るのは普通だが、賃銀を得ようが為め、あの年老《と》っている方は肉体を売り、若い方は魂を売っていると荒海さんが云うんだ。

第三の群集　成る程。

第二の群集　何故って云うに、年老っている方はあの弱々しい身体で、長い間や、過激な労働をしなくっては手間がとれねえから、あの男は身体が弱くなりつゝ、ある事を知りながら働かなきゃならない。つまり労働と同時に肉体を売っていると云うのだ。若い方だってその通り、あの男は職工であるが故、世間からいろ〳〵癪《しゃく》に触《さわ》る目に逢わされる。ところで彼奴《あいつ》の魂はだん〳〵尖《とが》って来て獣のようになる。つまり労働と同時にその魂も売っているんだ。とこう云うわけだ。

第三の群集　成る程な、甘《うま》い事云いやがった。
第二の群集　それから荒海さんはこう云った。魂を売ったり肉体を売ったりしている労働者は一人や二人では無い。殆《ほとん》ど労働者の全部がそうだって、考えて見ればその通りさね。
第三の群集　ふむ、違いない。
第四の群集　で、その荒海さんとか云う人は何者だね。
第二の群集　ついこの間迄、仕上工場にいた職人でさあ。
第五の群集　お昼の休みなんかによく僕の方の工場へやって来て、人間は何の為めに生きているんだなんて笑話をした人でしょう。
第二の群集　そう〳〵その人です。その人は全く頼もしい人でした、いつも帽子を曲げて冠って眼の鋭い。
第五の群集　そのくせ笑うと素敵な愛嬌があってね。
第四の群集　で、荒海さんはどこへ行ったんです。
第二の群集　どこへ行ったかわからない。
第四の群集　どこから来たんです。
第二の群集　それもわからない。風のように来て風のように吹いて行ってしまった。
第六の群集　全くね、あの人は頼母《たのも》しい人でした、あの人の言葉はみんな真実だった。あの人がいたら屹度《きっと》こんな騒動は起らなかったとわしは思いますよ。

第二の群集　ところが大違いさ、荒海さんの為めにこのストライキが起ったんだと、わしは信じます。

第六の群集　それはどうしたわけだね。

第二の群集　そうじゃ無かろうか、あの人がいろ〳〵な事をわし達に云って、わし達に考えさしたら、それでわし達が黙っていられ無くなって、このストライキが起ったのじゃあるまいか、早い話が、治療所長の吉岡を排斥するにしても今迄うす〳〵わし達がわからなかったわけでも無かったが、それをはっきりと教えて呉れたのはあの人だ。社長が吉岡と非常な懇意なものだから、手腕《うで》の無い人間であるに係らずわし達の大切な命を預けさして置く、その為めに不具にならなくってい、怪我人も不具になる、生きる職工も死んでしまう。君達は命を奪われているのだと荒海さんが云ったじゃ無いか。

群集　ふむ。

第二の群集　購買組合の問題だってそうだ、わし達が金を出して作ってある購買組合に、わし達から一人の役員も選挙されて無いとは大違いの骨頂だ。その為めに天下り役員が不正な行為をすると云うは、つまり君達に自分の事は自分ですると云う自治の精神が無いからだと、荒海さんが云ったじゃ無いか。

群集　ふむ。

第二の群集　賃銀三割増の要求だってそうだ、戦争のお蔭でさ君達の収入は増したろう、けれどもこの物価騰貴で相変らずの貧乏じゃ無いか、それを見殺しにして会社は五割六割と云うどえらい配当をしたと云うは、君達に権利を主張する心が無いからだと荒海さんは云った。

群集の一人　そうだ〳〵、荒海さんは確かにそう云った。

（第二の群集が何事をか語り続けようとした時、場の一角から拍手が起り、続いて満場に波及した。報告壇に山本が立上ったからである。山本の後に数人の委員が立っている、群集悉《ことごと》く鳴りを鎮《しず》めて山本を見る）

山本　御報告致します。交渉委員がただ今帰りましてその報告によりますと、第八回の交渉も失敗に帰したとの事でございます。（群集呻《うめ》く）会社を代表しての竹内工務課長の御言葉は依然として、職工の行為は反逆行為である（群集再び呻く）会社にも相当の考えはあるが、職工がその非を改めて復職した後にあらずば言明する事が出来ぬ（欺されるなと叫びし者あり）もし復職した場合には折を見て賃銀も上げよう、その他の条件も納得出来るようにしてやろう、（その手は喰わぬぞと叫びし者あり）私を男と思ったら何事も云わずに私に任して呉れとの事でございました。（狸に任せられるかと叫びし者あり、群集騒然危険性益々加わる）

山本　（群集が騒いでいるので大声で叫ぶ）諸君、（暫く間を置いて静かに）しかしながら我々は破壊的の行為に出てはなりませぬ。同志の一人と雖《いえど》も秩序を乱す行為があってはなりませぬ、もしか斯かる人があったならば、その人は我々全部を毒する所為であります、堪《こら》えて下さい、堪えて下さい、日本の職工の為めにです、真実の自由と幸福の為めにです。（僅かの間）私はいよ〳〵残して置いた一つの方法を用いようと思います、その方法が果して成功するかどうかは今晩で無くばわかりませぬ。その方法はどんな事であるかと云う事は、明日おわかりになろうと思います。諸君、明朝の八時、今日の如く又この会場に御集合をお願い致したい、（委員等と私語せし後）それでは今日はこれでこの集合を解散します。（群集拍手する）

山本　（急に忙《せわ》しく呼び止む）諸君、諸君の中には米の全然《すっかり》無くなった方もあろうと思います。そう云う方はどうぞ御遠慮なく、他の委員の方になり私になりお申し出でを願いたい、それでは諸君の家族の方々にもよろしく。（群集拍手の後帰り行く）（布川久太郎は作業衣を着た、険しい顔の持主である。立去ろうとする山本を引き留む。やがて群集残らず立去る。舞台に残れる者布川と山本との両人のみ、夜はもう寺院の隅々に忍び込んで、どこやらの工場の汽笛が不安げに唸った）

布川　（四辺《あたり》に人無きを見定め、眼を据えて山本を見た後）残された一つの方法とはどんな事です。

山本　（微笑）

布川 （人を突殺す真似をする）で、しょうがね、い、や、隠して貰いますまい。だがね、その役目はお前さんの役目じゃござりますまい、お前さんには後に残って仕事をして貰わにゃならない。その役目は俺の役目だ、俺は彼奴《あいつ》に恨みがある。

山本 （すいッと布川に近寄って）布川君、お願いだからそんな事はして呉れるな、（間）それに私の残された方法とはそんな事では無い。

布川 隠しても駄目だ、それをしなくって外《ほか》にどんな事をするんだ。

山本 実はね、吉岡治療所長の為めに不具にされた人間を社長の面前に並べて見せるんだ。社長とても血も涙もある人間なら、その眼の前の不幸を見て心を動さないわけはあるまい。

布川 （嚙《か》みつくように）それじゃ、やっつけるんじゃ無いんだな。

山本 それは断じてしてはならぬ、どこ迄も正義に、どこ迄も人道を尊んで、

布川 （怒鳴る）何が人道だ。（山本に対して反感を持ち）そんなお茶番をやって、それで社長がうんと云うと思うのか、フン笑かしやがらあ。勝手にしろ。（立去ろうとする）

山本 （布川を引留む）全く手荒な事はして呉れるなよ。

（両人激しく顔を睨《にら》み合う）

山本 私は確かにして見せる。たとい悪魔の心でも動かして見せる。

布川 もし悪魔がうんと云わなかったらどうする。

山本　その時は。

布川　（毒々しく笑う）他人の不具者共をその面前に並べたってよ悪魔の眼には蚊トンボの鳴く位にも思うめいよ、人間が一番こたえるのは、自分の身が痛い時だ。（笑う）

舞台廻る。

第二場

（野沢造船所の職工社宅の入口駄菓子屋の前の道路に大勢の職工の家族が、職工等が寺院から帰って来るを待ち受けている。社宅のとりつきの家は山本の家であって、舞台の上手《かみて》にその入口だけが見える。背景は磯馴松《そなれまつ》と遠くに海、海は今しも夕日の為め金色に輝いている。豆腐屋のラッパの音）（やがて職工等帰り来たる。家族等その成否の問いを浴《あび》せかける。職工等多くは黙々として、その家族と共に退場）

職工の若い妻　（帰って来た夫の顔色を読んで）矢張駄目なのねあなた、憎らしい、私達を干乾《ひぼし》にしようとしてさ。

若い職工　仕方が無いさ、金さえあれば人を活《いか》すも殺すも勝手な世の中だからねえ、神戸へ行こう、ねえここばかりが工場じゃ無い。

職工の妻　ごらんなさいよ、(下手の舞台外を指して) 何て贅沢《ぜいたく》な新邸でしょう、まるで宮殿のようじゃありませんか、今年の秋、あそこで社長の書生ッぽうが御婚礼するんだとさ、その時は火の雨でも降って宅ぐるみみんな焼いてしまったがいゝ。(罵る) 職工の脂汗《あぶらあせ》で出来た金を掠奪《りゃくだつ》して、あんな宅を作って、それで社長様も無いものだ。ねえあなた、両人《ふたり》で結婚した時は宅は間借で米櫃《こめびつ》一ツ買うおあしさえ無かったじゃ無いの。

職工　今更《いまさら》そんな事云ったって、身分が違うんだもの。

職工の妻　(夫の顔を凝視して) 何って張合《はりあい》の無い人でしょう、ロシヤにはね、赤い牡鶏《おんどり》が飛んだって言葉があるわよ、あなた知っていて。

職工　帰ろうよ、お腹が空った。

職工の妻　お腹が空いたって、お飯《はん》なんかありはしないわよ。赤い牡鶏が飛んだって云うのはね、放火《つけび》の事よ、赤い牡鶏が飛んだって、手を叩《たた》いて喜ぶロシヤの人民の気持が、あなたにはわからない。

職工　止《よ》して呉れ、そんな事を警察にでも聞かれて見ろ、時節柄、たゞではすまねえぞ。

職工の妻　どうするっての、監獄へでもぶちこむっての、ぶちこみたいと思ったらぶちこんだらいゝじゃ無いの、多勢の人間を干乾《ひぼし》にしても黙っている警察なら、罪の無い人間を監獄へぶちこむがいゝ。

職工　帰ろうよ帰ろうよ。

職工の妻　何ってあなたは意気地無しでしょう、しっかりなさいよ、こんな時に荒海さんがいらっしゃると、どんなに助かるかわからないんだけれど。

職工　(急に眼を輝す) 今日も寺でその話が出たよ、荒海さんは全く偉い職人だった。

職工の妻　あなたが荒海さんだったら真実《ほんと》にいゝんだけれど、あら何だってそんな顔をするの。

職工　どんな顔もしはしないよ。

職工の妻　私が荒海さんに惚れているとでも思っているんですか、全く惚れているわよ、惚れていて悪いならどうとかしたらいゝじゃ無いの、私の髻《たぶさ》をぎゅっとゝってさ、よくも己《おれ》の面に泥を塗りやがったって、私の顔の歪《へこ》む程ぶん擲る程なら、真実に嬉しいんだけれど。(両人話しながら退場)

(舞台空虚。薄闇がもう松の樹の根元に迷っている。海はもう見えない、家々には電燈がついている。海上からも船の灯が見える)

(山本、跛の男その他二三人の職工と共に登場、自宅へ入る。片眼の男、片手の男、大火傷した男など別々に登場、山本の宅へ入る。もうすっかり夜である。月がいつの間にやら出ている。松の梢《こずえ》を吹く風の音)

(山本の宅より、山本、跛の男、片眼の男、大火傷した男その他二名程の職工出で来る)

大火傷した男　(人々と共に歩み、下手より立去ろうとしたが、思い出したように山本の傍に行

き、何事をか囁《ささや》く)

山本　(立止まって何事か低声で答える)

(人々その周囲《まわり》に集まる。山本と大火傷した男とは何事か低声にて語り合う)

片手の男　(大火傷した男に向って、突然罵るように)今更そんな事云ったって仕方が無い。

大火傷した男　けれどね、ただ、その何だ、気になるものだからね。

片手の男　それではもしも社長が俺等のやっつけた事をはねつけ、おまけに解傭《かいよう》すると云ったら君はどうするってんだ。

大火傷した男　さあそれが気になるから山本さんにその時にはどうして下さるって聞いているんでさあ。

片手の男　その時は、どうもこうもねえ、追い出されるだけの話さ、みんなの為めだあね。で、君はそれが不服だと云うのか。

大火傷した男　不服だってわけでもないが、君とは違って、まだこの工場に籍のある身体だからね。

片手の男　今迄籍のあっただけまだ幸福《しあわせ》ってものさ、こちとらは不具になった、それッてんで直ぐ野良犬か何かのように追い出されてしまった。

大火傷した男　その代り金を貰ったじゃないか、今俺が追い出されるとすると一文になるじゃ無し、こんな不具じゃどこへ行ったってい、星に逢いっこは無し。

片手の男　フン、それで危い橋は渡りたくないとお出でなすったな。

大火傷した男　君見たいな宿無しとは違わあ、

片手の男　宿なしだと。

山本　（静かに両人を制し大火傷した男に）君の考えも尤もだ、私は無理にすゝめたくない、君の思った通りにしたがよい。ではね、君だけこの計画から省こう、さようなら。

（山本人々を連れて立去ろうとする）

大火傷した男　（急に叫ぶ）待って下さい。（人々立止まる）俺も行きやしょう、どうせ乗りかけた船でさあ。

山本　（哀れむが如く大火傷した男を見る）そう思ったら行きましょう。

片手の男　何のこった、そんなら初めから、文句を並べない方がいゝや。

大火傷した男　何だと野良犬。

片手の男　七面鳥。

（荒海文雄、野沢芳春と共に下手より登場、荒海は髭《ひげ》むしゃな男、芳春は貴公子じみた男）（山本の一行ひたッと口を噤《つぐ》んだ、摩違《すれちがい》に荒海等を透《すか》し見る）

職工の一人　荒海さんだ荒海さんだ（狂喜して）荒海さんが来たもう大丈夫だ。（山本等荒海を取り囲む）

山本　暫時《しばらく》でした、荒海さん。

荒海　やあ暫時。（人々に向って）どうだね相変らずかね。

職工の一人　飛んだ大騒動を起してしまいました。それでもわっちは貴方《あなた》がこの騒ぎを知ったら屹度《きっと》助けに来て下さると信じていました。全くその通りだった、有難い、もう大丈夫だ。

荒海　僕は別に諸君を助けに来たわけじゃ無いがね。

職工の一人　（信ぜず）御冗談でしょう。

荒海　自分の蒔《ま》いた種は自分で刈らなくっちゃいけないと何かの本に書いてあった。（笑う）（芳春に向って）僕の友達です（人々に）諸君にも紹介しよう、この人は僕の矢張友人で野沢芳春君だ。

人々　（驚いて）野沢芳春？

荒海　社長の息子だよ、まあそんなに敵意を持ちっこ無し、話して見給え、林檎《りんご》を嚙みしめるような味のする男だよ、（芳春に）ホイこれは失礼。

山本　（進み出て）荒海さん、何の為めにここにお出でになられた。

荒海　君に逢いに来たが、君達はどこかへ行こうと云うのだね。

山本　ごらんの通りです、

荒海　ところが、僕は君達に君の宅迄引き返して貰いたいのだがね飛んだ御馳走をせまいものでも無い。

山本（人々に）荒海さんがあゝおっしゃるがどうしましょう。
職工の一人 引返しましょう。
山本 引返すに異存はありませんか、では引返しましょう。
（人々全部山本の宅へ入る）
（舞台空虚）
（布川の伜《せがれ》由三、下手よりばた〳〵と逃げ来って駄菓子屋へ夢中で飛び込む。その後を追いかけて来た男は、由三を引きずり出し、打ち擲ってその手に持てる袋を取らんとした。由三は必死になって袋を放さない。駄菓子屋の親爺だの社宅の人達などが出て来てその有様を見る）
片眼の男（由三を男から引離して）番頭さんどうしたんだい全体。
番頭 見ておくんなせい、子供のくせにこの野郎米をかっぱらいましてね、
片眼の男 ふむ。（由三の持っている袋に眼をつけ）其奴《そいつ》はよくねえ、由公、何だって又米なんてかっぱらうんだい。
由三 叔父さん、俺《おら》あの妹が泣くんだぜ、俺あだってひだるいや。
片眼の男（優しく）そうかい、番頭さんこの子が悪いんじゃ無いよ、外のものじゃなし、子供が米をかっぱらうなぞ可哀そうじゃ無いか、ねえ、すまないが勘弁《かんべん》してやって呉れ。

番頭 それはもうこんな場合だから勘弁するもしないもありませんが、盗まれた米さえ返して貰えばね。
片眼の男 それはすまねえな、なあ由公、叔父さんが勘弁して呉れるとよ、そんな袋を返してしまいな。
由三 これを返すのかい。（もじ〳〵する）
片眼の男 そうともさ。
由三 厭《いや》だい。
片眼の男 何だと。
由三 厭だい厭だい。（逃げ出そうとする）
片眼の男 （由三を捕え、向ッ腹をたてゝ）わからねえなこの野郎（由三を擲ろうとしたが、打ち兼ねて）米屋さんすまねえが、その米を俺あに売って呉れねえか、頼むぜ。
番頭 そ、それはお売り申してもよろしいようなものですが、実は宅《うち》で食べるお米ももう無いようなわけですからね、へえ。
片眼の男 成る程、それじゃ無理には頼まれねえ、由公あきらめてしまいな。
由三 厭だい。
芳春 （人垣の後より進み出て米屋に）どんなに高くもよい、僕に売って呉れんか、僕は野沢だ。

番頭　（芳春を見て）社長さんの若旦那、よろしゅうございますとも（気が付いて、片眼の男その他を憚《はばか》って）へえ、実は宅で食べるお米もないようなわけではありますが。

芳春　売って呉れるんだね、（代を払う、米屋頻りと頭を下げる）有難う。（由三に）その米袋はね君にやるから、早く宅へ持って帰りなさい。

片眼の男　由公うまくやったな、社長さんの若旦那だよ、よく礼を云いねえ。

由三　有難うよ、叔父さん。（嬉しそうに駆け出す）

布川　（人垣から後に離れて、有様を見ていたが、走って来た伜の由三を止める）

由三　あッ父ちゃんだ。

布川　（由三の持っていた米袋を取る。それを持ってつか〳〵と芳春の前に立ち塞り、極端な憎《ぞう》厭《えん》の表情で、無言の儘《まま》米袋を芳春に投げつけ、芳春を威嚇し、のそりと立ち去る）

由三　父《とっ》ちゃん、俺あの貰ったお米だぜ。（父親が一瞥も与えず立ち去ってしまったので、泣き喚《わめ》きながら、その後を追う）

荒海　（芳春と顔を見合わせ）あの子供の父親だ。あの男の心は夜の七時を過ぎている。もう明るい太陽は見られない。

芳春　（感激して）思うたよりもひどい、有難うよ、荒海君、僕は君によってこの真実の職工生活を見せて貰った。

荒海　あの子供の将来を考えて呉れ給え、あ、云う子供が無数に育ちつ、ある労働者の家庭を考えて呉れ給え、それから蒔《ま》いた種を刈らねばならない時の事を考えて呉れ給え。

芳春　有難う。人間は自分の為しつゝある事を知らない、僕は父の前ではっきりと父の行為を責める事が出来る。

舞台廻る。

第三場

（野沢社長私宅の階上応接間。正面と上手に窓あり、草色のカアテンに飾る暖炉棚の上に荒れたる海の絵、寝椅子の上に商船の進水式の写真をかく、中央に椅子に囲まれて円卓、その上に六月の花飾らる。壁の色は鉄色、華かな電燈台の如くに舞台を照す。扉は上手と下手との二ヶ所にあり、書生上手の窓より頻りと外を見ている。遠くより多数の人間の叫び喚《わめ》く声聞える）

下女　（登場書生に近寄りながら）わかって。

書生　わからない海の方からのようでもあるし、そうかと思うと青葉ケ岡の方からかもわからない。

下女　（書生と同じく窓から外を見て）ちっとも見え無いのね（人声聞える）あらそんなに遠くないわ。（突然驚いたように書生に縋《すが》る）

書生　何だい、何だってそんなに、いけないよ。
下女　(おど〳〵して)だって、ほら、塀の外に何だか変な奴がいるよ。
書生　(僅かの間、ほっと息を吐いて)何でも無い。(安心したような、影弁慶のする笑い様をする)刑事だよ、あゝしてすっかり守って呉れるから大丈夫だ。
下女　(ぴったりと書生に寄添いながら)私はね、どうもあの辺が気になってならないの、誰かゞ忍んで来るような気がして。
書生　馬鹿云っちゃいけねい。
(書生下女上手の入口より去る。その様子を伺《うかが》っていたらしく、布川は青服の儘影のように下手の入口より忍び込み、様子を伺い〳〵駆けて上手に入ったが忽《たちま》ち逃げ来って、忙しく上手の扉の陰に身を隠した)
(野沢社長、吉岡治療所長、吉岡の娘千枝子、社長の妻おきよ、相つれて上手より登場、扉の陰に隠れた布川、風の如くに足音を盗みて上手へ逃げ込み外から扉を閉める)
おきよ　(愕然《がくぜん》として)あゝ誰かいましたよ、
社長　神経だよ、何が居るものか。
吉岡　(扉をあけて、外を見廻し)誰もいませぬ奥様。
おきよ　でも、扉が独《ひとり》で閉まるなぞって？
社長　お前さんは今日は朝っからそんな事ばかり云っているじゃ無いか。

吉岡　いや御無理もありませぬ。何しろ、騒ぎが大事になって来ましたでな。（人声聞える）お、あのように騒ぎ居る。
社長　弱い犬が吠えるのじゃで、御心配は御無用じゃ、購買組合に口実を作らせて米の配給を止めてからもう四日目かの明日あたりは奴等は働き出しますわ、（千枝子に向って）どうじゃね、千枝さん吃驚《びっくり》なさったかね。
千枝子　（下うつむき、愛嬌笑をしながら）え、。
社長　自宅《うち》の嫁御になられたら、まだまだ吃驚なさる事が大層ありますぞ、が、職工達は決して憎い男じゃ無い。今はあのように暴れているがじゃ、秋になって、結婚式をあげた時、奴等に酒肴料《しゅこうりょう》を呉れたならば自宅の万歳を唱えて呉れる可愛い男達じゃ、その時はあの新邸から町を見下して、喜び騒ぐ職工等を見てやったがよい、（卓上のベルをおす）千枝さんはまだ新邸の内部をごらんにならなかったかの。
書生　（登場）お呼びになりましたか。
社長　（窓を指す）カアテンを開けて呉れ、窓もじゃ。
（書生正面の窓を開く、窓の外遠くの高台に壮麗な洋館が月下にすっきりと聳《そび》えている）
社長　（快げに洋館を見ながら）どうじゃ見事でごわしょう、あの新邸を見ると、わしの心があそこに突立っているように思われる、（笑う）あの心がすっかりと用意が調って、若い人達が結婚する日を待っていますじゃ、（笑う）吉岡さん、あと三月ですな。

吉岡　しかし社長、この騒ぎでは？

社長　（気にも止めず）丁度二十六年目じゃ、九月の二十五日、その日をわしは忘れた事がない。その記念日にわしの伜と、吉岡さん、あんたの娘御《むすめご》と結婚するのじゃ、わしは確かあの時にあんたにこう云った、この悲しい記念日を、喜びの記念日にしてごらんにいれる、とな。その念願が届いたと云うものじゃ、いろ〳〵の用意はもう調ってある、家も衣類も、それから花、庭一面に珍らしい花の咲くように出来ている。

おきよ　（不安げに）でもあなた。

社長　何じゃ、

おきよ　この騒ぎが何時《いつ》終るかわかりませんのに。

社長　その事か、心配は無用じゃと云っている。

おきよ　又あんなに騒いで。（人声聞える）

（まり子、下女と共に登場、走って父親に縋る）

まり子　お父様怖いわ、

社長　（まり子を引寄せて）どうしたのじゃ。

下女　御門前から怖い顔した人がお嬢様を睨《にら》むのでござります。

社長　ふむ、彼奴等《あいつら》が、なあに少しも怖い事はないよ、まり子。

まり子　お父様階下《した》へ行きましょう、ねえお父様。

社長　階下にも大勢いるじゃないか。

まり子　だってもよわたい淋しいわ。

社長　（笑う）まりちゃんはおいくつって姉ちゃんに笑われますよ。

千枝子　（まり子に近寄って）私と行きましょう、ねえまり子さん。

吉岡　（まり子に）叔父さんも連れて行って貰いましょうかな。

おきよ　（社長に）階下に行きましょう、何だか心配になります、それにこの室はよくありませぬ、いつぞやも無頼漢《ぶらいかん》が暴れた室でございましょう。

社長　（笑う）まり子、お母様おいくつって聞いてごらん、みんな階下へ行ったがよい、わたしは独りでここにいたい。

（この時まり子は千枝子と階下へゆきかけていたので父を振り返って笑いを見せたばかりで千枝子と共に行ってしまう。続いておきよも退場、書生はいつの間にかいない）

吉岡　社長（何か云わんとしたが、社長が寝椅子に凭《もた》れて何事か思い耽《ふけ》っているらしいので、言葉を止めて退場）（人々の騒ぐ声聞える）

社長　（永い間考え耽っている。立ち上がって新邸を凝視す、再び以前の姿勢に返って過去を憶う）（芳春、下手の入口より登場、父の姿を見て、つか〳〵とその傍に寄る）

社長　（心付いて）お、芳春、帰って来てか、わしは今婚礼の時を考えていました。

芳春　（呆れて）婚礼？

社長　三月と云えばもう直《す》ぐじゃ、どうじゃね、あの新邸の姿は、今もわしは自慢したばかりじゃがの、

芳春　それ所ではありますまい。この騒ぎをどうなさいます。

社長　（事も無気に）その事ならば心配無用、米の配給を止めたでの、もう程なく職工は働き出す、

芳春　（叫ぶように）お父様、あなたは職工の要求を一ツも御聞き容《い》れぬお考えですか、

（父は子の顔を凝視したが一言も云わず、暫時《しばらく》無言で父子は顔を見合った）

芳春　お願いです、何卒職工の要求を真面目に聞いて下さい。私は職工の要求を尤もだと思います。

社長　（静かに）あんたはわしの所置に反対じゃと、云われるのじゃね。

芳春　（断平として）勿論です。

社長　（笑う）事業をすると云う事は困難な事での、若い人達のわからぬ事もあるものじゃ、わしの仕事はまあわしに任して呉れ。

芳春　しかし正義は正義です、事業をなさるにしても、正義の観念を無視するわけにはなりますまい。

社長　そこがあんたと私との考えの相違している点じゃ、わしはわしの所置をよい事じゃと信じ居る。

芳春 では、貴父《あなた》はこの物価騰貴《とうき》で、職工が生活に困難するを見殺しになさる御所存ですか。

社長 い、や、そうでは決して無い、けれども、職工が会社に反抗為す時、それを屈服せしめると云う事は、向後の事業の為め頗《すこぶ》る必要な事じゃ。

芳春 お父様、あなたは現在の産業制度に相当しない御意見を持っていらっしゃる、資本主と近代労働者の関係をば、昔の通り主従的であると思っていらっしゃる。その為めに貴父の解決方法は不正になるのです。

社長 そこじゃて、そこが学校の窓からではわからぬ所じゃ。経験がわしに教えたのじゃが、現在の職工はの、わしのような管理法を行わねば、よう働きおらんのじゃ、賃銀を高く支払うと云う事もよい事では無い。

芳春 （驚いて）それは又何故です。

社長 金を余計にやると職工等は、その金を悪く使うのじゃ、金の無くなる迄工場を休み、工場へ出ても、その悪遊びの結果頗る面白からぬ仕事をし居る。

芳春 その責任は全体誰にあるのですか。

社長 責任じゃと。

芳春 そうです、この悪の心を植えた責任者は誰ですかと云うのです。たとえ又その職工の行為が、全然その人間の無智と短見と性格から来ていると仮定しましても、その為めに資本主が、当然支払うべき金を支払わずによいとの理由にはなりませぬ。

社長　何じゃと（や、険《けわ》しく）それでは、わしは支払うべき金を支払わずにあると云うのだな。

芳春　お父様、私は自宅へ帰る前、停車場から直ぐ職工等の住居へ行って、その生計《くらし》を調査して見ました。狭い汚い宅へ群居し、殆どが貧民生活を強いられています。あゝ云う境遇に置かれて、その心理が変態にならぬならば寧ろ奇蹟です。ただそうした生活が当然なものであるような習慣で辛くも彼等は甘んじて生活していたとしか私には思われない、私はお父様明かに云います。そうした多数の職工の生活を見殺しにして、あんな宮殿のような新邸を建てたは明かに罪悪です。

社長　新邸じゃと、あれはあんたの為めに建てたのじゃが。

芳春　私には呪《のろ》われた家の必要はありません。

社長　（怒れるが如く芳春を見詰む）

芳春　（黙って父の顔を見ていたが、突如として）お父様お願いです、あの新邸を職工の物として下さい、職工の教場として下さい、職工の倶楽部として下さい。

社長　（無言）

芳春　それからこの同盟罷工の要求を聞き容れて下さい、職工を飢えたる境遇から救って下さい。

社長（無言）

芳春（父が黙っているので、自分も口を噤《つぐ》み、父を注視したが、やがて投げるような語気で）それではお父様、私の希望はお聞き容れありませんか。

社長（重々しく口を開く）あんたは企業家の苦心と云うものや、又企業家の力と云うものを考えて見た事があるか、この苦心や力でわしはわしの財産を得た。その財産をわしの意の儘《まま》に使用すると云う事は少しも不正じゃ無い、と、わしは考える。

芳春 しかしお父様、人間が財産を作り得ると云う事は、その人間の苦心や力ばかりではありますまい、四囲《あたり》の事情と労働者とがあって初めて財産を作り得るのじゃありますまいか。

社長 その四囲の事情や労働者を巧妙に用いると云う所に又、企業家の苦心と力とが必要なのじゃ。

芳春 労働者を巧妙に用いると云う事は、労働者を飢えしめると云う事ですか。

社長 何じゃと。（語勢激しく云い放ったが、直ぐと痛ましく笑って）まあ許して呉れ。（もの柔かに）お父様はの、あんた達の結婚を楽しみに活きているようなものじゃ、永い歳月がかゝってやっとその日が来た、眼の前にその日が来た。芳春、わしはまだお前に話さなかったが、今から二十六年前は見る影も無い貧乏人であった。わしは生きている土地も無いような窮乏に絶えず襲われた。それは無情な社会を味方と見たからじゃ。丁度あんたの今の気持がそうじゃ、いや云う事があれば後で聞く、わしはのとう〳〵社会の本体が明かにわかった日が来た。それは九月の二十五日じゃ、わしはその日に死のうとした。（その時を思い浮べた如く、や、黙ったが）その時わしを助けたはあの吉岡さんじゃ、その時からわしは社会を敵として戦う所に、自分の生活のあるを見出した。力のある小数を味方にして、力の無い多数を敵とする、そこに自分の幸福がある（上手に扉をノックする音聞える）わしの歩いて来た道は険しいものであった。これだけの勢力と金と事業とを得んが為めには人知れぬ苦心が山のようにあった。（ノックの音）誰じゃ（扉の外で女の訪れる声がする）お入りなさい、

千枝子　（入来る、芳春を見て恥《はずか》しそうな表情で挨拶し、社長に向って低声で）父があの参りましても、よろしいか、伺って来いと云いましたので。

社長　参られても？（僅かの間）は、あ、あまり声高に話したので、お心配せられたと見える。何、何でも無い事じゃ、実は千枝子さん、今結婚の時の話をしていましたので。

千枝子　（返事に困っている）

社長　お父様にいらっしゃって下さいって、芳春もいますでいろ〳〵御相談も致しましょうから、とね。

千枝子　はい。（去らんとする）

芳春　待って下さい千枝さん、私達は今結婚の話をしていたのでは無い。

社長 （叱るが如く）芳春、（言葉を転じようとして）芳春、あんたの頬にそれは血では無いか。

千枝子 （驚いて芳春の顔を見る）まあ、如何《いかが》遊ばしました。

芳春 （頬に手を当てながら落着いて）ここに来る前、ある所で職工に打《ぶ》たれたのです。

社長 職工にじゃと。

芳春 何こんな疵《きず》は何でも無い、職工等の胸に受けている疵に較べれば何でも無い。

千枝子 （手巾で芳春の疵を抑えながら）痛みませぬか。

芳春 （突然千枝子の手をとる）千枝さんあなたは自由と云う事をご存じでしたね。

千枝子 はい。

芳春 私共は自由を尊ぶ人間だ、だから他人の自由も尊ばねばならぬ。

千枝子 （怪しむ如く芳春を見る）

芳春 世界は今自由を叫んでいる、しかし自由は叫ぶが故に尊いのでは無い、行うが故に尊いのだ、野沢造船所の職工千三百人は今自由を叫び、そしてそれを得ようとしている。真実の人道と自由とを思う者はこれに同情せねばならぬ。千枝さん、あなたは職工等がどんな事を会社に要求したか知っていますか。

千枝子 いゝえ。

芳春 ご存じで無い？（僅かの間）ご存じで無くば私がお話いたしましょう、まあおかけ

なさい。（芳春、千枝子椅子に腰かく）

社長　（遠くに人声、叫び）

芳春　（黙々として芳春の言葉を聞いていたが）もうよいでは無いか芳春、千枝子さんはそんな事を聞きたくはないのじゃ。

社長　（父へは答えず）職工等が会社に要求したのは三ツの事です、第一は、

芳春　（語気荒く）芳春。

社長　第一には賃銀三割増、第二には購買組合の改善、第三には、

芳春　もう止せと云うに。

千枝子　第三には吉岡治療所長排斥です。

芳春　（驚いて）い、ッ。

千枝子　あなたのお父様は手腕の無い医者で生きる負傷者も死ぬるような有様だから、それに自分達の身体を任せるわけにはならぬと云うのです。

芳春　それは真実《ほんとう》でしょうか。

千枝子　そんな事もあなたには聞かせなかったのだな（僅かの間）私は職工の要求を尤《もっと》もだと思います、私はここへ帰って来る前職工の住んでいる家や、集っている場所へ行って、よくその真相を調査して来ました。

千枝子　その時にその疵《きず》をお受けになったのですね。

芳春　そうです、職工達は私を白昼強盗の伜だと云いました。それから新邸を呪《のろい》の家だと罵《ののし》りました。

千枝子　呪の家！

芳春　私は職工達がそんな心になったを無理ならぬ事と思う。職工達のストライキは経済的の運動であるばかりで無い、実に自由を取返す運動です、雇傭《こよう》契約が一方だけの意志で定められたり、自分等の組合の役員を自分達で選挙出来なかったり、自分達の身体を託すに、不安心な医者をあてがわれたり。

千枝子　それは父の事でございますか。

芳春　明かにそうです、

社長　芳春。

芳春　お父様、私は職工の宅へ行って、手の無い人間に逢いました、跛の人間にも逢いました、片腕の男にも逢いました、彼等はそれを吉岡医者の責任、だと云っています、

社長　ばかな、どこの国に医者が怪我させる奴があるか。

芳春　（父の顔を見詰めて一言も云わずやがて千枝子に）千枝さん、私の父はね、この職工が自由を得たいと云う運動に対して何をしたと思います、工場の閉鎖を行ったのです、それから米の配給を止めてしまったのです、そうしてそうしたならば職工達が働くであろうと云うのです、（泣くが如く）そうして宮殿のような新邸を作って、そこで私等に結婚

せよと云うのです（唸るが如く）誰が、呪われた家で結婚出来るものか。

千枝子　（驚いて）結婚を？

芳春　千枝さん、私はね、私の自由の為めこの宅を出て行きます。

社長　何じゃと。

芳春　お父様！

千枝子　（思わず芳春に縋《すが》る）それは真実、それはあの真実でしょうか。

芳春　（千枝子の肩に手を置き、その顔を見詰めて）私はそうしなくばならぬと思います、（父に向い決然と）お父様、最後のお返事を伺いましょう、あなたは私の希望をお聞き容れありませんか。

社長　（剛腹に）出て行けッ。

（下手の扉を押し開け、先程より様子を伺っていたらしく、山本を先頭に片手の男、片眼の男、跛の男、大火傷した男等入り来る）

社長　（大喝する）誰じゃ、何者じゃ。

（吉岡、上手の扉を開いて来りしが、忽ち千枝子と共に退場）

山本　（静かに）造機部の山本組長です、あなたは進水式の時、私をお見知りの筈《はず》でございます。

社長　その山本組長が何の為めに来た。

山本　あなたの御同情に縋らん為めです、ここに並んだ人達は、(負傷者等を指して何事か語らんとす)

社長　何故無断で侵入したかと聞いているのじゃ。

芳春　私が案内したのです。お父様、この人達をお父様は顔もご存じではありますまいが、他の工場の人ではありません。野沢造船所で働いて、そして怪我をして、不適当な医者の為めに不具者になった人達です。

社長　(山本に)それで、君達はわしを威嚇《いかく》にやって来たのか。

山本　社長、私達は私達の斯《か》かる態度をよい事とは思いません、しかし斯くするより外に方法は無くなったのです。

社長　会社の考えは竹内工務部長の口より君達に達している筈だ。わしは君達に対して何等の云うべき事は無い。たとえ又個人として君達に同情を有しているとしても、会社として定めた方針を変えるわけにはならぬ。

山本　私は人間として、あなたの理解と同情とを仰ぎたい。ここに来た人達は肉体を売った人達です。労働者は賃銀を得んが為めに労働を売っているのみでは無く、実にその肉体も売っているのです、労働をしたが為めに負傷為し、又は病気にか丶ったならば、これ明かに賃銀を得んが為め労働を売るのみで無く、肉体をも売るものであります。まだあります、それは大切な魂を労働者が売っていると云う事です。労働者はその労働者なるが故を以て、社会から冷遇され、働いても働いても生活を保証されるだけの金も、可愛い子供を教育するだけの金も得られないとしたならば、その心の尖《とが》って、いら〱とするは当然です。労働者には反抗的な気分感情のあるを私共も認識します、しかしその気分感情はどこから来たかと云う事に就いて、お考えを願いたい、労働者以外の者には現われない、尖った心を労働者のみが持っているとしたならば、これ明かに賃銀を得んが為めに労働するのみでなく、その魂をも売っているものであります。社長、私達は労働のみを売りたいのです、肉体や生命や、魂やを売りたくは無いのです。今迄の労働者はその事を知らなかったのです。知らなくしてただ不平不満で盲動していたのです、その盲動が、工場にあっては外国とは比較のならない程の能率の低減を来し、社会の人間としては酒色に走り、或は浮浪の徒と化したのです。私共は国家の為めにも会社の為めにも個人の為めにも能率の増進を計りたい、酒色に走り浮浪の徒にはなりたくない、しかしながら、その変態生活を強《し》いられる所の基をなしている、工場の待遇その他を改善して戴《いただ》きたいのであります、私達は労働のみを売りたいのです、肉体や生命や魂やを売りたくはないのです、これ乃《すなわ》ち労働者の自治自立の精神です。

社長　（不思議な言葉を聞けるが如く）労働者の自治自立じゃと。

山本　この精神が今度の同盟罷工を誘ったのであります。私等は決して不平等な要求を為し徒らに会社を苦しめんとするのではありません、私等は人間の生活をしたいのです。

社長　人間を取返したいのです。

山本　(頷く) わかった。君の言葉は忘れずに考えて置く、でな、明日からでも就業するように、仲間の人達に云い伝えてくれんか、会社でも職工が働こうと云う意志がわかればいつでも喜んで働いて貰おうでの。

社長　それでは同盟罷工の要求を聞き届けて下さるのですか。

山本　その事はわしがしかと考えて置く。

社長　とおっしゃると、今直ちに御実行下さるのではないのですか。

山本　会社の立場も考えてくれえ、職工にストライキをやられて、それを聞き届けたじゃ、世間に顔出しが出来ぬじゃないか。(笑って見せる)

社長　すると、あなたはどうなさろうと云うのですか。

山本　時機を見て、君達の希望の達せられるように必ず取計ろうと誓うじゃ無いか。

社長　それでは竹内工務部長のお話と少しも違わないと思いますが。

山本　社長のわしが誓っているのじゃ。

社長　(や、激して) 社長、職工の心は剣《つるぎ》の刃のようになっています、仮に私があなたのお言葉を信じて、罷工者に伝言するとしても、それを彼等の剣の刃が易々と受け入れますか。飛んでも無い事変が起らないとも限りません。

社長　(笑う) わしの身の上に危難でも降りかゝるとでも云うのかな、やって見たがよい。威嚇や迫害の前には、何事も聞き容れ得るものかどうか、やって見たがよかろう。

山本　（言葉無く、社長を睨んで唸る）

（不具者達の緊張した表情）

芳春　（父の前に進み出で）お父様、あなたは職工の要求を不当と思召《おぼしめ》していらっしゃるのですか、

社長　職工の行為は反逆的じゃ。

芳春　それは方法の事でしょう、職工の目的はあなたと雖《いえど》も恐らくは認識されるであろうと思います、それは、あなたの今迄におっしゃったお言葉が、嘘でなくばそれを裏書しています。しかるに、会社の体面と云ったような事で、職工の要求をお聞き容れにならないのです。会社にとっては体面の問題かはわかりませんが、職工にとっては肉体と生命と魂との問題です。

社長　黙らんか、芳春、職工には職工の理屈はあろうが、会社には会社の立場がある。もし職工に誠意があったならば何故、ストライキの如き非常手段に出でずに穏かに話をせぬか。

山本　それはもう、再三再四お願いした筈でございましたが。

社長　何じゃと、わしは聞きおらんわ。

芳春　途中で握りつぶしてあったのです、中間者によって傭者と被傭者との意志の疎通を

欠き、重大な問題をひき起した例がいくらもあります。

社長　ふむ。（軽く頷いたが、忽ち剛腹に）わしはそれを信ぜぬ、わしが信認している人達にそんな人間は無い。

片眼の男　（堪まり兼ねて怒鳴る）さあ、もう、か、か、堪忍ならねえ、止めるない、さあこうなっちゃ社長も糞もあるかい。

（舞台騒然、山本は負傷者達を止める。芳春は父の前に立つ、社長は平然と落着いている）

（吉岡医師、上手の出入口より飛込み来る。続いて千枝子、間も無く書生その他の二三人の男達来る）

吉岡　社長、私は責任を感じます、誰か適当な人材を治療所長に任じて戴きとうごわす。曲げてもお許しを願いたい。（山本等に対して）さあ、諸君の要求の一ツは解決した。この上私にこの皺腹を切れとあらば、腹も切ろう。が、他の条件は一時見合しては下さらぬか、社長の位地になって考えて貰いとうごわす。

社長　お待ちなさい吉岡さん。（立上る。山本等に対し静かに力強い声で）よシッ君達の要求を聞き容れよう、賃銀三割増、購買組合の改善、治療所長排斥、全部聞き届けた。（書生に向い）田中、竹内さんはまだ会社にいる筈だ、電話でね、そう云って呉れ、職工等の要求は社長が承知した、それから竹内さんに直ぐここに来るようにとな。

（書生去る）

芳春　（喜んで）お父様、それではお聞き容れになるのみですね。

社長　（山本等に対して）わしは日本の職工の意気地の無いのに愛想が尽きていた。殆《ほとん》ど奴隷根性を持っていて、自主自立の精神が無い、魂の無い人間じゃと思っていたが、（笑いながら）今聞けば、その魂を売っているんだそうな、で、その魂を売らないようにと同盟罷工をしたとのお言葉じゃ、だが、それだけの自覚のある人間は極く少数であろう、大多数は矢張、奴隷のように使わねば働かない人達であろうと思うが、よかろう、危険な株でも買うつもりで君達の要求を聞こう。それで、職工等がどれだけ人間らしくなるか、工場の能率がどれだけ高まるか、面白い見物じゃと思う。

山本　社長、誓って工場の能率は高めます。労働者が不平なく就業する時には、生産能率は現在の倍になるを私は信じます。

社長　（笑う）三割値上して、能率が倍にならば大層な利得じゃ、時に君は山本君と云ったね、造機部の組長か。

山本　お言葉の通りです。

社長　痛快な男じゃ、それからそこにいる人達は。

片眼の男　（感動して）わっちは山本組長に使われている人間でへえ、先程は申訳ありません、全くその……。

社長　その眼はどうされたのかな。

（片眼の男何事をか云わんとせし時、俄然《がぜん》として電燈消える。舞台暗黒、間も無く少女の悲鳴が聞える。騒然たる人声物音）（やや永き間）（電燈つく、舞台には山本と不具者達、何事の起りしかを知ろうとする表情にて、上手を伺っている。上手の入口より、布川風の如く馳《は》せ来って下手の入口より馳せ去らんとす。山本その行手に立ち塞がる。社長、芳春、その他布川の後を追って登場）

芳春 （罵る）罪のない子供に危害を加えるとは卑怯者め、まり子に何の罪がある。

山本 （布川に）ひどい事をして呉れたなあ、社長は同盟罷工の要求を全部聞き届けたのだ。

布川 （せゝら笑う）そんな事俺が知るかい。

芳春 （心は血縁の愛憐に頻りと襲われながら）神のような子供が何を知っている。子供を可愛いと云う心が君には無いか。

布川 （芳春を激しく睨みつけた後、心の底から湧き出て来る憎厭に満ちた、毒々しい声で）それが初めてわかったのか、俺等の餓鬼はいつでも殺されそこなっていらあ。

（社長、芳春が昂奮して何事か云わんとせしを止む）

（布川は芳春、社長、山本、その他を睥睨《へいげい》せしが、隙を見出して、下手の出入口より駆け逃げる。山本等その後を追わんとする）

社長 待て（人々を止めて）あの男の自由にしてやれ、可哀そうな男じゃ。

（人々沈黙、遠くに人声聞ゆ）

幕急に落つ。

戯曲　二老人（一幕）

人

第一の老人
第二の老人
第一の娘
第二の娘
第三の娘
第一の青年
第二の青年
第三の青年

時も所も総て夢幻

（舞台は旧貴族の邸宅であった広い洋室である。上手《かみて》には書棚と寝椅子。下手《しもて》には寝椅子と楽器。中央の奥は大なる窓。その窓の硝子《ガラス》越しに遠く街の灯が無数に煌《かがや》いて居る、所々に画額彫刻草花等配置よく置かれてある。中央に円卓《まるテーブル》を囲んで椅子が六七脚円形を作っている。上手は第一の老人の寝室に通じ、下手は廊下を隔て、入口になっている、中央の天井には明い電燈ともる。

幕の開いた時に第一の老人独り中央の椅子に腰掛け沈思している、暫時《ざんじ》の後立上りあても無く歩み廻り、ふと立止って窓より街の有様を見たが、魂を落せし人の如《ごと》くぐったりと再び椅子に腰を落し以前の通りの姿勢となる。口を固く閉じ眼を細めて太い吐息を洩《もら》し、眼をかっと見開く。

娘等三人嬉々として入口より登場。老人を見ていそ〳〵と走り寄る）

第一の娘　おじいさんの兄弟、革命祭おめでとう。（老人の額にキスする）

第二の娘　革命祭おめでとう。（同じくキスする）

第三の娘　おめでとうおじいさま。（同じくキスしたが老人の悩しげな有様を注視す）

第一の娘　（ぴん〳〵跳ね廻りながら）何と云う幸福な夜でしょう。（窓下に駆け寄って空を仰ぐ）ホラ月も笑い落ちそうだわ。

第二の娘　（第一の娘と共に空を仰ぎ見ながら）星と星とが抱き合っているようではありませんか。

第三の娘　（老人の傍《そば》の椅子に腰掛け老人の顔を見詰めながら）おじいさま、あなたは心配していらっしゃいますのね、私今お話しては悪い？

第一の老人　（娘を見る）今晩は街の集会には行きなさらぬかのう。

第三の娘　私等はおじいさまと踊りたいと思って参りましたの、さあキスして下さい、革命祭おめでとう。

第一の老人　あ、おめでとう。（娘の額にキスしたが、突然立上って二三歩よろめく）革命！　噫《ああ》革命！

第三の娘　（憂《うれわ》しげに老人を支え）おじいさま。

（娘等老人を取囲む）

第一の老人　（暫時の後重々しく）娘さん達街には何故行きなさらない。（窓越しに外を指し）あの通りに街は美化して若いあんた達を待っているでは無いか。

第三の娘　い、えおじいさまの兄弟、私達はあなたと踊りたいと思って参りましたの。革命の勇士と踊る事、それが私達の幸福なのですわ。

第一の老人　何だと、（荒々しく娘を突飛《つきと》ばし）あんた達はわしを苦しめに来たのか。（と、叱る如くに云ったが忽《たちま》ち優しく）許して下されや、年老いると気が短こうなってのう、わしのような人間は今の世の厄介者《やっかいもの》じゃ、お前さん達はわしに関わず街に行って、良い心を持った若者と踊りなされ。

第三の娘　おじいさま、あなたには近頃悩みが来ましたのね、以前のように私達にお話しては下さらぬのね、私達はあなたの昔噺《むかしばなし》を聞くを幸福にしていますのに。

第一の老人　革命を自慢らしく云うのが気恥しくなった。わしは不幸にして生き残った人間じゃ、革命はわしが必要じゃった。けれども、わしは革命の埋草になって死なねばならぬ人間じゃった。敵も味方も多くの人間が埋草になって悪の堀は埋《うずめ》られ、その上に新時代の建築が出来た、その時死にそこねた埋草が枯れよぼって横《よこたわ》っている程醜い者は無い。わしの心が如何《いか》にさかしう弁解してもわしの残忍性が良い人間を多く殺したをわしは覚えている。その人々に対してもわしは死なねばならぬ筈《はず》じゃった。

（老人する〳〵と娘等の囲みを離れて歩み出す。娘等気を奪われ茫然として老人を見送る。老人を引き止めようと意識した時には老人は上手の寝室に入ろうとした折である。第二の娘老人の後を追おうとするを第三の娘止める。老人の靴音淋しく消える）

第二の娘　私にはわからないわ。何故あのお方があのように苦しまねばならないかと云う事が。

第三の娘　人間は誰しも他人にわからない悩みをもっているものなのね、自分だけがわかっているが、それをどんなに話しても他人にはわからない悩みを。

第一の娘　私にはあのおじいさんの苦悶がはっきりとわかるように思われる。おじいさんは貴族の娘のお腹に三ツ顔に二ツの穴を開けて路傍《ろぼう》にさらした事があった。それはただ貴族の娘だと云うだけの事で、その外まだいろんな残忍な事をなさった事をあの人自身の口から洩《も》れ聞いています。あの人はそれを後悔しそれに責められているに違いない。あの人は平常《ふだん》そんな事の出来る人では無いものね、革命があの人をしてそうさせたのですわ、自分の意志でやった事で無いからあの人は今それを後悔している。自分の意志でやったものならば、たとえ世界で一番の善人のお腹に百の穴をあけた所で、それを後悔する筈はないわ。

第三の娘　それは事実でしょうか、事実だとすると大変お気の毒なのね、私達はそれを慰めなくっては、ねえ事実でしょうか、ねえあなたはまだ委《くわ》しく御存じでいらっしゃる。

第一の娘　え、いろんな事を昨日おじいさんから聞きましたわ、けれども私は今それをお話していたくない、それに人間の苦悶悩みは他人に慰められて消えるものではないわ、総てが自分自身の真実の心からその為めに苦悶なさるならば苦悶なさる方が幸福ですわ。さあ私達は私達で私達の心の底からこの良い晩を楽しみましょう。

第三の娘　でも私はもうそんな気にはなれません。（椅子に腰かけ何事かを考える）

第一の娘　旧い神旧い儀式がみんな亡びて、たった一ツになって生れ出た今日がその祭日なんだわ、空も街も野も林もみんな楽しそうだわ。

第二の娘　（第一の娘と共に窓より外を眺めて）街の人と云う人はみんな会場に集っているらしく思われますね、昔は人達が残らず一所に集まると云うような事は出来なかったそうじゃありませんか、家を空にするとそこに盗人と云う者が入って何か盗んで行ったそうじゃありませんか、随分不自由な世の中だったのね。

第一の娘　あの男の人達は街に行ってしまったのでは無いかしら、（不安らしく）私達との約束をまさか忘れたわけでは無いでしょうが、街があまり賑《にぎや》か過ぎます。

第二の娘　あの方々もおじいさんと踊りたいと云っていたんですもの、屹度《きっと》ここに参りますわ、そら靴音が聞えるではありませんか、おや一人の足音よ、あの方々は三人で揃ってお出でになる筈なんですが、

（第二の老人元気よく下手より登場）

第二の老人　お、娘さん達、革命祭おめでとう。

（人々キスを交換する）

第二の老人　（娘等をしげ〳〵と見廻して）娘さん達わしはお前さん達がここに居ようとは思わなかった。あの老人が独《ひとり》でぽつねんとしていよう。一ツ昔の手柄話でもやり合おうと思って来たのだがね。

第三の娘　私達も矢張あのおじいさまとこの革命祭を祝福し、慰め踊ろうと思って参りま

したの。

第二の老人　はて、（じろ〳〵娘等の顔を見）そうだとすると、わしはお前さん達をよく云っていいか悪く云ってよいかわからない。尤《もっと》もあの老人とばかり踊ろうと云うのではあるまい、若い男達もやって来るのだろう。

（娘等顔を見合せる）

第一の娘　その通りなのおじいさん、私の恋人も直《す》ぐとここに参りますわ。

第二の娘　でもそのお方達は街に行ってしまったのでは無いかと思っている所なの。

第二の老人　否《いや》、必ずここへやって来る。お前さん達は若く綺麗なんだからな。恋は集団を要求しない、俺の若い時には人目を忍んで両人《ふたり》だけが窃《そ》ッと逢ったものだ。今の世の中では卑しまれる事だが、俺にはその事が悪いとは云われない。俺等が若い時分の恋の味《あじわい》はこの頃の恋の味とは違っていた。それが新しい鯛と腐った鯛の味との相違では無い。魚と果物との味の相違だ。（笑う）時に老人は？

第三の娘　寝室にいらっしゃいましょう、どうしたわけか大変悲しんでいらっしゃいます。私等には慰める言葉もありません。

第二の老人　なあに革命の味を忘れ兼ねているんだよ。革命の味は恋の味よりも強いからのう。

第一の娘　ねえおじいさんの兄弟、私達にその強い革命の話をして下さらない？

第二の老人　してもよい。したが先ず老人に逢わなくってはならぬわい。
第三の娘　私お呼びしますわ。（立上って第一の老人の寝室に行く）
第二の老人　この頃あの男にふさぎの虫がかぶっているそうじゃ無いか。あの男にしてはこんな平和な世の中は厭《いや》なのであろう、あの当時はすばらしい働きをした勇士だったからのう。
第一の娘　あの方の悩みはそんな事からでは無いらしゅうござんすわ。
第二の老人　それでは年のせいか、昔は天国が待っていたのだが、今では老人が待っているのは死だからのう、いや〳〵、あの男はそんな弱虫では無い。
（第三の娘帰り来る）
第二の老人　どうした。ここに見えるかのう。
第三の娘　眠っていらっしゃいますの。
第二の老人　そうか。
第三の娘　悪い夢でも見ていらっしゃいますのか、うなされてお出ですの。
第二の老人　うなされている？
第三の娘　苦しそうに顔中皺《しわ》にしていらっしゃいます。
第二の老人　そうか、昔の夢を見ているのじゃな、ブルジョアジーに苦しめられている夢を、何しろ昔は人間が人間を機械にし道具にし、牛、馬にして使っていたのじゃからのう。

娘等　（等しく）まあ！

第二の老人　それで俺等の胸には反抗の火が燃えて、（残忍な表情動作をしながら）この身体中が、この身体中がみんな燃える火であった。思い出しても身体が吠え出すわい、世界中にあんな強烈な気持のする事は無い。飯喰う俺の咽喉《のど》をしめた奴の咽喉を、ぐっと、この手で、この手でしめた時の気持は、血がだら〳〵と、どす黒くこの腕に捲きつきやがった。

娘等　（息を凝《こら》して第二の老人の腕を見る）

第二の老人　今から思うとブルジョアジーの私有工場や鉱山は復讐する為めの大きな心臓だったのだな、工場の機械も鉱山の石炭もどく〳〵ともの凄《すご》い唸《うな》りをしていたのだ。俺等はどこへ行っても俺と同じい心臓にぶつかった。心臓と心臓とが打合うと火より熱い血が毛の端《は》じ迄も恐しい速さで駆けめぐった。あの時の気分はお前さん達にはわかるまい。

（青年三人この老人の話半ばに登場したが、緊張した情景に圧せられて挨拶も出来ず佇《たたず》んでいる。次第と老人の言葉にひきつけられて或る者は娘の側の椅子に腰掛け、或る者は老人の背後に進み佇み熱心に物語を聞く）

第二の老人　もうあ、した強烈な気分は再びこの地上には来まい、俺等人間はお互いに愛し合わねばならないのじゃからなあ、どこを見ても平和だ、人間は平等になった。神と悪魔と××とは革命の爆裂弾で粉砕されてしまった。

第三の娘　おじいさんの兄弟、みんなあなた方の尊い犠牲の為めなのですわね、この愛に満ちた世の中、この平和で平等な世の中！

第二の老人　（罵《ののし》る如く）犠牲だと、尊い犠牲だと、フン、お前さん達の教育は嘘を云っているのかね、俺が教師だったらこう云う。彼奴等《あいつら》は犠牲だの人道だの正義だのと云っていたが、それは合言葉に過ぎないんだとな、一人が俺等のやっている事は人道の為めだと云うと、別の奴が極《きま》りきって、そうだ俺等のやる事は正義だ、と云ったものだ、犠牲や人道や正義じゃ革命は出来ないんだ、革命した奴は人間その者なんだ。俺等は俺等のしたい事をしたんだ、復讐したいと思ったから復讐した。憎い奴は打殺したいと思ったから其奴《そいつ》は打殺した。ブルジョアジーの女を手籠めにしようと思ったから其奴を手籠めにした。綺麗な女が心一ぱいに泣き叫ぶのを凝《じっ》と見ていた気持ちは、全くとてつも無くい、ものだからな。

第三の娘　（恐怖に襲われながら）おじいさん、あなたは真実にそんな事をおやりになって？

第二の娘　ホンの戯れの御言葉なんでしょう、おじいさん。

第一の青年　たとえば嘘で無いとしても、それはその時の過失に過ぎない。

第二の老人 何の過失であるものか、俺は今でもその通りの気持を抱いている。今の共産社会が俺を老人だと云うので働かずとも喰わして置くような事はせずに、昔俺等の咽喉をしめたブルジョアジーのようにうんと圧《お》しつけて貰いたいものだ。そうすると俺には又あの強烈な革命の味が味《あじわ》われるのだが、何と云う不自由な世の中であろう、俺は他人の頭一ツ擲《なぐ》る事が出来ない。（突然、思いがけもなく、しかみッ面笑をする）

（人々笑う、その全体としての笑い声はとまどい気の毒笑であったのが次第に華《はなや》かになる）

第二の青年 （吐息をついた後の言葉のように）おじいさんあなたは不幸なお方ですね、あなたの胸には資本主義時代の気分習慣教育が残っているんですね。それでこの幸福な社会生活を不幸に送らねばならないんですね。

第二の老人 教育だと、俺を教育なんて奴がどうも出来るものじゃ無い。俺は自分の好きな事をする人間その者なんだ。俺は資本主義時代の教育も気に喰わねえように、共産主義社会の教育も気に喰わねえ、教育なんかで人間の真実の魂をどうも出来るものか。

第一の娘 （感激して第二の老人の手を犇《ひし》と握り）私はあなたのそのお考えはよくわかってよ、あなたは自由人よ、ねえ、私だって物事が生理的に楽しく思われる若い娘でなかったら、それから音楽や踊が好きでなかったら屹度あなたと同じいような人間になってよ。

（この時街より歓声のどよめき聞え来る。続いて爽快な楽の音漂い聞える。人々窓下に行

きて街を見る）

（第二の老人と第一の娘とは依然として相抱かんばかりの姿勢で語り合う）

第一の娘　ねえおじいさん自由と云うものは総ての人にあるものでしょうか、人を愛する人にも、人を憎む人にも、平和を好む人にも、争闘を欲する人にも。

第二の老人　俺はこう考えている。どんな人間にでもどんな社会にでも自由はあるとな。その人間が真実に強い人間だったならばな。

第一の娘　あなたはこの共産社会が自由な社会だとはお思いなさらない。

第二の老人　俺はこう考えている、人間は誰しも自分自身が真実に強くなければならないとな、人道の為めだとか民衆の為めだとかで作り上げた社会は慈善の社会だ、慈善は専制を意味している、専制には自由が無い。

第一の娘　でも革命の主謀者の方々は人間が真実に正しく考え得るが為、真実に強くなれる為め、真実に生存出来る為め、真実に自由になれる為めに、その障害であったブルジヨアジーの社会組織を共産社会に改造したのではありますまいか。昔は階級があり掠《りゃく》奪《だつ》者があった、資本主義組織の社会生活は総てが掠奪者であった。資本家に掠奪されていた労働者も亦《また》よく〳〵考えると消費者としては掠奪者の片割であった。資本主義的組織の下に生産された品物は針一本でも掠奪の刻印が刻まれてあるので、そこに生きている総ての人は資本主義の罪悪から外《のが》れるわけにはならなかった。自由はあってもそれは掠奪の自由だけでは無かったでしょうか。正しい自由を得るには平等無階級の社会が必要であったのではありますまいか。

第二の老人 （吃驚《びっくり》したように第一の娘の顔を見詰める）お前さんは賢い娘さんだ。だが俺にそんな事を聞いてもわからない。俺が革命運動に参加したのは俺がしたいと思った事をしただけの話なんだからのう、多分しかし革命の親玉も彼奴等《あいつら》のしたいと思った事をしたのであろうよ。

（街の有様を見ていた人々は街のどよめきに憧れているようであるが、実は第一の娘と第二の老人の動作言葉に気をひかれて、時々別々に他の人に知られぬように振返って盗み見る。第二の娘と第一の青年とはいつの間にか一ツになり、第三の娘と第二の青年とはしらずしらず一ツになる。第三の青年のみは孤独の感と嫉妬とに襲われる）

（街より音楽歓声のどよめき漂い聞える）

第三の青年 （突然大声で）さあ私等も約束の通り踊ろうでは無いか。

第二の青年 おじいさんはどうした。ここのおじいさんの兄弟は？

第三の娘 やすんでいらっしゃいますの。

第二の青年 起そうでは無いか。（第一の老人の寝室に向って二三歩歩む）

第一の娘 （第二の青年を止める）おじいさんは起さない方がいい、わ、私等だけで踊りましょうねえ、（立上って第三の青年に）ねえあなたひいて下さらない。

第三の青年　え、。

第一の娘　（第二の老人に）ねえ私と踊りましょう。

（第三の青年楽器を鳴らす、第一の娘と第二の老人、第二の娘と第一の青年。第三の娘と第二の青年組んで諸共《もろとも》に踊る。血を躍らすような舞踊である。街よりも歓声のどよめき頻《しき》りと聞える）

（第三の娘急に舞踊を止め人々を制止する。第一の老人の寝室に当って異様なる呻吟聞える、人々ひそっと鎮《しず》まって寝室に対し耳を澄ます。一瞬時死の如き沈黙が舞台を支配する。と、再び寝室より洩れる重苦しくも刺すように鋭い呻吟）

（舞台急に暗黒となる）

（一道の光舞台の片隅を照す、光に照されながら第一の老人寝台に半身を起す、その蒼い悲痛な顔！　頭髪を両手でかきむしりながら、下唇を嚙み頸《くび》の動脈をびく〳〵させ三角の眼《まなこ》を次第と五十銭銀貨の如くに見開いて両腕の間より周囲を睨《にら》み廻《まわ》す、舞台は薄明になってそこに革命当時の惨劇が出現する、殺人、掠奪、婦人に対する凌辱《りょうじょく》、死者に対する残虐、高らかに狂人のように笑う声、小児の悲鳴、罵詈叫喚《ばりきょうかん》）

（第一の老人その幻影を払い除《の》けようとしてはひきつけられ、ひきつけられては払い除けようと努力したが、最後に固く口をしめ、もの凄い呻吟を発しながらばったりと寝台の上に倒れる）

（舞台再び暗黒となる）

（もの凄い呻吟の断続為すうちに舞台明くなる。人々が沈黙して呻吟をきいている以前の舞台面である。たゞ事ならずと人々が意識すると忽《たちま》ち寝室に向って飛び去る）

（舞台空虚）

（寝室より人声、呻吟、物音等絶えず聞えている）

（第一の娘、続いて第三の青年登場）

第三の青年　ねえどうしたわけなんでしょう、おじいさんは鉛のような重苦しい心を抱いているようですね。

第一の娘　私にはあのお方の気持がはっきりわかるように思われる。革命とは痛ましい事だ。華やかな飾りをして踊り狂うて祝うべき事では無い。来年から革命祭の夜は黒い喪服を着て、黙って考えて、涙ぐんでいねばなりませんわ。

第三の娘　（狂気のようになって登場。駆け廻りながら）あゝあの良いおじいさまが気が狂った。あゝあの良いおじいさまが気が狂った。

（第一の老人よろめきながら出で来たる。頭髪《かみ》はもつれ逆立ち、顔色は鉛の如く蒼白く、眼は据わっている。続いてその後を追って人々残らず登場、息を凝《こら》して第一の老人を注視為すのみ、一語を発するものなし。第一の老人ふいと立止まったが、次の瞬間からは胸を

張り腕を組んで悠々と闊歩《かっぽ》す、仰いで高らかに笑う）

第二の老人　（つか〳〵と進み出で、正面より第一の老人の両肩を両手で摑む）おい兄弟！

（眼が激しく電光の如くに第一の老人の眼を射る）

（第一の老人が空洞《うつろ》のような眼次第と輝き勝る。またゝきもせずに第二の老人を見詰む、

頸を延して頤を突き出す）

第一の老人　（呻くが如く）おゝ、おゝ、おゝ！

第二の老人　わかったか。

第一の老人　（第二の老人を突き除け、後すざりに二三歩よろめき、踏み止まって追い来る幻影を拒むが如くに右手《めて》を前に突き出し）そんなに見詰めて呉れるな。（唸《うな》るが如く）埋草じゃ、埋草じゃ、君も、俺も、総てが、総てが埋草じゃ。（眼を閉じ、静かに自分の魂に話すように）殺した人も殺された人も明日の世界の為めじゃ。（かっと眼を見開き炎のように情熱を輝し、何者をも突破るように力強く二三歩足を踏みしめ、両腕を高く差上げ、心臓の破れる程にあらん限りの声で絶叫する）おゝお！　おゝお！　明日の良き世界の為め！　（叫び終ると、突如とばったり倒れる）

（人々驚愕《おどろく》。走り寄る。倒れ伏した娘がある。忽《たちま》ち嗚咽《おえつ》の声起る）

（第二の老人だけは倒れし第一の老人を見下して屹然自若《きつぜんじじゃく》としている。ぎろりッと飛び出るように思われる二ツの眼光の間に、疵《きず》のようにぐいッと刳《えぐ》られた縦皺が深くなり勝った

が、やがて鼻が嘲笑《あざわら》うようにふゝんと鳴った)

(静かに幕下る)

社会劇　非逃避者（一幕）

登場人物

曠野の茂平　河岸揚《かしあげ》人夫頭　五十七歳
甲州の吉《きち》　河岸揚人夫　四十一歳
越後の為八　河岸揚人夫　三十三歳
吉岡仙蔵　河岸揚人夫　二十七歳
おのぶ　茂平の妻　四十九歳
和子　茂平の娘　十八歳
陸寵恵《りくちょうけい》　支那労働者　二十六歳
外におすしや、近所の人、群集大勢

時と所

大正十一年初夏、東京府下の某町

（舞台は人夫頭茂平の宅。座敷は二間になっている。座敷の前は庭。庭の上手《かみて》は竹垣。竹垣の外は道路になっている。下手《しもて》に入口。労働者の住居《すまい》としてや、上等な装飾。電燈は入口と上手の座敷、下手の座敷とに一個宛《ずつ》ともっている。夜になったばかりの時である。上手の電燈の下で娘の和子が、頻《しき》りと艶《なま》めかしい晴着を縫っている。下手の電燈の下で、茂平は晩酌をかたむけている。妻のおのぶがその酌《しゃく》をしている。微かに河波の音が聞える）

おのぶ　（何気なく夫の顔を見て）何だか今晩は元気がないじゃありませんか。

茂平　そうかい。

おのぶ　気持でもお悪いのじゃありませんか。

茂平　そうじゃない。

おのぶ　何か間違いでもあったのじゃありませんか。

茂平　間違い、間違いと云えば間違いだな。

おのぶ　（心配そうに）真実《ほんとう》にどうしたんでしょう、さっぱり元気がないじゃありませんか。

茂平　どうもわしはの、自分の考えがいいのか悪いのか、わからなくなって来た。（じっとどことも無しに凝視する。尺に届きそうな半白の顎鬚《あごひげ》が微《かすか》に波うっている）

おのぶ　全く、どんな間違いがありましたの。

茂平　そらこの前にも問題になった、支那の労働者の問題じゃ。

おのぶ　へえ、その事なら政府《おかみ》で支那人をお国へ帰るようにしたってじゃありませんか。

茂平　毎日毎日支那人が増すばかりじゃないか。政府の空手形はあてにはならない。それに支那人を退去させると云う事はよろしくない事じゃ。

おのぶ　それでもその為めに日本人の仕事がなくなり、間違いが起るのだそうじゃありませんか。

茂平　その通りさ、それで、どうしてよいかわしにはわからない（僅《わず》かの間をおいて）わしもうい、加減に足を洗ってもい、時が来たようじゃ。

おのぶ　それがよろしゅうございますよ、ねえ、もう遊んでいたからって困ると云う程では無し、秋には娘も身が固まるわけだし、さんざん苦労したのだから、まあこの辺でわたしがいつも云ってる通り、どこか静かな田舎へでも引込んだ方が、お身体の為めでございますよ。

茂平　ふむ、社会に離れて独りで逃げ出すかな。

おのぶ　（娘を呼ぶ）和子、いよ〳〵阿父《おとう》さまが御隠居なさるんですって。
和子　あら、それは真実。
おのぶ　真実ですともさ、今おっしゃったばかりですよ。
和子　まあ嬉しい。
おのぶ　お前さんはお嫁さんになるし、阿父さまは御隠居なさるし、総てがわたしの思い通りさ、だがお待ち、阿父さまが田舎に行く事になると、お前さん達はまさか田舎へついて行くわけにならないから、どうしても分れねばならない事になるが……なあに、時々逢いに来ればその方が返って珍しくってい丶かもわからない。そのうちにお前さんが赤ちゃんを生む。
和子　まあ厭《いや》な阿母《おかあ》さん。
おのぶ　厭な事じゃありません、お前さんの方の赤ちゃんなら屹度《きっと》可愛らしい赤ちゃんに違いない、ねえ阿父さん。
（茂平黙って考えている）
おのぶ　（茂平にはおかまいなしに）お前さん方も時々田舎へお遊びにいらっしゃい、出来るだけの御馳走する事にしましょう。
和子　まあ阿母さん、御馳走なさるなんて、田舎がどこって定《きま》っているわけじゃないじゃありませんか（笑う）

おのぶ　（笑う）それはそうさ、でもさ、もうちゃんとけんとうはついていますよ、そら去年行って来たじゃありませんか。

和子　あら、あすこ、阿母さんはまあ手廻しがいゝわ。

おのぶ　なあにね、阿父さんさえ御隠居なさる気になれば直《すぐ》にでも田舎へ引込むつもりですよ。（笑う）

和子　（笑う）

為八　（甲州の吉《きち》、越後の為八、吉岡仙蔵連れ立って下手より登場、茂平宅の入口に佇《たたず》む）

ごめん下さい、今晩は。

おのぶ　どなた。

為八　親方お宅でござんすか。

おのぶ　（入口に出て）まあお揃《そろ》いで、どうぞお上がり下さい。親方はいますよ。

為八　じゃ真平《まっぴら》御免下せい。

（三人座敷へ通る、茂平と挨拶が済む）

茂平　お揃いでよくお出でじゃが、何か御用でございますかな。

為八　（労働問題を云々する工場労働者とは全然その性質を異《こと》にして、階級的の自覚なぞは更にない労働者である、重々しくぎくしゃくした口を開く）へえ、実はその、へえ。

茂平　何か御相談事でもありますかな。

為八 へへ、へ、なあに、………へえ、別に相談ってわけでもありませんが、実はその、ちょっとお願い申したい事がありまして、へえ。（と膝を正しくする）

茂平 それは又改って、どんな事でござんす。

為八 それがその、へ、へ、つまらない事で。

茂平 河岸揚賃銀の値下問題じゃありませんかな。

為八 へえ、まあそう云ったようなわけで。

茂平 それがどうしましたかな。

為八 それが、何でも無い事だが、その、え、っと……（云い渋って頭をかく）いけねえいけねえ（甲州の吉に向って）おい甲州お前代ってくんねい。

甲州 （吃驚《びっくり》したように、眼を丸くして見せる）じょ、冗談じゃねい、やお前《めえ》やれよお前。

為八 頼むからよ、な、俺は全く馴れないもんだからな、おい頼むよ甲州。

甲州 俺だって馴れないや。

茂平 吉ちゃん、どうだってのかな。

甲州 え、何でござんす、みんなで寄合をしましてな、とても我慢出来ねえと、こう云うんで、な、なあに、（と茂平と視線が合うと、意気地なく声を落して）わっちはどうでもようござんすが、みんながその、みんながその云う事にゃ。

茂平 ふうむ、何と云わっしゃるのか。

甲州　えゝ、御迷惑でもござんしょうが、この場合親方に泣きつくより外に仕方が無いてんで、へえ、わっちはどうでもようござんすが、みんなが云っていますんで、御迷惑でもありましょうが、どうかまあ一ツみんなを助けると思って………。

吉岡　（逞《たくま》しい若者、いくらか階級的労働者の気分に触れている。さっきから仲間両人の態度を見て、ぷり〳〵怒っていたが、遂に堪《た》まり兼ねて怒鳴り出す）おい甲州の兄貴、しっかりしろよ、為兄いもそうだ、なあ、俺達は俺達だけで来ているんじゃないのだぜ、俺達はみんなの代表で来ているんだ、女々しい事を云うない、泣言をならべに来たんじゃあないんだ、しっかりと掛合《かけあ》いに来たんだ（茂平に）ええ親方、河岸揚人夫百八十五名を代表してお話申上げるんですが、今日からの河岸揚賃銀の値下は不当だと認めますので、その撤回を要求します。この要求は直接、会社会社へ交渉するのが本来でありますが、その前に一応親方に渡りをつけるのが筋道かと、こう考えましたので、こうやって三人代表者としてまいりました、尤《もっと》も親方はこれ迄度々非公式には御相談しましたが、親方の態度がハッキリしませんので、今晩は公式にしっかりした御返答を承わりたいと思います、その御返答によっては荷揚人夫一同相当の覚悟をもっています。

為八　（急に吉岡の言葉を遮《さえぎ》る）おい〳〵何だい吉岡、親方に向ってさ、覚悟、じ、じ、冗談じゃねえ、へえ〳〵親方（と茂平にぺこ〳〵頭を下げ）へえ、どうかまあお腹立のないようにこの男は少し酔払っていますからね、さあ吉岡、あやまってしまいねいな、いけねいよいけねいよ、ほかの親方たあ違うんだ、な、それ、そうだろう、お互いに少し喰《くら》い過ぎたからよ、さあ、ごめんなさいって、それあやまってしまいねいよ（茂平に）へえ親方、当人もあの通りあやまっていますからお腹もたちましょうが、へえ、今日の所は一ツわっちの顔に免じて御勘弁なすっておくんなせい。

吉岡　（むっとして）為兄い、誰が酔払っているんだ、お前さんは酔払っているかは知らねいが、俺あ酔払っちゃ居ねい、たとえばよ、浴びるように酒を飲んだからって今日あたりは酔払っちゃいけねんだ、仲間の為めだ、俺の云う言葉は荷揚人夫一同の言葉だ、俺あ口で云う事は愚か、時と場合によれば仲間の為めだ、どんな事をするかもわからないんだ。

為八　そ、そ、それがいけねいってんだよ、みんなはどうだってもよ、日頃から御恩になってる親方だ、手前だってもよ、去年の病気の時にゃどんなにお世話になったか知んねいじゃないか、なあ、話のしようにも人情ってのがあらあな、さあよ、俺に一ツ任してくんねい、（茂平に）どうかまあ親方、俺等の顔に免じて、御勘弁出来ねえ所でありましょうが……。

茂平　（くすぐったい感じを殺しながら）為さん、少し酔払っていますね。

為八　（得意になって）へえ、少し所じゃない、だいぶずぶろくぐでんにまいっていますんで、なあに、酔わなきゃ、こんな男じゃないんでござんすが酔払うと、ツイこんなに荒っぽくなりやがって、対手《あいて》の見境が無くなってしまいますんで（吉岡に）それ見ろ、手前の為めに、俺迄恥をかゝあな、だがね親方、酔わなきゃ又、これ程親切な良い男はないんですから今日の所はまあ兎《と》に角《かく》わっちの顔に免じて……。

茂平　（堪え兼ねて、とう〳〵笑い出す）為さん。

為八　へえ。

茂平　酔払っていると云ったのは、全体誰の事だと思いなさる。

為八　吉岡の事じゃありませんかい。

茂平　違いますよ。

為八　へえ。

茂平　わしが酔払っていると云ったのは、失礼ながらお前さんの事じゃ。

為八　へーえ。

茂平　吉岡君はなか〳〵しっかりしている、それを酔払いにするお前さんこそまあ酔払いじゃありますまいか、まあ〳〵これはほんの冗談で云った事じゃ、気にかけて下さるな。

為八　へーえ、そんな事になりますかな。

茂平　ま、それはそれとして、さっきの御要求の話じゃが、実はわしも、皆さんととっくり御相談したいと思っていましたから丁度幸いだが、わしは今度の問題に就《つ》いては皆さんと同一行動をとりたいと、こう思っていますんで、どうです、皆さんもわしを仲間にお入れ下さって、生死を共にする事をお許し下さっては。

吉岡　成る程（僅《わず》か考えて）どうだ、為兄い親方があゝ云うんだが、甲州の兄貴、どうしたもんだ。

為八　するていと何かい、親方もおいらとぐるになって、いざって時にゃ会社の煉瓦塀でも蹴破ろうてのか。

茂平　ま、そう云ったようなわけだ。

為八　そいつは面白いや、そいつは鬼に金棒だい、アメリカの鉄道工事の間違いでよ。親方は、赤髯《あかひげ》を五六疋どやしつけたって云うじゃないか、その腕ッ節を早く見たいもんで、畜生ッ面白くなって来やがったな。

茂平　（苦笑しながら）ま、お待ち、まだ話はそこ迄行っていません。

為八　へえ、お早い所を願いていや。

茂平　兎に角、皆さんと同一行動をとる事を許して戴けますな。

為八　親方、そんな七面倒臭い話ははしょってよ早く会社へ乗込み、土手ッ腹に風穴って修羅場《しゅらば》にとっか、ろうじゃないか。

茂平　（緊張した声で）わしはの、今度の問題は荷揚人夫の問題であるばかりでなく、世界の人間の一人として、非常に大きな問題じゃと思っています、で、先ずこれからの運動を初める前に、何故今度のような問題が出来たかって事を明かに考えなくってはいけないと思いますがの、如何《いかが》です、吉岡君。

吉岡　それは云う迄も無く、支那の労働者が売り込んで来たからじゃありませんか、だからこの際一番よい事はあいつらを日本の国から追払う事だ。

茂平　お前さんは、そう考えなさるかな。

吉岡　親方、俺の意見に反対だと云うのじゃありますまいな。

茂平　吉岡君、わしは先ずお前さんに国家というものはどんなものかって事をお聞き申したい、今の国家、この資本主義国家と云うものがどんなものだかってことを、お聞き申したい、さあ、こんな事を云ったなら嘸《さぞ》、しちむずかしい事を云う老爺《おやじ》だとお思いかは知れないが、今度の問題は大きな問題じゃ。先ずこゝから話を初めねじゃなりませんて。

吉岡　（やゝ考えた後）親方は全体、どう考えていなさる。

茂平　わしはこう考えています、今の国家は汗水たらして働いている者の為めにゃ都合の悪い、遊んでいる金持の為めにゃ都合のよいものだと考えています、それは国家は金持の考えで出来ているからじゃ、そこでじゃ、わしは労働者はたとえ支那の労働者であるからって国が違うから、これを追放してしまうって議論には賛成しかねる。

吉岡　（赫《か》ッとして）それじゃ、親方一体どうしようってんだね俺達兄弟は仕事を失って干《ひ》

茂平 乾《ほ》しになろうってんですぜ。(手をあげて、吉岡の言葉を止める) お待ち (上手に向ってや、大声で) そこにいるのは誰じゃ。

(支那労働者陸寵恵《りくちょうけい》、上手の垣根の外で、宅内の有様を先刻から伺っていたが、声をかけられたので逃げ出そうとする。吉岡それに気がつくと、脱兎《だっと》の如《ごと》く飛び出し、陸寵恵の襟首をとって、庭内へと引きずりこむ、対手が支那人であると意識すると、憎厭《ぞうえん》の念が猛然と湧く)

吉岡 野郎ッ、立聞きするなんて太い畜生だ、(陸寵恵を小突き廻す、陸寵恵が何事かわからない事を云うと) 何だと (突然頬をどやしつけ、蹴飛ばし対手が立直って来るのを凝乎《じっ》と睨《にら》みつけ) やい口惜《くや》しいか、口惜しいなら飛びついて来い、かゝれないのか、意気地無しめッ、日本人はな、擲《なぐ》られたら擲り返す人間が好きなんだ、やい擲って来い、擲らないかい、手前っらがそんな愚図だからよ、自分の国を追ん出されて、日本の労働者の食物《くいもの》を奪うんだ、ふざけた野郎だ。

茂平 (吉岡と陸との間に入って) まあ〳〵吉岡君 (陸に) お前も悪いや、こんな時に立聞きするなんて、騒ぎを大きくするようなものだ、まゝいゝからお帰りなさい。

(陸寵恵黙って凄い眼で日本人を睨み廻しながら退場)

和子 (おど〳〵しながら騒ぎを見ていたが、父親が座敷へ上ると、その汚れた足を雑巾《ぞうきん》で拭きながら）阿父さん、随分可哀そうね。

茂平　ふむ、いゝことじゃない、丁度わし達がアメリカ人に苦しめられたその通りじゃ。

為八　アメリカ人が何をしましたえ、親方。

茂平　（座に就きながら）なあに、全体アメリカって国はの、口では人道だの博愛だのって云ってるが、恐ろしく自己本位の国でね、行ってごらんなせい、こんな猫の額みたような狭苦しい所に、大勢が目白押《めじろお》しをして活《い》きている、日本とは違ってね、アメリカにゃまだ人間の鍬の入らねい、海みたいな、どっ広い曠野がいくらでもあるんですぜ、それをお前さん、日本の労働者排斥だって吐《ぬか》すんでさ、ねえ、世界中の人間は今、パンが欠乏して困っているんですぜ、日本じゃ人間があり余って困っている、この困っている日本人をアメリカに移民しましてな、麦でも作って貰《もら》ったら、パンに困っている世界中の人間が、どんなに助かるか知れませんぜ、それを排日だって云うのだからね、もしもアメリカ曠野が神様であったならの、人間の為めに、どんなに泣かっしゃるかわからないじゃ、わしたちも随分圧迫されて、口惜し泣きに泣いた事がどの位あったか知れねえが、だが、その又復讐はきっとしたもんじゃ。

吉岡　（座敷の片隅でじっと茂平の話を聞いていたが、突然聞く）復讐って、どんな復讐しました。

茂平　その復讐はね、とんでもない方面に現われるもんだ、そんな時にゃ、人間まるで獣のようになるんだからね。

吉岡 へえ。

茂平 そこに女の問題がはいる。

吉岡 成る程。

茂平 何しろ、日本人の女は僅ばかりしか行っていないのじゃ。血気盛りの人間が女なしでいるもんだから、そら、そこに当然起るのは、性欲問題じゃ。

吉岡 成る程。

茂平 むこうにだっても（と、何かいいかけたが、心ついたように、和子に）ああ和子。お前気の毒だが、お母さんと相談して、お使いに行ってきてくれないかい。おのぶ、何か見計らってな。

和子 はい。（和子、おのぶと共に、勝手口に立去る）

茂平 （話を続ける）ねえ、それはむこうにだって淫売《いんばい》はいるさ。淫売はいるが、それが又、恐ろしく日本人を振るんじゃ。

為八 （笑う）それじゃまるで、ちゃんころが洲崎でもてねいようなもんだなあ。

茂平 そ、その話は、わしは今しようと思っていました。何しろ、一方では異人種として圧迫されるから、それに反抗する一方では女の問題がある。この二ツが結びついて、恐ろしいことをしたもんだ。

為八　へえ、どんな事をしました。親方。

茂平　まあ、その話はしたくない。が、この間も新聞にあった。テキサス州の何とかいう所で処刑された黒ン坊の罪人を、白人が大勢、裁判所と監獄との間で奪いとって、見るも無残な、火あぶりにして殺したって話じゃ。わしが、あちらにいた頃も、時々そんな事があったが、誰だかわからねい、大勢でわあっと押寄せて、思うままに嬲殺《なぶりごろ》しにするんだ。

為八　ひどい事しやがるなあ。

茂平　所でじゃ、その黒人が、何故又、そんなひどい目に逢うような事をしたかというに、それは、白人の女を手籠《てご》めにしたのであるそうな、それも多分一人ではあるまい。大勢寄ってな、弱い女を、可哀そうな事をしたに違いない。

為八　両方で、ひどい事をやりあっているんだなあ。

茂平　その女を辱《はずか》しめる、黒人の気持もわしにはわかるように思われる。日本人だってもね……。

為八　そんな事をやっつけましたかい。

茂平　まあ、そうとは云わないが、それによく似た事もあった。(強い語気で)ねえ、支那人をあまりいじめちゃよくありませんぜ。成る程、日本は土地が狭い、労働者があり余っている。そこに支那の労働者に押掛けられちゃ、困らないものでもないが、アメリカには排斥を食って、それが人道問題だって騒いでいながら、自分の国じゃ外国の労働者排斥だとあっては、理窟にも何にも合わないじゃなかろうか。さあ〳〵、ここん所だ、支那の労働者を排斥するような、そんな小さな量見を出さずによ、支那の労働者も日本の労働者も、みんなで仲よく、アメリカのような、土地の余っている国へ行けばよくはあるまいか。全体、国なんて垣根をこしらえやがってよ、同じい人間を排斥するなんて、こんな間違った話ってあるものか。

吉岡　親方。（強く）お前さんの意見はわかった。それじゃどうしようてのかね。

茂平　わしはの、この問題は兎に角、支那の労働者とも、みんなで会合して、支那人の意見も聞き、その上で分別《ふんべつ》したがよいと思う。

吉岡　（高く）俺あそれには反対だ。何故って、奴等俺達の首をしめているんだ。その対手と相談なんか出来ねい。支那の労働者も可哀そうかは知れないが、日本の労働者はなお可哀そうだ。なあ為兄い、甲州の兄貴、俺たちは親方たあ違って、一日働かなきゃ、一日食えねえその日暮しの労働者だからな、外国の労働者に迄同情しているひまが無いや。

為八　まあ〳〵、そう怒るなって事よ、

おすしや　（出前箱を下げて、下手から登場入口で）今晩は。

おのぶ　はい。（入口へ出る）

おすしや　毎度有難うさま（皿に盛ったすしをおのぶに渡しながら）おかみさん、大変ですよ、ホラあすこの製鋼裏で、若い娘さんが可哀そうに強姦されたんだって、大騒ぎですぜ。
おのぶ　へえ。
おすしや　ひどい奴がありますね、へえ、毎度有難うさま。（退場）
茂平　その事を心配していたんだ。それは支那人じゃないか。
為八　真実《ほんとう》かしら親方。
茂平　真実だろう、困った事だのう。
おのぶ　（茂平に）お前さん、ねえお前さん。
茂平　何だい。
おのぶ　うちの和子はまだ帰りませんがね。
茂平　うむ。
おのぶ　おすしやさんが先に来て、あの子が、先へ持って帰る筈《はず》なのにお酒がまだ来ないなんておかしいじゃありませんか。
茂平　そうだなあ。
おのぶ　お前さん。
茂平　何だよ。

おのぶ　ねえ、今の話、若い娘だって云うじゃありませんか、ああこうしちゃいられない。あゝこうしちゃいられない。

（近所の男一人、下手から血相変えて飛んで来た）

近所の男　大変だ。お宅の、か、か和子さんが、

おのぶ　えゝッ、どうかしましたか。

近所の男　お嬢さんがお可哀そうに、

おのぶ　へえ、

近所の男　大勢の支那人の為めにね、

茂平　それじゃやっぱり……。

近所の男　何しろ怪我《けが》をしていらっしゃいますからね。

おのぶ　そうして、今どうしています。

近所の男　直に、病院へ連れ申そうとしたら、ねえおかみさんいじらしいじゃありませんか、どうしてもお宅へ帰るんですって。（鼻をすゝる）

おのぶ　（泣声で）尤《もっと》もですとも、そんな姿を人に見せられるもんですか。（外へと飛び出そうとする）

（この時五六人の男が、どか〳〵と戸板を担《かつ》ぎこむ。見ると和子の痛ましい姿が、戸板の上へと乗っている。乗せてある手拭《てぬぐい》の下の横顔が真蒼《まっさお》、さっき迄は綺麗に結ってあった島

田髷《まげ》ががっくり崩れている）

おのぶ　（狂気のようになって）さあ〳〵こっちへ入れて下さい。（上手の座敷へ娘を担ぎ入れて貰うと）さあ皆さん出て下さい。（追い出すように、人々を次の間へ押しやって障子をぴたりとしめ、枕元へぺったり座る）和子ッ。

和子　阿母さん。

おのぶ　可哀そうに、可愛そうにお前、痛みはしないか。

和子　阿母さん、口惜しいわ。

おのぶ　口惜しいともさ、（同じく枕元に座っている夫に）ねえお前さん、娘の一生はもう、もう真暗になってしまったじゃありませんか。敵《かたき》をとって下さい。敵をとって、

茂平　ふえッ。（昂奮している）……ちゃんころめッ（と唸るように云ったが、じっと一所《ひとところ》を凝視した後）あ、誰が全体悪いのだ。（いつ迄も一ツ所を凝視している）

おのぶ　ねえお前さん、直ぐと田舎へ引越しましょう、恥かしくって、もうこの土地にはいられません。この子が、この子が、どんなにか肩身の狭い事でしょう。

茂平　（黙っている）

おのぶ　ねえ、直ぐに引越しましょう、和子、心配おしでないよ。直ぐとどこか知ってる人のいない所へ行くから（又思い出し）何と云う憎い支那人でしょう、あ、そうだ。警察へ云って行きましたか、お前さん、え、お前さん、警察へ早く云って、一人残らず縛

って貰わなければ、それにさ、どっか、知らない田舎へ直《すぐ》と引越しましょうよ、え、お前さん。

茂平　（強く）わしはもう田舎へは行かないぞ。

おのぶ　え、。

茂平　警察へも訴えない、わしはもう逃げはしない、自分独りだけが安易な生活をしようとした事は浅ましい事だった。世界の人のただの一人として、この悪い組織の息のかゝっていないものはないのじゃ、この組織がこの儘《まま》である限りは正直でも弱い人間は苦しむ、不正直でも強い人間は栄える。俺は逃げてはならない、死ぬ迄戦う、この悪の組織の倒れる迄は世界の一人として、どこ迄も戦わねばならないのだ。人はみんな自分の身に災害の降りかゝらない限りは、自分がこの悪の組織の中に住んでいる、世界人の一人だと云うことを忘れている。どこへ逃げた所で、この組織は追掛けて来るのだ、強い者は弱い者を虐げる。

吉岡　（下手の座敷で、上手の座敷の有様をうかゞっていたが、この時、茂平の傍《そば》へと行く）親方、勘弁しておくんなせい。なあ、俺が支那人さえ擲らなかったなら、こんな気の毒な事は起らなかったのだ、全くすまなかった、親方、おかみさん、お嬢さん、勘弁しておくんなさい。

茂平　何の、吉岡君、君が悪いわけでもない、今眼の前にこうして事件は起ったが、眼の見えない所で、絶えずこうした争闘が繰返されているのじゃ、みんなが世界の一人だと云う考えが明瞭にならない限りは、世界の不幸は自分の不幸だと云う事がはっきりわからぬ限りは、国と国とが争ったり個人と個人とが争ったりする事が、たとえ勝つように見えていても結局は人間の負だとわからない限りは、人間は絶えず苦しまねばならないのじゃ。

（おのぶと和子相擁《あいよう》して泣いている）

悪魔（一幕）

登場人物

労働者　山岸勘十　二十四歳
大学生　丹羽重幸　二十五歳
ブルジュアの娘　信代　二十歳
労働者　原鋼三　三十三歳

春の夜　東京の郊外目白

（大学生丹羽重幸の借り間である。正面下手《しもて》寄りに書棚。その中に金文字入の書物がぎっしり入っているのが硝子《ガラス》戸越しに見える。書棚の上に裸体の女神が差上げているかなり芸術的な置時計。正面下手は床の間、そこには恰《あたか》も絵画を売る店のように、西洋画が、数多く飾ると云うよりは並べられてある。中央に群をぬいての大肖像画。それは丹羽自筆信代の肖像画である。机、火鉢、座布団、籐寝椅子。下手の壁には丹羽の和服、袴《はかま》等がつられてある。座敷をめぐって廻り縁、上手《かみて》縁側の奥は便所。下手の縁側は母屋へ通じている。正面の前方は庭。庭の下手は母屋の側面、その前方には若葉をつけた梅の木が一本。庭の上手は垣根越しに、月明の夜の郊外。垣根際には山吹がほの暗く咲き乱れている。その他小樹木が二三所々に植っている。幕の開いた時、舞台には誰もいない。間も無く、下手の縁側伝いに、大学の制服のまゝ、丹羽元気そうに出で来ったが、和服と着替えようとして、急にぐったりと、一時に力が抜けてしまったかの如《ごと》くに、着替えるのを止して、和服は壁際に投げやりのまゝ、籐寝椅子に臥す。頭を抱える。瞑目する。と、間もなく、がばッと吃驚《びっくり》した人のように跳ね起き、つか〳〵歩いて、床の間にある自分で書いた信代の肖像画を凝《じっ》乎と見詰める。

舞台外の玄関に当って、人の訪れる声聞える。返答するものなし。再び訪れる声。それが丹羽に意識されると、急いで玄関に行く。やがて労働者原と共に登場。原は和服、髭面《ひげづら》、乱れている頭髪。逞《たくま》しい体軀)

原　今晩は家主さんでは誰もいないんだね。無要心だな。もっとも、盗《と》って行くなら勝手なものを盗って行けってわけなら、これでい、わけですがな。
丹羽　みんな活動写真に行ったんです。いや行って貰《もら》ったと云う方が真実だ。その代り、僕がその責任をもって留守番をすると云う事になっているんです。
原　それでは丁度よかった。尾行が泥棒の番人をして呉れますよ。（火鉢を囲んで両人は坐わる）
丹羽　（不安らしく）今晩はついているんですか。
原　いいや、例によって、忍術をつかってまいて来たが、全体その、用というのは、どんな用ですか。
丹羽　はい。
原　（冗談らしく）家人をみんな追い出して、大陰謀でも計ろうと云うんですか。（笑う）
丹羽　い、え。（緊張している自分の気持と、あまりかけ離れている対手《あいて》の気持とを、どうして溶け合わせたものかと、考えながら）つまらない事です。
原　（素気《そっけ》なく）へえ、つまらない事ですか。
丹羽　つまらない事ですが、僕にとってはかなり重大な問題です。（語気に力を入れて）原さん、僕はね、この頃やっと、人間は真実に孤独だという体験を致しました。
原　成る程。
丹羽　しかし、その人間は孤独だという意識のなかゝら、不思議とあなたの事が思い出されたのです。あなたの人道的な気持が、僕の胸に輝き出したのです。

原　で、私の人道的気持が、あなたの何かに役だとうというんですか。

丹羽　そうです――。

原　人間が真に孤独だとわかったならば、他人の人道的気持などをあてにせずによかりそうなものですが、自分自身から真実の力が出そうに思われますがな。

丹羽　そうです、そう（と、云いかけたが、対手が冗談を云っているのであると誤解して）僕、真実に真面目にお願いするのです。

原　私も、あなたが真面目にお話していらっしゃる事を認めています。で、一体私が役だとうと云う事は何ですか。

丹羽　話しましょう。僕がある人に恋をしたのです。その娘さんも亦《また》、僕を恋していたのです。決してセンチメンタルな恋では無い。御承知の通り僕は一夫一妻主義です。それには科学的生理的に適確な根拠があります。僕は後の世の為めに、生れ出る子孫の為めに、一夫一妻で無ければならないと信じています。決して、恋愛や性慾は遊戯にすべきもので無いと信じています。それまで、僕達は僕達のラブが性慾に堕するのを恐れました。僕達はしかし幸福であった。恋を得てから、僕の人生観は根本から違った位です。

原　（皮肉でなく、寧《むし》ろ対手に同情するように）それであなたは暫時私等と離れたんですね。

丹羽　（対手の言葉が気に止まらぬ程に昂奮して）それが、美事に破れたんです。僕達の正しい恋が奪われてしまったのです。奪ったのは誰だ。山岸です、あの山岸です。

原　山岸？　山岸勘十君か。

丹羽　そうです、山岸勘十君です。何でも彼は、暴力をもって彼女を奪ったらしい。

原　（傍観的態度からや、突き進んで）ふむ。

丹羽　女は弱いです。初め彼女は暴力をもって強いられたのだが、今では真実にあの男を愛しているらしいのです。少くとも僕に対する程度に愛しているらしい。何という不運な恋だ。そればかりではない、あの男は、彼女の母親を脅迫しては、少なからぬ金品をまきあげているらしい。

原　ふむ、それで君はどうしようというのだね。

丹羽　彼女を救いたいのです。彼女の幸福の為め。

原　再び、その娘さんの愛を君に取返そうというのか。山岸君と戦うというのかね。

丹羽　いいえ。たとえ彼女が僕に返って来たとしても、僕は固くそれを拒《こば》みます。僕の欲して居るのは純なる恋愛だからです。

原　で、どうしようというのだ。

丹羽　僕は彼女とあの男の前で、僕の態度をはっきりと宣言しようと思うんです。僕がね。（泣かんばかりの声で）僕が彼女とはもう恋人でも何でも無い事を宣言しようと思うんです。それと同時にあの男に頼もうと思うんです。真にあの男が彼女を愛するように、両人は幸福な恋愛生活に入れるように、あの男が彼女の母親を脅迫したり何かしないように。

原　ふむ。それで全体、その娘さんは誰なのかね。

丹羽　話しましょう、信代さんです。あの銀座の玉置宝石商会の娘の信代さんです。

原　(眼を僅《わずか》に輝して) そうですか。あの人か。ふむ。あの信代さんか。

丹羽　御存じですか。

原　知っていますとも、美しい娘さんだ。いつか私達の仲間でね、尤《もっと》も若い連中だったが、もしもブルジュアの娘が魂のどんぞこから愛するとしたならば、どんな気持になるかと、云ったような話の出た時、何でもないさ、さん〴〵性慾を満たした上で、六区の白首にでも叩き売ると云ったが、そんなら、もしかその娘が、信代さんであったならばどうすると、具体的な話になった時、さあと云って、みんなは顔を見合せた。それ程にあの人は美しい娘さんです。

丹羽　そうです、そうです。美しい人だ、美しいというよりも、純な心と純な顔とを持ってた人だった。眼がいつも、人類を愛する、愛で燃えていた。頬のあたりの、あの柔かな線には、どんな憎しみをもった人の心をも、溶かさずに置かぬ美しさがあった。それだのに、それだのに、今は、今は。

原　(昂奮している対手の有様を黙って見ていたが、暫時の後) それで、私には全体、何をしろと、云うんですか。

丹羽 あなたにも立合って貰いたいのです。立合って彼女の幸福になるように、あの男に説いて、貰いたいのです。実は今晩こゝへ参ります。彼女も、又あの男も。その両人の前で僕は宣言するのです。その時に。

原 その時に、私に山岸君を説けと云うのですね。しかし、私にはそんな事が出来そうもありませんな。

丹羽 い、え出来ますとも、あなたでなければ出来ません。あなたの、人道的な御意見の前には誰だって頭を下げずにはいられません。

原 （憐む如く大学生を見て）いや、私なればこそ、人を説く事は出来ません。ただ、自分の意見を述べるだけの事は出来ます。

丹羽 それで沢山ですとも、そうして頂けば、どんなにか信代さんが助かる事でしょう。それから甚《はなは》だ申兼ねた事ですが。

原 何ですか。

丹羽 僕はこれから信代さんをお迎えに行かなくってはなりませんが、お留守番を願われますまいか。

原 そんな事ならば何でもない。よろしゅうございます。

丹羽 もう山岸君が来る頃です。来ましたならば、お対手をしていて頂きましょう。それから、お茶やお菓子を用意して置けばよかったんだが、ツイ気が落着かないもんですから。

原　なあにおかまいなく、それでは行って来たまえ。信代さんの宅は遠いんですか。

丹羽　い、え、直ぐ近所です。それではちょっと失敬します。

原　行っていらっしゃい。

（丹羽退場。原座敷や庭を見廻したが、やがて懐中から書物を取出して、それを読んでいる。暫時の後、人の訪れる声がする。原、出迎えに行き、間も無く、山岸勘十と共に登場。勘十は職工服を着ている、長い顔と尖《とが》った顎《あご》。鋭い眼、蒼白く落着いた顔色。席について、両人は挨拶をする）

原　丹羽君は今ちょっと出ています。直ぐ帰ります。私が留守番をしているわけです。外は寒むかありませんでしたか。

山岸　暖かでした。良い月夜です。

原　そうですね。（ゆっくりと）一度お逢いしてお話を承りたいと思っていましたが、私原鋼三です。

山岸　ああそうでしたか。（遠慮会釈なく）あなたは俺達の仲間では注意人物になっています。

原　（笑う）は、あ、どう云う点がですか。

山岸　俺達は掠奪《りゃくだつ》と被掠奪階級との二つが、ちみどろになって対立している今日、愛だとか人道だとかいう事を口にするのは、徒らに革命運動を混乱せしめるものだと思っているのに、あなたは、同じ労働者でありながら、人道主義だとか、運動の基調は愛だとか云っているので俺達の仲間は、あなたはブルジュアの廻し者で無ければ、ブルジュア教育の中毒者か、さもなくばよっぽど馬鹿もんだと云っています。

原　（大笑する）は、、、、、痛快だな。ところが、私はブルジュアの廻し者で無ければ、ブルジュア教育の中毒者でもない。まんざら馬鹿でも無いらしい。まあ誤解されているんですな。と、云うのは、私自身はちっとも教育がないので。

山岸　それはお互いです。

原　総てが自分の独断で云っていたんですね。だから私の云っている人道と云う言葉と、世間で云っている人道と云う言葉とは違っているし、世間で云ってる愛と云う言葉と私の考えている愛と云う言葉とは違っているんですね。私は総て自分の体験からして、人間と云うものはどんなものだとか、自分はどうした生活をすべきものだとか、自分はどこへ行けばよいのだとかそこへ行く方法はとかを考えたのです。私は斯《か》く考えています。人間が活きているのは、自分自身の生の欲求の為めだと、そこから出発して、食欲や、性欲や、智識欲や、活動欲やが生れそれから又種々の欲望が生じたと。対社会関係になっては、相互扶助の観念やら、相互争闘の観念やらが生れ、それが心理的には愛となづくる感情やら憎みとなづくる感情やら、その他いろいろな感情が生じた。私の云っている愛と云う感情は、相互扶助の観念を、心理的に見た所の愛です。今世間で通常云っている所の愛は、現在の社会制度が相互争闘に基いて作られているので、その観念を心理的に見た所の憎み、その憎みが変形しての愛、実は愛ではない憎みなのです。私は私の愛の為めに、現在の社会制度を破壊せねばならないのです。だから破壊する為めの階級争闘。それによって生ずるプロレタリーのブルジュアに対する憎厭《ぞうえん》。その憎厭は実は愛の変形です。私の云っている真実の愛なんだ。だから私をして云わしめれば、世間の云っている所の愛は、実は憎みであって、私の云っている愛こそ真実の愛であると思っています。人道主義と云う言葉にしてもそうだ。私は、私の思っている愛を基調として、自分の生の欲求の為め、自他の個性を尊重為し合う事を云うのだが、世間では、憎みの変形である所の偽物の愛を擁護する為め、ブルジュアと協調する一種の合言葉のように思っているようだ。は、、、、（哄笑する）飛んでも無い間違いだ。しかしね山岸君、世間がそうして間違っているのだから、私が殊更に、愛だとか、人道主義だとか云って誤解されちゃつまらないから、新らしい言葉をもってこれにあてようと思うんです。人道主義と云う言葉の代りに人類愛主義と称し、愛と云う言葉の代りに真実愛とか何とかね。傷物の愛でない事を現わす為めです。ハ、、、、、、。

山岸　しかし、俺達の仲間があなたを批難しているのは、その言論ばかりではない。その行動がいけないってんだ。同盟罷工に対する態度などは、どう見ても今云ったあなたの言論とは違っているじゃありませんか。全体どうした手段で、革命運動をしようと云うのです。

原　私が現にやっている通り労働組合運動です。

山岸　（噛んで吐き出すように）フン、労働組合運動か。

原　（ゆっくりと）私は現在の日本では、今最も労働組合運動が適当でもあり、又有効でもあると信じています。信じていればこそ行っています。私は力が無くては何事も為し得ないと云う事を知っています。人間は、労働者は各個人が、常に強くなくてはならないと信じています。人間が弱いければこそ、同時に労働者が弱いければこそ、こんな愚劣な社会が作られているのだと思っています。が、労働者はその階級としても亦、強くなくてはならないと信じています。労働者が階級として強くなるには、それは労働組合です。

山岸　強くなくてはならない、それは真理です。しかし強くなるには、労働組合運動が最も有効であると信じているのですか。その他に方法が無いと思っていますか。（皮肉に）労働組合運動が、最も安全であるから、それをやっているのではありませんか。

原　或はそうでしょう。私が若《も》しもあなたのような立場であったならば、あなたのような言論を口にするならば、じっとしてはいられない。私は言論よりも先に実行する男ですからな。それを私自身が懼《おそ》れて、労働組合運動をやっているのかもわからない。何しろ監獄に叩き込まれたり追放されたりギロチンにかゝったりしては堪まりませんからなあ。私自身の生の欲求の為めに苦痛ですが、同時に、私の行おうと思う運動が出来なくなります。

山岸　(反抗心が猛然と燃える) 卑怯者だからだ。

原　そうかもわかりません。一ツは年のせいでしょう。私もあなた位の年には、随分がむしゃらだったが、今では直ぐと理智が働いて、感情だけで行動する事が出来なくなりました。何しろまあ人間は、自分がやろうと思った事をやるより外に方法はありませんな。しかし、誤解されないように、一言云って置きたい事は、私は、監獄も追放もギロチンも、ただ単に恐怖しているのではないと云う事です。場合によれば自ら進んでそこへ行きます。ただ、実行の伴わない空拳を振り廻したくないのです。

山岸　(早口に) もしもこう云う場合があったらどうします。あなたと云う人間を、俺達の運動の邪魔する奴だと認めて、挑戦をしたならば。

原　さあ、そんな事は万々ないと思っていますが、若しも仮にあるとしたならば。

山岸　どうする。

原　(強く) 戦うだけです。お互いの信念に従って。その時こそ強い奴が勝って、弱い奴がへたばるだろう。だが俺は、(と、俺はと云う言葉に特に力を入れ、自分自身に話すように）たった独りでも、自分が愛している人々に罵《のの》しられながらも、自分自身の信念は守る男だ。しかし山岸君（と、親愛の言葉で呼び）私の考えが間違っていたと云う事がわかったならば、今直ぐにでも態度を改めます。だが、自分自身の体験から生じた信念は、容易に改まりそうはない。人に教えられた信念ならば、それよりも強い教えが来たらば、直ぐと崩壊するでありましょうが。（庭の下手に人影が見えたので、両人は話を止める。来たったのは丹羽と、信代とである。苦悶を押しつけようとする気持と、ドラマチックの気持とが織り混って、勉めて元気らしく歩いて来た丹羽の後に悄然としてうつむきながらついて来たブルジュアの娘。それは髪を七三にわけて後で束ね夜目にも煌《きらめ》く髪飾りでこれを飾り、錦紗縮緬《きんしゃちりめん》の道行がすらりとした身体にふるいついていた。顔には薄化粧、美人）

丹羽　（座敷にあがりかけて、信代を顧み）さあお上り下さい。

信代　（庭に立ち竦《すく》んで）は、はい。

（異様な沈黙が舞台を支配する）

山岸　（暫時の後）信代さん、上ったらい、でしょう。

丹羽　（気がついて挨拶する）山岸君失敬しました。よく来て呉れましたね。原さん有難うございました。信代さん、どうぞお上り下さい。

信代　はい。（チラッと、山岸と顔を合せる）

丹羽　（山岸に）手紙はごらん下さいましたね。

山岸　勿論拝見したから来たのだが、何の用です。
丹羽　話しましょう。あなたには私と、信代さんとの関係を御承知になりましたね。
山岸　手紙を書かない前からよく知っていた。それがどうかしたのですか。
丹羽　（苦しそうに）私は親しい心でお話したいのですから、どうぞ穏かな気持でお聞き下さい。今晩わざ〳〵お出でを願ったのは、私の立場をはっきりとし、同時に信代さんの事について、お願いがあってです。ここに原さんがいらっしゃいますが、僕が御立会を願ったのです。お差支《さしつか》えありませんか。
山岸　なあに、そんな事はどうだっていゝですよ。
丹羽　有難う。（振り向いて）信代さん、お気の毒ですが、お上り下さい。
信代　（小声で、涙ぐまんばかり）結構でございますわ。
丹羽　（じっと信代の態度を見ていたが、むら〳〵と感情が昂《たか》ぶって）ではね、せめて縁側へでも腰かけて下さい。その儘ではお話が出来ません。
信代　はい。（よろめくように縁側に近附く）
（丹羽、信代に布団をすすめる。両人の視線はフト出逢う。両人とも顔をそむける）
山岸　（面倒臭そうに）丹羽さん。てきぱき用事のかたをつけようじゃありませんか。
丹羽　はい話しましょう。僕はね、あなた方おふたりの幸福を祈っていますと、ただそれだけ云えばよいんです。それから僕はもう、信代さんの何でも無いと云う事をはっきり云って置きます。お友達でも何でも無い。信代さん、それがあなた方のお為めです。

山岸 （わきを向き鋭く呟く）ヘン、お芝居をやっていやがる。

丹羽 （山岸の呟きなどは耳に入らず、熱して、信代に）いつかあなたと話しましたね、恋の純潔と云う事に就いて。僕は今でもその事を信じています。だから、あなたに対しても、あなたが山岸君ばかりを思っていねばならない事を云わねばなりません。僕の事は忘れて下さい。僕は、僕はあなたに忘れられなくっちゃならないのだ。信代さん。

信代 はい。（センチメンタルな感情が眼に手巾《ハンカチ》をあてさせる）

丹羽 山岸君。君も……………こんな事を云っては失礼だが、君もどうか心の底から、永久に信代さんを愛して下さい。それから、これは何だが、信代さんのお母さんに御心配をかけるような事は、なるだけ否是非無いように、僕からお願いします。い、や、その事は信代さんが、僕に云ったのでは、決して決してない。僕はわきから聞いたのです。

山岸 もっとはっきり云ったらどうだね。僕が信代さんの母親から、金を取ったのを批難しているのだろう。

丹羽 いや批難というわけじゃないが。

山岸 正直にいって貰おうよ。いかにも俺は金をとった。だがそれが何故悪い。君が又何の必要があって攻撃するのだ。

丹羽 君はそれでは、そんな行為はい丶と思っているんですか。

山岸　い、も悪いも無い。俺はしたい事をしただけだ。
丹羽　（や、強く）君はその為めに、信代さんがどんなに苦しまねばならないかという事を考えては呉れないのかね。それが信代さんを愛する人の言葉か。
山岸　そうさね、その女を愛している人間には、そんな事は出来まいね。
信代　（丹羽と共に驚く）ええッ。
山岸　俺は今伝手《ついで》だからはっきり云ってやる。俺はその女を愛しているのじゃない。憎んでいるんだ。ブルジュアの女を憎み呪っているのだ。
信代　（思わず立上って叫ぶ）な、な、何でございますって、何とおっしゃいました。
山岸　（冷笑）へ、、真実の事を云ったのさ、俺はね信代さん、あなたがそうやって、吃驚苦しむ顔を見ているのが好きなんだ。
信代　（座敷へ駆け上って、山岸に縋《すが》る）なぜあなたはそんな事をおっしゃるのです。私がブルジュアの娘なんだからでしょう。そのお気持はよくわかりますわ。だから、私はこの前も申しました。宅を出て労働しますって、ねえ、私働きますわ。
山岸　何を働くのです。厭なこった。よくお聞きなさい。たとえば、あなたが真実の労働生活に入ったとしても、あなたが生れてからこれ迄の、ブルジュアの刻印が、あなたの身体から消え去らないのだ。俺はそれを呪い憎んでいる。この憎みはいつになっても消え去らないのだ。

丹羽　（唸るように）おお恐しい男だ。

山岸　信代さんわかったかね、俺は初めからあんたを愛しちゃいなかったんだ。俺には全体愛って言葉は無いんだ。性慾の衝動を利用して、ブルジュアの娘を欺したんだ。泣くのか、ウ、ハ、、、、、、。何という痛快だ。ウハ、、ハ、、、、。丹羽君失敬するよ。（立去ろうとする）

信代　何と云う事でしょう。何と云う、私真実に出来ないわ。（山岸に追い縋る）ねえ真実の事を云って下さい。真実の事を。

山岸　真実の事を云ったんだ。もっとてきぱき云えば、俺は復讐する男だ。一人の女をやっつけた。これから又、別な女にかゝらねばならないんだ。お放し。（信代を振り離す）

丹羽　（怒る）待てッ何と云う冷酷な男だ。（山岸を睨みつけて）悪魔ッ。人道の敵。

山岸　ハ、、、、、。人道の敵か、同じい口で、ブルジュア道徳の破壊者と云っちゃどうだね。

信代　（丹羽に縋る）私どうしたらいゝでしょう。

丹羽　御心配なさいますな。僕はあなたの為めに、この男と戦いましょう。失敬な男だ。原さん、何と云う残忍な男でしょう。あなたはどう思います。

原　（今迄黙って三人の有様を見ていたが）さあ。（考え深く、少し過ぎて）不幸な止むを得ない事でしょう。

丹羽　止むを得ない事だ。（不平らしく）あなたの人道的な心がそう思うのですか。（激しく息をする）

原　（憐む如く大学生を見て、静かに）丹羽さん、人間はみんな、いくらかずつ違った魂をもっています。私の人道主義は大学生の人道主義とは違うようです。

丹羽　えゝッ、（憤慨して）ああ、何たる無茶苦茶だ。（よろ〳〵よろめいて危く柱に支えられる）

山岸　（哄笑）これは面白い、これは面白い。

原　（霊感にうたれつゝあるが如く）これからはみんなが苦しまねばならないのだ。人間のこしらえた人生に、人間が苦しまねばならないのだ。（泣きじゃくっている信代を見て）この苦闘の海に捲き込まれた日本の女性、曾《か》つて自分自身の無かった女性、何といういじらしい実在であろう。信代さん、私はあなたを慰めてやりたい。けれども、慰めていゝのか悪いのか、それは私にはわからない。

丹羽　（全身情熱に燃えて、しっかりと信代を抱えて）僕はあなたを愛します。僕はあなたの城となって敵を防ぎます。（山岸を睨んで）悪魔めッ。

山岸　（哄笑）俺は悪魔だ。ブルジュアの為めに悪魔だ。ウハヽヽヽヽヽヽ、ウハヽヽヽヽヽヽ。

（日本の女である信代はただ泣いている）

――幕――

先駆（一幕）

登場人物

老人
（史上に現れざる人物。姓も名も伝えあらず、人々は晩年の彼を御師匠様と呼ぶ。）
老人の娘　宮
老人の弟子　桜井忠雄
代官　内藤次太夫
庄屋の伜《せがれ》　唯助
大工　吉五郎
百姓　作兵衛
縮《ちぢみ》商人　忠七

捕手頭　石原軍藤太
捕手大勢
その他

越路は小千谷の里。元禄元年春三月。残んの雪も消え失せて百花一時に咲き競いたり。世を忍ぶ老人が隠宅の庭面にも、緋桃に桃咲連れて、黄なるは山吹、紫は片栗の花。柴垣越しの遠近《おちこち》に、山々は青み渡りぬ。

舞台の上手《かみて》は老人の居室。田舎染みたる部屋の中央に何者を祭りしか、祭壇をしつらえ御簾《みす》をこれに懸く。

天満宮の御祭礼の日とて、里の人々か垢染みぬ着物を着し、郷士百姓職人、女房娘も混りて、主人の留守を預る忠雄が江戸の繁華を物語るを、一心に聞惚れ居る。

御祭礼の太鼓の音、遠くより漂い聞ゆ。

（庄屋の伜唯助、二十三四、懐疑的な顔の若者。縮商人の忠七。三十四五、小才ある気な男。連立ち下手《しもて》の枝折戸を開けて入り来る。人々庄屋の若旦那を愛想よく迎える。唯助は人々に挨拶為し部屋へ上る）

忠七　（続いて部屋へ上らんとせしが）や、や、やあ。（と驚き）皆の衆、これは又どうしたわけじゃ。

吉五郎　（大工、二十七八、人々の中より）どうしたわけじゃ、とは、忠七どん。それは又、どうしたわけじゃ。

忠七　それ今日は、天神様の御祭日、あれあのように、太鼓の音が聞えます。

吉五郎　それがどうした。

忠七　それだに、何故《なぜ》御師匠様は、天神様を、お祭りなさらぬ。

吉五郎　はて、御師匠様の、天神様とは？

忠七　知れた事さ。それそこの天神様。（祭壇を指す）

吉五郎　えッ。（ちょっと面喰えしが）は、、、、（と笑い）何を忠七どん、ねぼけた事を、あれはそれ、弘法様の仏壇じゃわい。

忠七　めっそうな、天神様に違い無い。俺あ御師匠様から確かに聞いた。

吉五郎　い、や、俺も御師匠様から確かに聞いた。弘法様に違い無い。この嘘吐《うそつき》め。

忠七　お主こそ、大嘘吐。

吉五郎　何だと。（立上って腕を振上ぐ）

作兵衛　（百姓、五十前後の老爺《ろうや》）まあ〳〵待たっしゃい。（両人を止め）はて、おかしな事も、あればあるものだ、わしは確かに、御本尊は、日蓮様と、聞いたがのう。

忠七
吉五郎　（同時に）な、な何じゃと。

作兵衛　いつぞや、御師匠様が、あんまり精出して御信心なさる故、御師匠様、全体何様が御本尊でございますか、と、御聞き申したら、作兵衛どんは、何が御信心かと、こう問われたので、へえ〳〵、私はもう昔からの法華宗、一日も早く、日蓮様の御膝元へ、引取って戴きとうございますと答えたら、そうか、それならこの御本尊も日蓮上人、一心籠めて御題目を唱えたなら、必ず思った事が、通りますぞと、こう御師匠様は云わしやった。

吉五郎　（呆《あき》れて忠七と顔見合せ）正直者の作兵衛、老爺《おやじ》どんの云われる事だから、まさか嘘ではあるまいが、（僅かの間）確かに俺あ弘法様が、御本尊だと聞いたに違い無い。

忠七　俺のこの耳は又、確かに天神様と。

作兵衛　はてな、おかしな事じゃのう。

忠七　（気を替えて）こんな事を云っているよりも、聞いたが一番近道、これはあ桜井さん、何様を祭ったので、ございます。

桜井忠雄　（二十四五、筋骨逞しい若者である）されば、この祭壇は忠七どんの云われる通り、天満宮を祭ったのじゃ。

忠七　（頷き）そうら、そう無くてはならない筈《はず》だい。

吉五郎　では弘法様を、祭ったとは………。

忠雄　お、さ、弘法様と思えば弘法様じゃ。

吉五郎　へえ。
作兵衛　日蓮様が、御本尊じゃ、ござらぬだかな。
忠雄　日蓮上人も祭ってある。老爺どんの為めには、日蓮上人。
作兵衛　へえ。（不思議そうな顔をして、忠七吉五郎と顔見合せ）一ツの祭壇で、日蓮様を、祭ったり。
吉五郎　弘法様を祭ったり。
忠七　天神様を、祭ったり。
吉五郎　おかしな事も、あればあるものだなあ。
忠雄　（微笑みながら）その不審は尤《もっと》もながら、悟って見れば、何でも無い事じゃ。
作兵衛　はて、その悟りとは？
忠雄　さればさ皆の衆、その悟りとは……
唯助　（先刻より、いら〳〵じれて人々の話を聞きいたりしが、堪え兼ねたる如く忠雄の前ににじり寄り）だ、だ黙れ。
忠雄　（驚きて）な、な何と。
唯助　その悟りがましい舌の根で、今迄欺されおったが口惜しいわい。皆の衆、ここの一家は謀反人でござるぞ。
人々　（驚愕）え、ッ。

忠雄　（赫《か》ッとして）これは又思いも寄らぬ御言葉。今一度云うて見よ。（刀の柄に手をかける）
唯助　何とする気じゃ。（僅かの間）衆人の為めの学問じゃ、誠の人間の踏む道じゃと、羊頭を掲げて、我がこの尊い心を売られたが心外じゃ。人の魂を盗む大かたりめが。
忠雄　こは又意外なお言葉。それには何等の。
唯助　証拠は眼の前。怪しげなる祭壇をしつらえ、愚民を惑す不届者。
忠雄　何を。
唯助　そこなる祭壇、真実日蓮を祭りあろうや。
忠雄　さあ。
唯助　但しは弘法大師か。
忠雄　さあ。
唯助　天満宮か。
忠雄　さあ。
唯助　さあ、さあ、さあ。論より証拠。（立上りてつか〳〵祭壇に向って駆寄る）
忠雄　（祭壇の前へ立塞りて）こは慮外なり唯助殿、師匠の留守に何となさる。
唯助　え丶、退《の》け。（両人激しく争う。唯助は忠雄を抑えながら）さあ〳〵忠七、早や早や祭壇を。

忠七　おっと合点。（進み寄りて、御簾に手をかけんとせしが、立竦《たちすく》む）

唯助（その有様に齒嚙をなし、矢庭に忠雄を突飛ばし、祭壇に駆寄って、後追かけた忠雄に忠七を叩きつけ、むんずと御簾に手をかける。同時に忠雄の手が唯助の袂を摑みて引寄す。御簾は除《と》れて両人は尻餅をつく）

人々　や、や、やあ、（祭壇を覗きて驚く。祭壇には何者をも祭りて無し、たゞ、三宝に乗せて巻物五六巻重ねてあるがあるのみ）

〇〇　これはどうじゃ、何にも無い。

△△　さてはかたりか。

□□　謀反人か。

唯助（手早く一巻を取上げ、繙《ひもと》き読み初める）何ッ、人間の為め。

人々　人間の為め、とは。

忠雄（不意を覗《うかが》い、唯助の手より一巻を奪《うば》い取《と》り、唯助を突飛し、人々を睨む。顔面緊張して、その有様別人の如し）祭壇に、何者をも祭らざるはこれ、何者をも祭る証拠じゃ。それ、神仏は祭壇にあるにあらず、自らの心にあり。

唯助　何と。（魂を微かにうたれたるが如き表情）

忠雄　されば、日蓮心にあらば、祭壇に向って日蓮を祈り、弘法心にあらば、弘法を祈り、天満宮心にあらば、天満宮を祈る。何の不思議が、あろうや。

忠七　（しゃしゃり出て）嘘じゃ、嘘じゃ皆の衆、その口車には、うかうか乗るまいぞ。
作兵衛　勿体無い。日蓮様を馬鹿にしくさって。
吉五郎　弘法様が、穢れた人の、心にあるなぞと。
〇〇　口から出放題の大嘘吐。
忠七　うぬ等はな、花のお江戸を構えられ、この片田舎にひん迷い、正直者の俺等を、だまくらそうと思って来たに違いあるまい。（唯助に向って）若旦那、これから直ぐと代官所へ。
唯助　お、そうじゃ。それにつけても証拠はあの巻物、皆の衆、あれを。
人々　合点じゃ。（忠雄を取囲んで巻物を奪い取ろうとする）
（老人、娘の宮を連れ、天満宮の参詣より帰り来って、垣根の外より内裡《なか》の争を聞きいたりしが、つか〳〵と内裡へ入り）待て、待たっしゃい皆の衆。
（人々老人の帰りしを知り争いを止す）
老人　（叱るが如く）忠雄。どうした事じゃ。
忠雄　はッ（平伏して）御留守中、不届の段、恐入ります。
老人　（祭壇に屹度《きっと》眼をつけ）お、この狼藉は。
忠雄　はッ、神体、見届けんとて、この有様。
老人　（微笑む）神体が空《くう》、じゃによって、驚きさっしゃったか、これはこれは皆の衆。

（人々に謝罪為す）老人のあやまち、ゆるして下さっしゃい。

作兵衛　あやまちだと、云わっしゃるからは。

吉五郎　やっぱり、俺等をだましたのか。

老人　（屹《きっ》となる）いゝや欺しはせぬ。

吉五郎　欺しはせぬに、何故そのように、手を突いて。

作兵衛　俺等の前に、あやまらしゃるだ。

老人　いや欺したと思えば、欺した。とも云われよう。

作兵衛　えゝッ。

老人　欺すも、欺されねも、その人の心々じゃ。たとえば、花の散る如し。（庭面を指しながら）それ、あの如くに花は散る。花の散るはその花の、定められたる、運命じゃ、が、見る人の心々。喜びを抱きて眺めなば、心嬉しく、又、無常を感じつゝ見なば、悲しく写るであろうがよ。（気を替えて）はゝゝゝ、（頭を下げ）この通りじゃ、ゆるさっしゃい。

作兵衛　（わけも無く気の毒がり）おゝ、おゝ、おお師匠様、それ程迄には及びませぬだ。のう吉五郎どん。お師匠様は、えらあいお物識故、俺等の知らぬ、深かあいお考えが、のう、あろうも知れぬ。

吉五郎　そうだそうだ。それを俺等が、馬鹿な心で推計って、怒ったと云うは、此奴《こいっ》は飛んだ物笑だ。のう皆の衆。

忠七　（叱るが如く）措《お》かっしゃい吉五郎どん、又しても、この老爺の口車にばかされて、そら皆の衆、此奴等は、謀反人じゃぞい。

（人々はッとする）

忠雄　己れッ。（立上ろうとせしが、老人が目顔で知らせし故、おずむず座る）

忠七　（唯助に向って）若旦那、ぐず〳〵せず、早く行きゃしょう代官所へ、皆の衆もか、り合って、ぐず〳〵していたならば、一味徒党と見なされて、自分は愚か、一家、一族搦めとられて獄門じゃぞい。

人々　（驚愕）ひえッ。

忠七　（唯助の肩を叩き）これさ若旦那。

唯助　（苦悶為していたりしが、肩叩かれてはっと気がつき）忠七、わしは無念じゃ。

忠七　じゃによって、この老爺搦取って。

唯助　搦めとったとて、わしの心は直らぬ。都離れたこの山里。語るに友無く、教わるに師無く。心淋しく暮しおりしに、たま〳〵、世にも稀なる、良師良友を求め居たり、と思いしは夢。それが世を欺く、大かたり。人の心を盗取る上の謀反人とは、ちょッ（拳を握り無念な有様）

忠七　それも、これも、この老爺の為め、己れ見ろ。（ずか〳〵と、腕振上げながら老人に

近寄る)

作兵衛　めっそうな忠七どん。おし、し師匠様は、真影流の達人だよ。

忠七　何の、それは嘘じゃ。

作兵衛　それも嘘じゃと?

忠七　その化の皮、今ひんむいて呉れるだ。(老人を打たんとせしが、心臆して打兼ねる)

唯助　ちょッ。(無念のあまり、狂人の如くに矢庭に忠七突除け、老人を足蹴にして、その背をば二ツ三ツ叩きつけ、ものをも云わずに駆走る)

(老人静かに立上る。忠七初め人々、その有様を見て気味悪るがる、唯助の後を追って走り去る。忠雄はその様子を眼も放たず睨みいたりしが、我を忘れて追取刀《おっとり》で追って行く。舞台に残りしは、老人と娘の宮のみ)

宮　(十八九歳、美人)忠雄様が、あれ〳〵。

老人　(静かに)捨て措け、やがて帰り来るであろうよ。

宮　(忠雄の行衛を見送りながら)憎くや、謀反人なぞと、あられも無い事、その上ならず父上を、辱しめし無礼者。(気を替えて)いやいや、あの人達の罪ではない。謀反人と云触せし元はあの、代官の、内藤次太夫。己れ見よッ。

(老人、平然として、ちらばりし巻物を集め居る)

宮　(老人を見て)父上、その巻物には、何事が、認《したた》めてござります。

老人　これか、わしの命が、書いてある。

宮　父上のお命が、見とうございます。

老人　わしの命は、和女《そなた》が見ても甲斐無いものじゃ。和女の命は。（僅かの間、心あり気に）それ、都恋しゅうは、思わぬか、のう。

宮　（笑ましげに）はい。

老人　（笑う）顔に書いてある。美しい都、華やかな都、今頃は花見の群れで、賑かであろう。それ〳〵、いつぞやの源平試合。

宮　（恍惚として）ほんに、姫君様の御伴して、桜咲く、花の野に、お丶それは〳〵緋の鉢巻に緋の襷、白き花吹雪、身に浴びて！

老人　そうじゃ、和女の武者振は、勇しき者じゃった。が、（何事をか思い出したる如く）わしはその時、幔幕の蔭にて、殿の命とは云いながら、あたら男盛りの町人を。

宮　お手打に、遊ばしとは露知らず、姫君様の御前に呼出され、御褒美の品のかず〳〵賜わりし上、日本一の女武者じゃと、お賞めの御言葉。思うても、嬉しゅうござんす。

老人　さりながら、その楽しみの蔭には、泣く人もある。主君の命とあらば、同じく、生をこの世に受けし、人の命も縮めねば相ならぬ。浅間しきは武士。とさ、その時の町人の命は、手段を用いて、助け得させしが、我が心の鏡、拭えば拭う程曇り深く、自らの家門を興し、名を残さんその為めには、多くの敵も殺し、味方も殺させ、民百姓に、辛苦をかけ、漸く握り得し大名小名。己が野心のその蔭には、幾万の人々、無念の涙に咽《むせ》ぶも知らず、我物顔に子孫に残せし、不義、不正の武士の家禄。とさ、思いここに至って武士を捨てしが、それも早や、三とせの昔となりしか。

宮　父上。忠雄様が、帰られましてござります。（忠雄帰り来る）

老人　忠雄か、して、如何《いかが》であったの。

忠雄　はい、後追掛けましたれど、無益の殺生、為すにあらずと思い、立帰りましてござります。

老人　それがよい、それがよい、刃を衂《ちぬ》る時の目的《めあて》は、もそっと大きな大盗人じゃ。（豪壮に笑う。その笑フト消え失す）したが、わしはその大盗人を討つも快しとせぬ。彼も又人、栄華に誇る、心根が痛ましいわ、黄金の盃を、口元に運ぶ、その刹那にも、きらびらかなる美女《たおやめ》を、引寄するその刹那にも、彼等の命は縮まり行く。（痛《いた》ま し気に笑う）

忠雄　御師匠様。それは何人の事で、ござります。

老人　わしは、時の流れ、を云って居るのじゃ。

忠雄　時の流れとは？

老人　そなたの、知ってはならぬ事じゃ。

忠雄　某《それがし》の知ってならざる事とは？

老人　強いて知りたくば、己が心より考え出せ。自らの、心ならざる心に惑う時、そこに痛ましき悶があろう。それ、総て若き頃には、他人の言葉に惑い勝ちのもの、自らの心と、違いし心と、絶えず胸に争うであろうがのう。

忠雄　それは、迷いの事でござりまするか。

老人　迷いは盲目じゃ。それ。（微笑ながら庭面の桃の花を指し）五風十雨、時来たれば花を開き時来たれば、又実を結ぶ。実を結ばざるに先立ちて、花を散すがこれ迷いぞ。（僅かの間、気を替えて）時にの、この土地もおさらばじゃ。代官所より討手の来ぬ間に、旅立の用意致そうぞ。

忠雄　そりゃ、あの旅立を。

老人　尋ね来し人のあらぬ今、立退くに心残りは、さら〳〵あるまじ。

宮　して、何方《どちら》へお越しになられまする。

老人　はて知れた事。和女達の憧る丶都路へ。

忠雄　（宮と顔見合せ）某どもの憧る、都路へとは。

老人　（笑う）両人の話、しかと聞いたわ。

忠雄　え丶ッ。

宮

老人　あの悪代官の内藤次太夫、打殺して都路へ、とさ。窃かに話すを、しかと聞いた。

宮　そりゃあ、そのような事件《ことがら》迄。

老人　老人は耳が早うての、はゝゝゝ。おゝ最早《もはや》夕暮。花の姿も暗うなった。旅立の用意、用意。

（三人退場。舞台空虚。夕暮の寺の鐘鳴渡る。やがて白かりし月、次第と光を増す。太鼓の音、いよ〳〵鮮かに冴え聞ゆ。その音に連れて代官内藤次太夫。がっしりせし身体を忍びやかに垣根に寄せて、庭面より隠《かげ》を透し伺う。それと見るより家の隠より、忍びやかに立出しは旅装束の娘宮。両人は四辺《あたり》を見廻し見廻し近寄って）

宮　次太夫様。

次太夫　宮どのか。

宮　お待ち申していたわいな（次太夫の手をとり、庭先へ導き入れる）

次太夫　（足もしどろもどろにうつゝをぬかし）待っていた、と云やるからは、身共の希望、合点か。

宮　あい。（片袖で顔を覆う）

次太夫　それは重畳《ちょうじょう》。（宮を抱かんとす。と、宮は急に次太夫を突放す）

次太夫　やあ、これは何とする。

宮　妾《わたし》にも一ッの希望《ねがい》、それ聞かれねば叶いませぬ。

次太夫　はて、その又希望とは？

宮　聞届けて、下さりますか。

次太夫 聞くとも聞くとも、ここ等あたりは身共が主《あるじ》。どのような事も、叶い得さすわい。

宮 しかと誓いましたぞい。希望と云うは外でも無い、お前様の首が欲い。

次太夫 え、ッ。

(宮、隠し持ちし懐剣を抜放ち、風の如くに、ぐさッと次太夫の横腹へ)

次太夫 (後へ飛退《とびしさ》りて)己れッ。

(両人戦う。次太夫最初の痛手に働き得ず遂に宮に刺さる)

老人 (忠雄と共に旅装束にて、提灯提げて急ぎ出でしが、この体《てい》を見て)宮ッ。

宮 (平伏して)はい。

老人 何者じゃ。

宮 父上に、謀反人の、汚名を付けし張本人、悪代官の内藤次太夫、討ちましてございます。

老人 (暫時無言の後)悪人なればとて人間じゃ、謀反人と云われつ、、一言の弁解もせず、土地を立退く父の心、和女は考え能わざりしか。

宮 い、え、父上の汚名を受けしが、口惜しくてのみ、討取ったのではございませぬ。

忠雄 この頃よりして不義の云いがかり、傍に聞く、某《それがし》さえ、無念でございました。

宮 いや〳〵、その様な事よりではございませぬ。この悪人一人の為め、里の人々の嘆き、苦しみはいかばかり。

老人　ふむ、諸人を助けん為め、悪人を斬った、と、こう申すのじゃな。

宮　はい。

老人　（沈黙の後）ここにも又、心を啄《ついば》まれし人が居る。我が思想、生ける人に伝わりなば、心ならざる心にそそのかされ、誠の、己が心より見なば、後悔なすも知らずに、自らをも痛め、他をも傷つけん、とさ、思いし故、窃かに、文を作りて、後より来る人と語ろうのみ、思いは秘して語らざりしが、隠せども、閃くは心の火よ。ここには、我れを謀反人、と、呼ぶ人あり。ここには又、諸人の為めにと、他を殺せし人もある。

（遠くより、騒しき人声聞え来る）

忠雄　（屹度耳を傾け）お、あの人声は、御師匠様、とくとくこの場を。

老人　い、や立退かぬ。たといこの場は立退くとも、代官を殺せし上は、草を分けても探《さぐ》るは必定、宮、和女の覚悟はよいか。

宮　あい。

忠雄　そりゃ、あの宮どのの御命をば。

老人　人を殺《あや》めなば自らも又、死ぬるがこれ、人間の踏むべき道じゃ。

（宮、静かに座して、観念の眼を閉じ手を合す。老人その後に廻りて刀を抜く）

忠雄　御師匠様、それはあまりに酷うございます。もし御師匠様。（宮と顔見合せ、暗然と

す）

老人（静かに）宮、思残す事は無きか。

宮　ございませぬ。

老人（宮の気色を伺い、刀を振上げつゝ）都を一目見とうは無いか。

宮（はッとして）あい。

老人　見たいか。

宮　見とうございます。

老人（颯《さつ》と刀を下す。あわれ、娘の首は飛びしと思いきや、ぴたりと刀を鞘に収め）行け、行け都路へ。

忠雄（極度に喜ぶ）では、あの宮殿のお命は。

老人　宮には罪もあるまじ、我れに。喙まれしのみじゃ、誠に宮の欲し居るは、花咲く、華かな都であろうよ。

（人声、や、近く聞ゆ）

忠雄（聞耳立て）そうならば少しも早く、あれ捕手《とりて》が近附きます。

老人　我は、この儘《まま》ここで（気を替えて）いやさ忠雄、娘の身の上、頼みしぞよ。

忠雄　とは又御師匠様には？

老人　三人、一時には逃れ難し、我れは踏止まりて追手を防がん。両人は疾《と》くとく逃れ

（僅かの間）時節があらば、再び都で。

宮　いや〳〵父上様、父上は御老体、妾が代りて防ぎ申さん。

老人　措け、若きは若き道を歩め、老いたるは老いたる道を選ぶ。（気を替えて、笑う）老いたれども、案山子《かかし》に等しき田舎武士、斬り開きて逃れ去るには、何の苦も無き事じゃわい。

宮　じゃと申して。

老人　不覚じゃ、それもう近く参った。囲まれなば、面倒じゃ。（宮を追う如くにして、忠雄ともども退場）

（捕手大勢、捕手頭石原軍藤太に率いられて駆来り、隠宅間近になって、足音を盗み盗み、垣根の外に窃《そ》ッと近寄る）

老人　（一人にて出来り）誰じゃ、誰じゃ。

（捕手両人、ものを云わず老人に搦みつく。老人両人を投ぐ。続いて捕手等代り代り老人を襲う。大立廻り。老人遂に捕手等を追い散し。悠々然として祭壇の前に座し、祭壇に自ら火を付く。捕手等庭面に満つ。老人火の光にて巻物を読む。捕手等、老人の手練を恐れて近附く者無く声かくるのみ）

老人　（巻物を読み終りてこれを火中す。暫時感慨無量の表情にてその燃ゆるを睨みたりしが、静かに捕手を顧み）さあ参れ、見事、搦め捕って、手柄にせよ。（捕手等近附く者無し。老人庭面を透し見て、唯助を見出し）お、唯助殿、とく〳〵謀反人を。

唯助　（つか〳〵と進出で、老人の前にはたッと平伏する）御師匠様、御許し下さりませ。斯《か》程《ほど》の武勇を持たれながら、某如きにむざむざ、打たれし先刻の有様、思えば、空恐しゅうござります。

老人　（笑う）さても優しき心。（僅かの間）御心配は御無用じゃ、打たれても、売られても、わしは矢張人間をいとしゅう思いますじゃ。

唯助　その聖き御心とも知らず、謀反人なぞと、汚名をつけ……。

老人　や待たっしい。わしは矢張謀反じゃ。

唯助　え、ッ。

老人　とも云わたぬ、事もあるまじ、さりながら、如何なる人も敵とはせぬ謀反人じゃ、して又、三百年のその後には、謀反人を神、とさ、呼ぶ時の来たる、やも知り申さぬ。

唯助　（暫時考えて）某にはその御言葉、わかって来たように思われます。

老人　斯かる言葉はおわかりめされぬがよい、余り早うわかったなれば、我れと、我が身を痛める事もあろう。

唯助　たとい我身を痛めても、真実の事は、知りとうござります。

老人　（唯助の顔を凝《じっ》乎と見守って）それも又、運命よな。

唯助　（思込んで）御師匠様、御焼きなされたは、何物でござります。あの人間の為め、と書かれた巻物は？

老人　三百年後の、人と語ろう文じゃ。

唯助　そりゃ、謀反人が神となる頃の。

老人　人間が、真実の姿を、見出す時。

唯助　その尊き御文を、何故に又御焼きなされた。

老人　（笑う）僅かばかりの思いをば焼くも焼かぬも、来るべき時の来るに、何の係りあろうぞ（豪壮に笑う）時節が来れば、花が咲く。

唯助　花の咲くその時節とは？

老人　（鋭く）人が人として活きる時じゃ。

（祭壇の鴨居焼落ち、四辺《あたり》の明るさ昼の如し。捕手の声々）

――幕――

大衆の力（一幕二場）

登場人物

浪川作次　無職者　四十二歳
伊庭常一　大資本家　五十歳前後
佐久間留蔵　旋盤職工
高井松太郎　鍛冶職工
豊田　登　仕上職工
大川豊三郎　日本鉄造会社重役
その他資本家酌婦酔漢召使等大勢
現代、初夏の夜
東京府下の工業町と、山の手の資本家邸宅

第一場

初夏の夜の七時。舞台は職工町の酒場。正面の壁にビールの広告絵、労働問題演説会の辻ビラ。酒肴の定価表等が張られてある。観客は、辻ビラに書かれた文字によって、この舞台が東京府下亀戸町の附近である事と、酒一合十八銭、刺身御一人前二十銭等の定価表を読んでこの酒場が極く安直な酒場である事を知る。

下手《しもて》は入口、上手《かみて》には窓があって、そこから舞台外の帳場にある人や板前やと、酒肴や金銭の出し入れをする事になっている。お粗末な食堂に椅子。きまりが悪いように明るい電燈。

上手の食卓を囲んで、日本鉄造会社の職工である佐久間留蔵、高井松太郎、豊田登の三人が、四辺《あたり》を憚《はばか》りながら、何事かを頻《しき》りと話し合っている。下手の食卓に浪川作次がたった一人で、どうしたのか、盆に手も触れず、眼を瞑って、頭の後に両手を組んでいる。その他あちらこちらに二三人の客があり。酌婦のお美代とお兼とが、その間に働いている。お兼は十八九歳、お美代は二十六七歳。

酔漢の二人連れが、大声で流行唄をどなっていたが、フイと思い出したように勘定を払いながら唄い、唄いながら、よろ〳〵と歩き出し、両人で腕を組み合わせて、踊るような足どりで表へ出ても、まだ唄っている。唄いながらどこかへ行ってしまう。

お美代（酔漢を送り出した帰りに、作次の傍の椅子に腰掛け、酌をしようとして、作次の顔を見ると、驚いて）おいどうかしているよこの人は。さあ、おほしなさいよ。（作次の顔を見ると、徳利をとり上げたが）まあすっかりさめているわ。さあ、おほしなさいよ。（作次の顔を見ると、驚いて）おいどうかしているよこの人は。

（作次はうるさそうに、両手を頭の後で組んだ儘《まま》、うつむいて、食卓の上へ両肘をつく。その儘動かない）

お美代（作次の有様を不審がって見ていたが）全くどうかしているよ。お前さん、気分でも悪いのかい。（手を作次の肩にあて）え、全く気分が悪い。

（作次突然顔をあげてお美代を睨《にら》む。三角の眼の上に瞼がおっかぶさり、下唇を嚙んでいる上歯が光り、眼と眼との間に、ぐいと縦皺が一本刻まれる。頭髪はめちゃくちゃに乱れている。年齢は四十二歳）

（お美代、何の事やらわからずに思わず立ち上る）

（作次は又元の通りに、両手を頭の後で組み、眼を閉じ、両肘を食卓の上につく）

お美代（大笑する）まあ、どうしたんだよ、お前さん。まるで死神がついているようじゃないの。（作次の背中を叩く。それでも作次がどうともせぬので、や丶心配になって）まあ、お前さんてば全くどうしたんですよう。

作次（顔を僅かあげ、それを両手でしっかりはさみ、身体を動かしながら）淋しくっていけねえ。淋しくっていけねえ。

お美代　淋しいって、どうして又、そんな気持になったの。顔色が悪いわ。

作次　（きっと、お美代を睨むように見て）なあ、人間は何の為めに活《い》きているんだい。

お美代　（笑う）あら、おハコが又初った。（笑い続けたが、フイと奪われたように、笑い止んで、ひきつけられるように、心配らしく作次の顔を見詰める）

佐久間　（先刻から、作次を見ていたが）そうだそうだ。どうも見たような人だと思っていたがやっぱりそうだった。いつだったか、天神橋の傍で逢ったね。そら、お前さんが頻りと、人間は何の為めに活きているのかって聞いていたじゃないか。（作次に話しかけたが、作次が返事をしないので、仲間の人達に話しかく）いつだったか、月夜の晩だったが、天神橋の傍で、逢う人をとっつかまえてよ。人間は何の為めに活きているかって、聞いている人があるじゃないか。こいつは面白いと思っていると、車夫をつかまえて、おい君人間は何の為めに活きているかって聞くと、車夫の野郎わからない奴でね。こちとらのような労働者にゃ、そんなむずかしいことわかりませんやと云いやがる。そこで、あの人がさ、労働者だから、一番よくわかるだろうって云うのさ。此奴《こいつ》は話せると思ったが、車夫の奴は話せない奴で、それがわかる位なら労働者なんてしていないって、どしどし行ってしまいやがった。次が中学生だ。中学生の答えが振っている。

高井　何と返事をしたんだ。

佐久間　天皇陛下の為めに活きていると云うんだ。
高井　成る程、それは中学生の云いそうなこった。
佐久間　すると、あの人の云い分が又面白い。そらあ君、学校で先生が教えたのだろうが、学校は学校として、君自身の考えはどうかって聞くんだ。
高井　成る程。
佐久間　中学生も困ったっけが、とう〳〵僕にはわかりませんってきたもんだ。次が十八位の奇麗な娘さんだ。
高井　ふむ。娘さんは何と答えた。
佐久間　その答えが簡単明瞭だった。
高井　何と云った。
佐久間　何とも云わずに、顔を赤めて逃げ出しちゃった。ハ、、、、、、。
（人達笑う）
高井　そらあ逃げ出すだろうよ。ハ、、、、、。
佐久間　それで、これは面白い人間だと思って、話して見ると、あの人の云うには、月の良い晩には、無精と人間が懐しくなってね。誰でもかまわず、人間は何の為めに活きているかって聞く事が、まあ病気みたいなものだと云うんだ。妙な病気もあるもんだ。ハ、、、、、。（作次に）ねえ、叔父さん。

お美代　（作次、両肘をついたま、黙っている）
（作次に）あちらでも呼んでいらっしゃいますよ。ねえ、何とか御返事なさい。さあ、少し陽気になったらどう（作次の後に廻って、笑いながら肩をゆすぶる）
（すると、突然、それは全く突然である）
（作次は矗乎《すっく》と立ち上って、と思う間もなくお美代をどやしつけ、突き飛ばす、お美代吃驚《びっくり》して、声をあげ、よろめき倒れようとする。満場惣立になって、両人を囲む）
作次　（お美代に）黙っていろ、うるさいや。（椅子に腰を下す）
（お美代かッとして、作次に近寄ろうとするを、佐久間止める）
お美代　（佐久間に）え、大丈夫よ。（作次に近附き、その傍の空椅子に腰を下し、作次に犇《ひし》と抱きつく）お前さん、私をぶって気がすむなら、もっとおぶちなさいよ。（涙ぐんで）今日はいつもと違って、来た時からおかしいんだよ。さあ思う事があったら、男らしく云ったがいゝじゃないの。
（作次黙っている）
お美代　（作次の口と口とが触れんばかりに自分の顔をもって行って）何が気に入らないのさ。ねえ、真実に何が気に入らないのさ。私は何も覚えがないのだがね。さあ云って頂戴。
作次　（舌打をし、身体をゆすぶって）あ、堪らない、淋しくって堪まらない。

お美代　（じっと、喰い入るように男の顔を見守って）何がそんなに淋しいのさ。わけを被仰《おっしゃ》い。わけを。お前さん、私が厭《いや》になったじゃないだろうねえ。

作次　うるさいな。そんな事じゃないんだ。よう、頼むから、むこうへ行って呉れ。

お美代　まあ、ほんとうにどうしたんだろうねえ、この人は。

豊田　（職工三人のなかでの年長者、落ちついた声で、静かにお美代に）おい姐さん。人間はそんな気持になる事もあるんだよ。その人の自由にさしておあげなさい。さあ、こっちの方にも一つお酌を頼まあ。

お美代　（返事もせず、作次のうつむいている顔を更に見たが、立上って、職工連中の食卓へと来る）全くおかしいわ、ねえ皆さん、どうしたってわけでしょう。（お酌をしながら）私、あの人の気持がわからないわ。

豊田　（しんみりと）人間は何の為めに活きているかって事を考えているんだよ。

お美代　でも、あの人は、そんな事を人にきく時は、そらあ上機嫌なんですよ。

豊田　上機嫌の時もあれば、機嫌の悪い時もあろうじゃないか。俺もそいつを考えた事があったが、考える事が苦しくなって、もう考えまいとするが、そいつが、しっかりと、頭のなかへしみこんでいやがってよ。どうしても離れやがらないんだ。（僅かの間を置いて）それでも、この頃ではい、あんばいに、忘れるともなく忘れてしまったがね。（苦笑）食う心配に追われて、そんな事を考えるひまが、なくなったんだな。（苦笑）

お美代　でも、あの人のゝは、これ迄まるで違っていましたよ。道楽に云っているようでしたわ。

佐久間　そうだ。芝居でもしているようだった。面白そうな芝居だった。道楽とはうまい言葉だ。

作次　（痛い所をつゝかれたように）道楽だと、（考えて）そうだ。それに違いない。俺はこれ迄、人間は何の為めに活きているのかと云う事を、道楽に考えて来たのだな。近頃になって、それが真実に考え出したのだ。（頭の毛を摑んで）ちょッ。俺は何の為めに活きているのだ。（突俯して苦悶する）

高井　俺は知っているよ。俺達労働者は、労働運動する為めに活きているんだ。

佐久間　一寸《ちょっと》待てよ。その言葉は聞いた事のあるような言葉だな。

高井　俺もいつかの演説会で聞いたのだ。だがそれに違いない。俺達は資本主義にしっかり身体を縛られて、自分自身の生活が無いんだ。俺達が人間として活きるには、先ず、この俺達を縛っている資本主義の鉄の鎖をたゝっきらなくっちゃいけないんだ。その為めには労働運動しなくっちゃならない。だから、俺達は労働運動する為めに活きているんだ。（昂奮する）だから、今度の事は、どいつが反対しようと、是非やっつけなくてはならない。

佐久間　（声を潜めて）それは先刻から云っている通り、旋盤工場じゃみんな賛成なんだよ。ねえ、豊田さん、仕上工場だけなのだが、あなたさえ承知すれば、直ぐにでも爆発するのだがね。

（豊田、これに対して、小声で何やら云う。佐久間も高井も小声で云い合う。しかし、その話は調和しないらしく、次第と声高となる。お美代はいつの間にか作次の傍へ行っている）

豊田　だから、私も反対しません。しかし今はその時機でないと云っているんです。私は喧嘩を初めたならばどうしても、その喧嘩に勝たなくってはならないと思っている。ところが、今会社の全職工が気を揃えて起《た》ったとしても、私には勝算がないのです。誤解せずに聞いて下さい。私は理由無しに反対しようと云うのじゃない。今起ったならば職工が負けるに定《きま》っている。

高井　そんな事は知っているよ。（荒々しく）金と金とでの喧嘩ならばよ、労働者の負けに極《きま》っているんだから、負ける覚悟でやろうじゃありませんか。その代り資本家の一疋位眠らせるにゃ俺一人の力でもたくさんだ。なあに、いよ〳〵となれば、命を投げ出すだけの話さ。

豊田　みんなその気でいるんですよ、しかし、いざとなると、人間は口程に思い切った事がやれるものでない。これは私の意見ではない。事実が証明している。これ迄にストライキが数知れずあった。愈々《いよいよ》となったらばと口で云った人間も亦《また》、数知れずあった。しかし、口で云った事を実際に行った人間は幾人あった。一人もないではないか。気持と実際とは違うからね。
高井　(怒る) じゃ何だな。俺には出来ないと云うんだな。
豊田　ま、そう怒らずに呉れ給え。そのうちに良い時機が来るからね。
高井　わかったよ。工場を追い出されちゃ飯は食われないからね。ヘン頼まねえ、俺達だけでやら。矢はもう弓を離れているんだ。(佐久間に) なあおい。
佐久間　まあ待て、もう少し話して見よう。ねえ豊田さん、ストライキって奴は、考えてやるようなものでなくて、考えるひまも何もあらしない。勘忍袋の緒の切れてやるんだからね。(卓を叩いて) 会社がこの頃の横暴振りはどうだ。武田の馘首になったのも内山の転勤になったのも、仕事が無いからじゃないのだ。骨ッ節のある奴を片附けてから、こちとらの料理にかゝろうって寸法だ。みんなの身体に火の粉がふりかゝっているんですぜ。仕事は山程あるんだが、世間がひまだから、高給者を追い出して、新規の職工を安く使おうと云うのだ。こんな時に黙っていちゃ労働者の恥だ。世間の奴等に笑われらあ。日本鉄造会社の職工は如何にも骨無しだってな。第一、くびになった武田に対しても義理が悪いや。
豊田　(静かに) それはよく知っています。
高井　知っていても起たないんですか、旋盤でも鍛冶工場でも、怠業が十日も続いているのだ。これでぐず〳〵になっちゃ、犠牲が多く出るばかりですぜ。あなたは外の職工を見殺しにするつもりなのか。

（豊田無言。高井と佐久間とは豊田を緊張した顔で見詰めている）

（ガシリッと何やら壊れる音がした。それは作次が食卓の上でゞある。作次は異様な眼を輝して三人を凝視している。卓の上で皿の壊れたのは、三人の話に気をとられて作次が無意識に手を延したのが強くそれに触れたからであった）

豊田　（静かに）私は君達の云う事はよくわかっています。しかし、今ではもう、何等の計画もなくて、ただ感情の儘《まま》に罷工をする時機ではあるまいと思うんだ。今度の事なぞは、敵は計画的にやって来たとしか私には思われない。それに対して、味方はどれだけの用意があるのか。何にもないではないか。この際無理にやるならば、多くの人に対しての責任上、私達は言葉だけではなしに、真実に命を捨てなくってはならない。ところが残念ながら、私は正直に云うが、それだけの気分に私はまだなっていない。こんな際にあまり気の進まない人達を、無理に罷工に捲き入れようとする事を、私は一種の罪悪のように考えられるのです。私は今は臥薪嘗胆《がしんしょうたん》の時かと思われます。

高井　だがね、俺はとても忍耐が出来ないのだ。大勢の労働者がよ、ホンの四五人の奴等に圧迫されてよ、それで泣寝入しているって法はないや。

豊田　泣寝入じゃ無い。時機を待つのだ。

高井　俺あその時機を待っていられねえ、なあおい佐久間。
佐久間　ふむ。（考えている）
高井　（佐久間に）おいどうしたんだい。
佐久間　（黙っている）
高井　チョッ癪だなあ。
　三人暫時、無言。
作次　（三人の食卓に近附く）失礼だが、お前さん達は、日本鉄造会社の職工だね。（豊田に）お前さんの云う通りだ。この喧嘩はとても勝負にはならねい。労働者の負けに極っている。
高井　（むッとして）何だと。
作次　（高井に）お前さんの云っている通りだ。金づくでの喧嘩なら、労働者は負けるに極っているのだが生命を投げ出してやったら、一人の労働者でも、きっと勝てるにゃ違いない。だが、それだけに強い労働者がまだ出て来ないのだ。怒りなさるなよ。お前さんの面付じゃまだ人は殺せない。
高井　全体、君は誰だい。
作次　俺は泥棒だよ。
高井　え、ッ。

作次　（人々驚く）

（笑う）だが俺は泥棒がいやになったんだ。真実に人間として、活きて見たくなったんだ。お前さん達の話を聞いていて、魂をぶちこんで、やろうと云う仕事がみつかったんだ。（声低に笑う）

舞台廻る

第二場

大資本家伊庭常一の邸内――善美を尽した日本間とその前の庭。――第一場の終りと同時刻。主人の常一が、他の資本家……鉄工業者間の秘密結社、鉄柱会の常任役員――二名と共に何事をか密議していたが、呼鈴を鳴して小間使を呼ぶ。小間使登場。

常一　（五十前後の肥大漢。精力と巧智とで殊に眼と口とが発達した、資本家の典型的人物）お客様をお呼び申せ。日本鉄造会社の大川と被仰《おっしゃ》る方じゃぞ。

小間使　はい。（退場。やがて、大川を案内して来る）

常一　（大川が着席後に）大川さん。皆さんと協議をした結果、御異存無く、あなたの会社を御援助申す事に決定しました。

大川　有難うございります。

常一　具体的に申しますと、この度の労働争議によって、日本鉄造会社の蒙《こうむ》る損害は、鉄柱会が全部お立替え申します。但し無利子ではあるが、三年後から十年間の間に御償還を願います。それから債権者の名儀は私にして戴きます。よろしゅうございますか。
大川　はい。三年後にお支払い仕りますと申しますと。
常一　いやそれは、今後の事情によりまして、あなたの御希望に副うように御相談申しましょう。その点は御信用を願いたいものです。
大川　有難うございます。
常一　それから、申すまでもありませんが、こうしたお約束は絶対に秘密を守って頂きますのみでなく、こうした我々の団体のあると云う事も亦、秘密にして頂きます。
大川　承知仕りました。
常一　それから、出来るならば、あなたにも後でよろしいがこの団体の方として、お活動をお願いしたい。何しろ。近頃労働者のつけあがりかたというものは、非常なものですからな。御同様こうした機関が是非必要です。
大川　いや大変結構なことです。どんな小さな会社にしましても、労働者に負けるとなりますと、それがつまりは、全体の資本家が負けを意味していますからな。こうした経済同盟を作って、お互いに助け合うという事は是非必要です。私も自分の宅へ火がついてから、水の有難さがわかったわけでもありませんが、この後は出来るだけ、足らぬながらも、お力添えをして、どんな小さな会社の小火《ぼや》でも消し止めましょう。

常一 しかし、それはつまり信用問題で、どんな会社と云うわけにもなりますまい。人間意気のものでござんしてね。味方と見たらば、どこ迄も助け合おうが、敵と知ったら、それが労働者であろうが、資本家であろうが、何の用捨もありますまい、毒をもって毒を制すという言葉がありますが、こうした労働問題のやかましい時機を利用して、信用の出来ぬ連中を葬るという事も亦、是非必要な事でござんしてな。（笑う）

大川 成る程、伊庭さん、お手並は兼てから承知しています。

常一 （ベルを押しながら）私の刃は村正でござりますでな。一度間違いますと、誰を切りつけるかもわかりませんでな。（冗談らしく笑う）大川さん、お気をおつけにならんと、ひょっとすると、とんでもない方面へと村正が閃きます。

大川 （冗談らしく）せいぜい忠勤をはげみますから、まずこちらの方へはごめんこうむりましょう。（笑う）

小間使登場。

常一 （小間使に）自動車の用意をするように。（人々に）それではこれから、どこかゆっくりした所で、御懇談仕りましょう。大川さん、お差支えありますまい。

小間使退場。

大川 是非お供仕ります。伊庭さんの村正はその方面でも、大分利れ味がよろしいとの評

判でございますな。（笑う）

常一　（フイと心附いたように）云い落しましたが、どんな事があろうとも、労働者をとことん迄やっつけない限りは、中途で妥協なさらないように。つまり過激な労働者は残らず馘首して、他の者は無条件降伏せしめるようにね。それがつまり、あなたの会社の利益です。何なら、失礼ではありますが、あなたの会社で馘首すべき職工の人名をお知らせしましょうか。

大川　（驚く）そんな事を御承知ですか。

常一　いや、調査部で調べあげてあります。調査部には随分と金をかけてあります。自慢ではないが、あなたの会社の御事情はあなた御自身よりも、よく承知しているかもわかりません。承知していますればこそ、御援助申すと申し出たわけです。

大川　驚きましたなあ。

常一　これは何ですな。（冗談らしく）今度の労働争議には、私の意見をお用いになって策戦した方がよろしいようですな、いや。甚だ失礼な申し分でありますが。

大川　い、え、どういたしまして、是非そうお願い仕りましょうか。

常一　いやいや。これは冗談です。しかし、御安心なさい。労働争議といっても、結局は力と力の争いでその力は結局金力です。十呂盤《そろばん》をはじいて見ますといかに労働者がじたばたしても、とても相撲になったものではありません。（哄笑する）考えて見ると可哀そうな連中です。

小間使　（登場）あの自動車の用意が出来ました。

常一　よし。さあ皆さん乗りましょう。

（人々退場。暫時の後、舞台外、座敷の奥玄関の方面で騒しい人声がする）

（常一の娘とく子と、小間使、老いた料理番等が、無理に常一を連れて登場。常一はぶり

ぶり怒っている）

とく子　（おど〳〵しながら）お父さま、ねえ、お願いよ、私困りますわ。お父さま、ねえ

お父さま。

常一　（呟くように）失礼な奴じゃ、無理に面会を迫るとは、全体どこの職工じゃ。

料理番　何でも日本鉄造会社とかの、職工だそうでございます。

常一　何ッ。それでは大川さんに、逢いに来たのであろう。

料理番　うんにゃ、是非御主人にって云っていました。

常一　（着席して、暫時の後）岡島を呼べ。

料理番　はいはい。（退場。間も無く、玄関番の岡島を連れて来る）

岡島　お呼びでございますか。

常一　あの連中は全体誰に面会を求めているのじゃ。

岡島　はい。是非御主人にと云うのでございます。自動車の用意をしましたので、お留守

だといっても、聞かないのでございます。警察へ電話をかけましょうか。

常一　いや、警察へ電話をかける事は断じていかん。私が所置をする。お客様は如何いたした。

岡島　はい、竹の間へお通してあります。

常一　よし、（考えて）職工達を応接間へあげて、一応その来意を問うて呉れえ。

岡島　はい。

常一　都合によっては、私が面会する。

とく子　お父さま。

常一　なに大丈夫じゃ。（岡島に）よろしい、今いった通りにね。

岡島　はい。（小間使、料理番と共に退場）

とく子　お父さま、私何だか気がかりでござりますわ。

常一　心配せんでもいゝ。お前さんも二十一になって、こんな事ではいけません。よろしい。部屋へ帰って休息なさい。

とく子　はい（立ち去ろうとして、廊下へ出たが、吃驚《びっくり》して悲鳴をあげる）あゝッ、お父さま。

（庭の片隅、植込の傍に作次が黙って影のように突立っていた）

作次　（静かに、小さな声で）お嬢さま、私ですよ。

常一 （とく子の悲鳴に驚いて、廊下へと出たが）浪川じゃないか。
作次 へえ、とんだ失礼を仕りました。
常一 どうして来た。
作次 少しお願いがあって参りましたが、いやに玄関ががた〳〵騒がしいので、ついこちらへ廻りましたが、お嬢さま、お許しなすって下さい。
常一 まあ、上ったがよかろう。
作次 有難うございます。（座敷へと上る）
（とく子、黙って退場）
作次 お嬢さまには全く失礼しました。
常一 なあに、お嫁に行くのだが、年ばかりとっても、まだ子供のような気持をもっているからね、今年の秋、お嫁に行くのだが、それからが案じられてね。
作次 おいくつでしたかね。
常一 もう二十一歳じゃ。
作次 早いもんですな、もうそうなりますかな、お互いに年をとった筈だ。あの時にお嬢さまは五ツ位だったか。それとも七ツになっていましたかな。そら、八茎の鉱山を下山させられて、春のこった。山桜が咲いていましたっけ。白河の宿端れの木賃に一先ず落着いて、さて、これからどうしようと相談した時、夜の夜中のこった。あのお嬢さまが眼をさまして、寝所なれぬからでもあったでしょう。お前さんの顔を、淋しそうに、まじ〳〵と見ていたっけ。そうするとお前さんは、小さな女の子をつかまいて、山の奴等覚えていろ、この子にも俺の怨みを吹きこんで、きっと復活するぞッといいましたっけね。あの言葉が、刻まれたように俺にはどうしても忘れられない。

常一　そうだ。そんな事もあったね。

作次　あの時から十六七年経つんですね、お前さんは偉い。長いようだが、過ぎて見ればたった十六七年その間にお前さんは、おしもおされもしない、立派な資本家になったが、俺は相変らずの浮浪人で、去年久し振りで、お前さんに逢ってからは、時々来ては無心をして、そのお情けでよう〳〵活きている。いわば虫のような男だ。

常一　どうしたね、大層今日は沈んでいるじゃないか。それで、用というは、どんな用かね。

作次　（力強く、しんみりと）だがね、人間の運って奴は、やっぱりその人間の魂にあるものなんだな。そら、あの時には、まだお前さんの運と、俺の運とが同じい所にあったんだ。それを、それをそらあの事をやってから後に、そらあの事をさ。

（常一緊張する。作次の用件の尋常でないのを知り初める）

作次　あの後に、お前さんは盗んだ金が元で出世をするし、俺はその時、人殺しをやった事が、この頃良心がとがめ出して、毎日〳〵苦しく活きている。

常一　おい〳〵、どうかしたのか。
作次　どうもしませんや。おらあ苦しいんだ。お前さんに無心しちゃ酒も飲むが、心の底から、面白く酔った事は、この頃ではたゞの一度もありませんぜ。金が無くなっちゃ淋しいが、金があったからって、ヘン、そいつはまるで、切れのい、出刃でも抱いているような気持でさ。折角い、気持になりかけている時でも、むか〳〵ッと、そうだよ、突然、眼の前に現われる奴は、あの会計係の亡霊だ。（罵るように笑う）おらあよっぽど意気地無しだ。俺の魂にゃ、奴の悲鳴が乗りうつっていやがったんだな。あのそら白歯を、牙のように出して、下唇を噛んだっけ。血がどす黒く、首へ捲きついて、蒼白くかっと見開いて、飛びつくように睨《にら》んだ眼。
常一　おい、用をきこう、先に用をきこうじゃあ無いか。
作次　忘れもしない雨が降っていた。おらあ何の気無しに、お前さんに引張り出されてよ、わけを聞いて一時は吃驚《びっくり》したが、なあに、これ迄死ぬように苦しめられた、その復讐をするんだ。と云った、お前さんの言葉も道理に思われてよ。ちゃんと用意をして、東京から、炭山の、会計係りのあとをつけ、停車場から先廻りしてよ。そら馬炭車の通る、鉄橋の、土手の陰で待ってると、可哀そうに不運な男だ。しまいから三番目の空炭車に、たった一人で乗っていましたっけね。馬士をやり過した。後の炭車から、足音を盗んで乗り込む。油断を見て奴に飛びつく、と野郎。大きな声で怒鳴ったっけが、何しろ、雨は篠つくように降っている。車の音はする。馬士は呑気だ。自分の引いている車の上に人殺しがあったとも知らずにさ、死体を乗せた儘、山の方へと行ってしまいましたっけね。へ、へ、へ、へ、。（声低く凄く笑う）それから、お前さんの運と、おいらの運とが、自分自分の行きたい方へと行ったんだ。だが、考えて見れば全く、この世の中じゃ盗賊しようが、人殺ししようが、そいつを悪い事だと思わねい奴が勝つんだな。一人の男は手を下して、ばさりッとやっつけたのだが、このお天道様の下で、大威張りで栄えていらあ。ヘン、一人の野郎は意気地無しだ。ホンの少し、人殺しの手伝をやったゞけなんだが、それ程悪いと思わなかった以前は知らず、この頃じゃねんがらねんじゅう、良心って奴に責めさいなまれて、苦しみ通しに苦しんでいやがらあ。わけて堪まらないのは夜の夜中。そうだよ、夜の夜中だ。酒の酔いでもさめた時には猶更《なおさら》だ。魔風に、でも、吹きさまされたように、かっと眼を見開くと、あたりはしんッとしてる。ぶる〱ッと身慄えが出る。と、あの亡霊が、次第次第と迫って来た、腹の上へと、乗っかったかと思うと、う、ん、う、んって堪まらない声だ。その時にゃ、不思議な事には、どうしたのか、叫ぼうにも口がまるできかれない。動かそうとしても、手足が縛られてゞもいるようにまるで動かない。俺の身体がみんな眠って、苦しむ為めに、良心だけが一人ぽっち、眼をさましているようだ。もし、伊庭さん。俺あ何故、こんなに苦しまなくっちゃならないのでしょう。

常一　用を先きに聞こうじゃないか。いくら欲しいのだ。

作次　（低いが強い声で）伊庭さん、おらの今日来たのは、金の無心じゃありません。へ、ヘン。おらあ、お前さんから金を貰った所で何にもならないんだ。魂の苦しみって奴は、金の力じゃどうにもならないってことが、すっかりとわかったんだ。おらあ、この魂の苦しみからのがれたいのだ。その為めには、盗賊をしたからって、魂の喜ぶような盗賊をしたい。人殺しをやったからって、魂の野郎、躍りあがって、喜ぶような人殺がしたいのだ。

常一　（作次の心を計り兼ねて）それで、私に対しての要求は何だ。それを聞こう。

作次　（丁寧に）まだそれをいうには幕が早ようござります。俺あ芝居の筋書をこしらえました。不思議なもので、真正直な労働者とつきあっていては、芝居をする気にもなれませんが、お前さんのような千両役者が対手《あいて》じゃ、こっちも矢張狂言を仕組む気持になります。

常一　（怒る）浪川ッ。お前は私を愚弄しっとるね。礼義を忘れたのか。私は昔のよしみを思えばこそ、去年お前が尋ねて来てから、何一ツ不自由をさせないつもりだが。

作次　決して御恩は忘れません。お気に触ったら御免下さい。なあに、お気に触るような文句は、実は俺が云っとるのじゃありません。大衆が云っているのでさあ、労働者だとか、鉱夫だとかの大衆が云っているんでござります。ま、聞いておくんなさい。去年お前さんに逢った時分にゃ、この世の中と云うものは強い者が勝っていた。弱い者がへたばるのだ。それで世の中が進んで行く、人間が良くなるんだと思っていた。お前さんに逢ってからは猶更、お前さんは強ければこそ、こんなに迄出世をしたんだ。そうだ。俺も一番強くなって、お前さんみたいに出世をしなくっちゃならないと考えたんでさ。ところがそれから間も無く、大衆の声で、金持って奴は強くってなるのではない。他人の迷惑を顧みない、人を圧《お》しつけたり、掠奪《りゃくだつ》したりする奴がなるんだ。あいつらは盗賊だっていうんでございますが、何云っていやがるんだい、弱い犬が吠えるんだとせゝら笑っていました。

常一　ふむ。

作次　しかし何となく気がかりですから、よくよく考えて見ると、成る程、大衆は正直だ。強くたって、他人に同情してた分にゃ、一万円は愚か、十円の金持にもなれたものじゃない。盗賊とはうまい事を云った。早い話が、お前さんの出世の初めは、あの会計係をばらして、盗みとった金が基だ。お前さんだから、表向きは立派でも、裏では矢張り、あんな風な盗賊をやっているに違いない。まあ、お気に触ったら御免下さい。俺が云ってるんでなくて、大衆が云ってるんですからなあ。ねえ、そこで俺の人世観って奴が、今日本の国に、潮のように漲り出した、大衆の叫びの為めに、めちゃめちゃに壊されてしまったわけでさ。尤《もっと》もそれ迄は、人生がどうの、どうして活きるのと考えるようなまねをしていたが、真実に考えたわけでも、何でもなく小説本か何かのなかから、人生という奴を考えていたらしかったが、真実は人間は何の為めに活きているのかという事を考えたら、それは人間は、自分自身の幸福の為めに活きているのだ。その為めには強くなくっちゃならない。だが、強くなるという事は、他人を圧迫したり掠奪したりする事でなくて、人類の幸福を妨害する。他人を圧迫したり掠奪したりする、その悪い野郎をやっつける事だと考えたんでさ。思って見れば、これ迄人世観が違っていた為め、人間全体の為めに随分、よくない事をして来た。俺は今、その犯した罪に苦しんでいるでさあ。この苦痛からのがれる途は外にない、人間全体が幸福になる為めの、新らしい土地を築きあげる為めに、悪い沼の埋草になる事でござんす。実は、その御相談に、今晩お伺いしましたようなわけで、へい。

常一　私には、お前の云う事がよくわかり兼ねるが、その相談というのを聞こうでないか。

作次　有難うございます。御遠慮なく申し上げますが。俺は日本鉄造会社の労働争議はどこからどこまで会社が悪いと思っています。その悪い会社の後押しをする、鉄柱会とかいう、変な奴には反対でございます。

常一　私に、日本鉄造会社の援助を止せというのだね。

作次　お前さんは話のわかりがいゝ。その次には、お前さんがこれ迄作りあげた財産という奴は、盗賊してこしらえた。いわゞ贓品だから、それを世の中へ返して貰いたい。

常一　（赫怒《かくど》する）ばかッ。何が贓品だ。

作次　（静かに）御返事を聞きましょうよ、返すわけにはなりませんか。

常一　何の為めに返すのだ。もう用がない。帰れ帰れ。

作次　やれ〳〵。結局しゃべくり損か。

（作次、突然隠し持ったピストルを常一に向ける。常一驚愕）

常一　待て待て、話がある。

作次　（冷めたい笑いを顔に浮べながら、常一の狼狽した有様を見ていたが、無言で、おもちゃのピストルでも取扱っているような、平然とした態度で引金を引く。笑い出す）へ、、、へへ、、、へ。

（常一倒れる。作次更にピストルを常一の心臓にあて、引金をひく）

作次　（常一の死体から眼を放して笑う）俺は勝った。俺が強かった。

（ピストルの音におどろいて、小間使料理番岡島大川等走り来る。作次が手にピストルを持っているので、近付き得ない。罷工の佐久間高井豊田も駆け来る）

作次　（職工達を見て）さあこれで、労働争議が、十呂盤だけではじき出されるものじゃないってことが証明された。（哄笑）

——幕——

職工

渠等《かれら》にフトすばらしい勝れた向上心が萌す事がある。

しかしそれは束の間の感想であって、忽《たちま》ち職人気質《かたぎ》と云う濁った型のなかに捲き込まれてしまうのだ、無論酒にも溺れる、女にも狂う。

燈火の暗い曖昧屋で酒と女に戯れている渠等を見る時は、直ぐと私は工場の渠等を聯想して、全身汗にまみれて真黒になって働く渠等を見る時は、直ぐと私は曖昧屋の渠等を聯想する。

芸術的自覚

日本の労働運動は日本でなくば起らない、又日本に起らねばならぬ日本の労働運動でなくてはならない。

日本の芸術は日本でなくば作れぬ、又日本で創作せねばならぬ日本の芸術でなくばならない。

芸術には国境がないと云う事は恰《あたか》も労働には国境がないと云う言葉と同じくて、その国の歴史その国の国民性を無視して世界的であらねばならぬと云うのじゃない。その国民性を背景として、偽らざる人間の真実の叫びのなかに世界共通の真理があって、それが偉大な哲学偉大な芸術となるのではあるまいか、しかるに日本の思想家は日本の国民性から、自己から世界的真理を見出そうとせずに、世界の思想から自己を、日本の国民性を見出そうとしている。日本に偉大の思想の起らない強い理由の一ツである。

巷に出でよ、実生活に触れろ、そんな弱思想家の強よがりの叫びには俺はもうあき〳〵した。俺は国家の実生活を基本にせよと云う思想の含まれてある巷に出でよと云う叫びには共鳴するけれ共、叫んで許《ばか》りいたって仕方がないじゃないか、人間に必要の事は千百万言費すよりも、たった一ツでもい丶、真実をして呉れる事だ。

イブセンの芸術はイブセンにあって最も権威あるものである。オイケンの哲学はオイケンにあって最も権威あるものである。タゴオルの思想はタゴオル自身が最も尊重するものであろう。俺たちはタゴオルから自己を見出すべきでなかろう、自己からタゴオルを見出すべきであろう、自己からトルストイを、自己からニイチェをメエテルリンクをモッパッサンをオイケンをベルグソンをゴリキーを見出すべきであろう。

日本の思想家が違った国民性をもっている外国の大思想家から、自己を見出そうとあせっている間に日本の偉大な独創家が何人出た、果して何人出た、一人だってありゃしねえじゃないか。

いつぞや俺は芸術座に社会劇「飯」を見に行った。須磨子の女主人公はその技巧の点で実に光っていた。しかし彼女は最も尊いものを持っていなかった、尊いものとは「真実」の事である、従って真実の意味の熱がなかった。観客は観客でこの悲劇を笑い興じて眺めていた。帝劇の金ぴかぴかは金ぴかぴかでこの暗い貧乏を嘲笑っていた。

俺はその皮肉から一ツの真理を見出した。巷に出でよと叫ぶのが間違っていると云う事だ、巷の人よ芸術的自覚をせよと云うべきであると云う事だ。徒らに叫んで、徒らに狭い書斎で広い人生を偽り作っている日本現在の思想家を幾百千年待とうとて、彼等から偉大の芸術を出だす事が出来るものか。俺たちが立派な芸術を作らねばならん、そうだ、巷にある俺たちが立派な芸術を作らねばならん。

どこの国の社会運動にも芸術はすばらしい力で伴い働くものだが、将来我が友愛会にも芸術の団体が出来て例会の余興に深刻な社会劇を演じて会衆に深い感動を与えたり、労働及産業の誌上に美しい花と咲き出で、読者の胸に柔いしかし強い印象を刻ましむる日の来たるのを信ずる。

労働短歌会を起したのもこの意味である。この短い詩形の中に労働者の生命が籠っていて、その熱と力とは必ずある尊い響を起すに違いない。願くは真面目に大胆に強く芸術の道を歩きたいと思う。労働短歌会に賛成の方は小生方に御一報下さい。

社会劇『十六形』を観る

ロシヤの民衆は「俺等の真実の姿を舞台の上で見るんだ」と云う心で芝居を見た。日本の職工労働者は舞台の上で、自分の生活とは縁遠い忠臣蔵を見て泣いたり、華族のお家騒動を見て笑ったりしている。だから日本の職工労働者は芝居は面白いから観に行くものであって、それを見て人生とか生活とかを考えるものでは無いと思っているらしい。

だから、芝居を見に行っても、「俺等は相当の地位境遇に置かれてあるか、適当な賃銀を貰っているのであるか、俺等は全体何の為めに生きているのであるか」と云うような事を考えない。勢い労働問題の自覚を芝居によっては少しも教えられない。職工組合の設立が遅いのは、一ツは日本に今迄職工労働者に考えさせ、教え導く社会劇その他の民衆芸術が無かったに起因していると、私は断言して憚《はばか》らない。しかしながら日本も次第に社会的に眼覚めて来た。芝居ばかりが昔の儘《まま》であろう筈《はず》が無い。東京に大阪に名古屋にその他の都市に、民衆が「俺等の真実の姿を舞台の上で見るんだ」と云うに足る社会劇がぼつ〳〵と現われて来た。秋田雨雀氏の如きは、これからの劇は民衆を対手《あいて》としないものはその存在を失うであろうとさえ云っている。私は今、この頃の社会劇の代表作として、『十六形』を日本の職工労働者諸君に御紹介したい。

　木管会社の職工五十名は夜業の賃銀を会社で払わないので、怒り集って暴動を初めようとする。職工長の本田秀吉はそれを止め「諸君は工場や器械に怨みがあるのではあるまい。賃銀を貰えばそれでい、のだろう、今晩の十時迄私に任して呉れ」と職工等をなだめ、宅へ帰ると、同じ会社の女工をしている妹のお高は早退《はやびけ》した筈だのにまだ帰ってい無い。帰らないは道理である。社長の積川《つみがわ》清が十六になるお高を独《ひと》り自動車に乗せて料理店に連れて行き、御馳走した上、十六形の金時計を呉れて帰したのである。それを知った本田は驚き怒って社長の宅へと駆け着ける。社長の応接間では今しも職工の山田金太郎が、ぐでんぐでんに酔払って賃銀を仕払えと社長に談判している。支配人の山形庄吉が「君は食えねえからと云っているが、そんなに酔払う程の余計な金があれば結構じゃ無いか」と嘲笑《あざわら》うと、山田は泣きそうな声で、「お前達はこの酒瓶の中に何が入っているか知ってるかい、俺らの上衣と嬶の腰巻と前垂《まえかけ》とが入っているんだ」と怒鳴る。そこへ乗込んで来た本田職工長は、山田を慰めて表へ出し、山形支配人にも外へ行って貰《もら》った後、社長に買って貰いたいものがあると、お高が貰った時計を出す。社長は驚いて時計を買い、その金を本田職工長は職工達に夜業の賃銀として渡すのであると聞き、その美しい心に感激して悔悟する。

これが『十六形』の荒筋である。場所は浅草公園の観音劇場新日本劇団によって演ぜられたのである。常盤座で以前演じた時よりも、本田職工長に扮した武田君を初めとして、更に自然に更に忠実に演出した。脚本の上からは職工の賃銀制度を人夫の賃銀制度と同一視したような無理が二三ケ所見えたが、概して適切な又合理的な良脚本であると思う。ただ私の希望したい事は、その最後の幕切に、本田職工長が金を貰って喜ぶ職工等に対して、この得た賃銀を酒色の為めに徒費すべきでは無い、人間の真実の幸福の為めに使うべきであると云う言葉を吐かしめたかった。この脚本の作者はいかなる主観でこの社会劇を作ったかと云う事は、勿論私は知る筈も無く、又その作品に蛇足を加うるが如きは僭越ではあるが、しかしながら、本田職工長の舞台に表われた性格から推してその事のあるは不自然でなく、のみならず本田の抱いているらしい理想を表現するに、適切な行為ではあるまいか。

民衆の為めにも、芸術の為めにも、東の空は白んで来た。暁の鐘をつく寺男よ、作家よ、俳優よ、そしてそれを理解する民衆よ、声を合して「光の朝」を待とうではないか。

生きる光明を与えたり

私は今迄口癖のように子供等にこう言ってきかせていた、お前等《まえら》は俺のような貧乏職工の家に生れたのが取り返しのつかぬ不運だと断念《あきらめ》てくれ、お前達は一生俺のような貧乏で無学な者として暮さねばならぬ、いくらあせったとて天下を取る事も金持になることも出来る気づかいは毛頭ない、若《も》しお前達の内にそのような野心を抱く者があるなら、それは却《かえ》って不幸の元だ、今の世の中は吾々貧乏人には浮かばれない様に出来ているのだ。だから仕方がないお前達はあきらめられなくても無理にあきらめて一生食いはずさないような技倆をみがいて職工として暮してゆけ、ゆめ大望を起すなよ。と。

ところが、迅雷霹靂《じんらいへきれき》の如く露西亜《ロシア》に大革命が起って瞬く間に天下は労働者の手に帰してしまった。私は想像出来なかった事であるから一時面食ってしまった、だが矢張り露西亜では真当《ほんとう》にそんな天下が現われたのだ。私は躍り上った。そして家に駆こんで子供等を抱きしめてこう叫んだ「オイ小僧共、心配するな、お前達でも天下は取れるんだ！　総理大臣にもなれるのだ！」謂わば露西亜の革命は吾々に生きる希望を与えてくれたのだ。

『創作労働問題』自序

『労働問題』の著者は、日本の労働団体友愛会の幹部として、日本の労働運動の陣頭に立っている者であるが、彼は間違って彼の愛している祖国の手で打砕かるゝか、間違って彼の愛している民衆の手で打砕かるゝか、どっちにしても愉快な死様をする男である。けれども彼は日本の労働運動がどの様に展開して行くかを知らぬ。彼はただ日本の労働問題を知っている。彼は生粋の筋肉労働者である。彼は彼が見て味って感じた事をその儘《まま》発表したに過ぎぬ。『労働問題』に現れた労働者は、哀れで悲惨で無智なのが多い。彼が熱望しているような巨人は、その強い意志のカケラさえ現して呉れぬ。彼は幾度か筆を曲げて巨人の出現を書こうとした。しかし真実の前には彼の熱望は煙の如く消滅せねばならなかった。

芸術と社会改造

芸術家と社会改造と云うような事がこの頃文壇の話題となっているらしい。谷崎精二君が江口渙君に答うる文を読んで一寸《ちょっと》面白いと思ったから、この欄で失敬する。谷崎君は文学者が同時に社会改造家であるのは決して悪い事では無い。だがそうでなくったっても少しも差支ない、文学者の任務は所謂《いわゆる》社会改造家のそれとは自ら異るところに存すると云っている。いかにもその通りであると思う。だが芸術家が谷崎君が云う通りに人類本質的な悩みの為めに弁じ訴え又救いを講ずるならば、それが乃《すなわ》ち社会改造の先駆を為すのではあるまいか。

所謂社会改造的作家が資本主義の横暴を鳴らすのはこの人類本質的な悩みの為めである、だが谷崎君は資本主義と人類本質的な悩みとは関係の無いものらしく思っているらしいから谷崎君が資本主義の横暴を鳴らさなくったって少しも差支は無い。

けれども谷崎君が「人間の本質的の悩みに対して洞察と理解の眼を持たない鈍感者たちが自己の芸術の浅薄と無内容とを蔽わんとしてその時々の社会問題を殊更に不自然に取入れて或いは労働小説或は資本家攻撃小説を作る」と云うお言葉にはいさゝか恐縮せざるを得ない。

全体人類本質的の悩みと云う者は現存の社会制度若《も》しくはこれに反抗して起る新思想等と全くの没交渉であるものかしら、人類本質的悩みと云うものは石のように固定して時代場所或は貧富と云うようなものに関係の無いものであるかしら。私は人類本質的の悩みは時代場所或は貧富と云うようなものに大関係があって、或る時には赤く現われ或る時は白く現われ或る時は又黒く現われるものであると思う。

そうだとしたならば現代の人類の本質的の色を画《えが》くに現代そのものに洞察と理解とがなくてはなるまいと思う。現代そのものに理解と洞察とがあれば、資本主義を攻撃するのでは無いが——或る場合には弁護するような立場にもなる——自然とその横暴を鳴らす如く見えるは止むを得ないでは無いか。所謂社会改造的作家は芸術の浅薄と無内容の為めに際物的創作をして邪道に迷っているものでは断じて無い。

俺達の芝居

俺は芝居が大好きだ、俺の田舎は北の寒い国だが、秋の宵宮にお母さんの背中で芝居を見ながら、ホロリホロリと泣いた事を今でもはっきり覚えている。忠臣蔵や花川戸の助六、新派は不如帰《ほととぎす》、金色夜叉《こんじきやしゃ》、そんなものを見てよく笑ったり泣いたりしたものだ。そうしているうちにいつの間にやら恋の青年期が過ぎ、夫になり人の父になり苦痛の人生がこの弱い身体に迫っている。

それでも矢張俺は芝居が好きだ。ところがもう忠臣蔵は面白くない金色夜叉を見たからって涙が出ないばかりか、何だか馬鹿にされていて、自分も又そんな芝居は嘲笑《あざわら》ってやりたい気になった。そんな芝居を見るよりも、ストライキの真剣な気分を顧みたい。ストライキの心理と云うようなものを研究して見ると、正義人道と云うような真面目な戦闘武器としての外に、自分達が芸術を行いつゝあると云うような心理があるようだ。その芸術は芝居より真実であるので、非常に高尚である。

しかしながら常にストライキばかりやっていた分には喰って行かれない。ところでストライキをやっているような緊張した同時に真実である芝居が見たい。これがこの頃の俺の心の要求であるけれども、今日の日本ではそんな芝居を俺達に容易には見せて呉れない。見せて呉れるのは相変らず遊び事の芝居である。俺はそんな芝居を見るよりも、ロシヤの小説でも読んだ方がよっぽど面白い。

それでも俺は矢張芝居が好きだ。真実であり正しくあり俺達労働者の為めに作られた芝居が見たい、誰でもいゝから、そんな芝居を俺達に見せて呉れ。だが、これは矢張俺達自身がこんな芝居を演じなくてはならないのであるかもしれん、俺達の生活を一番よく知っているのは俺達だから、俺達の最も望む芝居の俳優は俺達自身が最も適当であろう。

労働問題の現場で、絶望の中から闘おうとした人

解説　大和田 茂

本書には、平沢計七（号は紫魂）の短篇小説一三篇、戯曲七篇と評論・エッセイ七篇を収めている。後述するように、亀戸事件によってわずか三四歳で非業の死を遂げた平沢の作品数はそれほど多くない。小説五〇篇余、戯曲二〇篇余の中から、紙数を考慮しつつ、すぐれていると思われる作品を選んだ。以下、これらの掲載紙誌と発行年月を記す。

一労働者　『労働及産業』一九一四（大正3）・一二
石炭焚　『労働及産業』一九一六（大正5）・九
死　『労働及産業』一九一七（大正6）・三
国家の為め　『友愛婦人』一九一八（大正7）・四
赤毛の子　『社会改良』一九一八（大正7）・五
魂の価　『労働及産業』一九一八（大正7）・七

国を売る人	『労働及産業』	一九一八（大正7）・八
孝行	『労働及産業』	一九一八（大正7）・九
御主人様	『労働及産業』	一九一八（大正7）・一〇
金貨の音	『労働及産業』	一九一八（大正7）・一二
苦学	『労働及産業』	一九一九（大正8）・五
一家七人	『新組織』	一九二一（大正10）・三
二人の中尉	『新興文学』	一九二三（大正12）・六
社会劇　工場法	『労働及産業』	一九一六（大正5）・六
一人と千三百人	『労働世界』	一九一九（大正8）・五
二老人	『新組織』	一九二二（大正11）・一
社会劇　非逃避者	『労働立国』	一九二三（大正12）・一
悪魔	初出紙誌不詳	
先駆	初出紙誌不詳	
大衆の力	『新興文学』	一九二三（大正12）・七
職工	『文章世界』	一九〇七（明治40）・七
芸術的自覚	『労働及産業』	一九一五（大正4）・八
社会劇『十六形』を観る	『労働及産業』	一九一八（大正7）・六

生きる光明を与えたり　『労働及産業』一九一八（大正7）・一〇
『創作労働問題』自序　『創作労働問題』一九一九（大正8）・六
芸術と社会改造　『東京毎日新聞』一九二〇（大正9）・五・二九
俺達の芝居　『新組織』一九二一（大正10）・一

平沢計七は一九一〇年代から二〇年代に活躍した労働運動家である。同時に、小説や戯曲を書いた小説家、劇作家でもあった。この時代、デモクラシー思想を背景に文壇に登場してきた宮嶋資夫、宮地嘉六など主に労働者出身の作家たちとともに、文学史の中では「労働文学」という潮流に属する作家とみなされる。ただし、彼は少年時から鉄道会社の大工場で鍛冶工という生粋の肉体労働者として働き、労働組合活動に入っていったが、他の作家のように専業作家になることはなく、あくまでも労働問題の現場に立ちながら生涯にわたって創作活動を続けた。

平沢は、一九一二（大正元）年創立され、渋沢栄一も後援しその後全国規模に発展した労働団体友愛会（現在の連合の源流）の初期幹部であった。創立者の鈴木文治はじめほとんどが知識人指導者だった中で、活動の場である亀戸・大島地区（東京府下南葛地区）において目を見張るような組織力と行動力を見せ、その手腕を買われて、加入後二年目にして本部書記、機関誌編集者に抜擢された。そしてその組織的運動の傍ら、当時、依然として前近代的な労資（使）関係の中にあった労働者の姿を描いた小説や演劇を通して、労働者の意識を覚醒しようと多くの作品を組合機関誌などに発表したのである。

平沢は、一九二三（大正一二）年九月、関東大震災の戒厳令下、朝鮮人や民衆を煽動し暴動を起こそうとしたという理由で、亀戸・大島地区において先進的に活動していた若い労働運動家九人とともに取り調べも受けず、即日、陸軍によって虐殺された。妻子を残しての三四歳。大地震が起きてから彼らは昼夜を分かたず、被災民救済のボランティア活動に専心していただけで、まったくの冤罪だった。歴史上に言う亀戸事件である。一ヵ月以上が経過して大きく新聞報道されたが、労働団体や弁護士の追及に対して戒厳令下を理由に、現在に至るまで政府・軍部の責任は不問に付されている。

友愛会は、労働者の修養と地位向上、相互の親睦を目的につくられた団体である。一九一〇（明治四三）年に起きた大逆事件以後、労働運動も社会主義運動も逼塞する状況（冬の時代）にあって、労資協調を基本に、労働者の生活向上のために資本主義の発展、国家の繁栄を目的とする立場を堅持した。同じ年、「冬の時代」を克服すべく文学・思想雑誌『近代思想』を創刊した大杉栄と荒畑寒村は、いつかこの文化運動を社会主義運動に転換しようという姿勢だったが、初期友愛会の幹部や平沢自身には微塵もこのような志向はなかった。

だが、平沢の生前唯一の著書『創作労働問題』の「自序」（友愛会時代）には、著者が「日本の労働運動の陣頭に立っている者であるが、彼（平沢自身─解説者注）は間違って彼の愛している祖国の手で打砕かる、か、間違って彼の愛している民衆の手で打砕かる、か、どっちにしても愉快な死様をする男である」と、まさに四年後の自己の運命を予言しているのである。平沢がなぜこのような死を予想しえたか。それは基本的人権が何ら確立されていない、非民主主義国家である日本の内実を見透かす冷徹なリアリズムと、民衆・労働者への過大な期待とは裏腹な絶望的認識から、きわめて自覚的に労働組合の運動に入っていったことと関係している。彼は社会主義者ではなかったが、むしろいくら労資協調路線や愛国主義に立とうが、労働組合が公認されない日本での労働運動の困難を身をもって知っていたというべきだろう。

平沢家は新潟県小千谷で代々続く鍛冶屋だったが、次男だった計七の父は入婿した養家から二度も離縁されている。一度目の離縁のあと、再婚した父は郷里を出て九歳の計七を連れ日本鉄道大宮工場に就職した。このことが計七のその後を決定づけた。計七少年は職工長屋で「職工」と蔑まれる労働者の生活をつぶさに体験し観察したのである。小品文「職工」は、投書文ながらも平沢の作品が初めて大手文芸雑誌に佳作当選し掲載されたものである。酒や女におぼれ、賭博に明け暮れる「職人気質《かたぎ》と云う濁った型」にはまり、人生の向上心を失っていく多くの労働者たち。平沢の父もその中の一人だったらしいが、一八歳の青年は、実に冷めた眼で彼らを見ている。ザル法と言われた工場法（いまの労働基準法の前身）が施行された一九一六（大正五）年、平沢は友愛会機関誌『労働及産業』特

平沢計七（1921年頃、東京・大島）うしろは岡本利吉

集号に戯曲「社会劇 工場法」を書いて、この法律に無知な民衆と一揆的な暴力行為に走る一部労働者、両者の姿に絶望する老人を描いている。大酒呑みのために工場で不注意により片腕を落とした老人は、職工たちの「魂の入替をする場所」を作ろうとして古本屋になった。しかし、彼らは酒や賭博に夢中になる時間はあっても、本を読む時間をつくらない。老人は、お前たちは指を切る怪我ではわからない、足を切れ、眼玉をつぶせ、「死な、きゃわかるまい」「意気地なし、意気地なし」と叫ぶ。このように絶望の中から闘おうとした人間、それが平沢計七ではなかったか。この老人は、明らかにゴーリキーの戯曲「どん底」のルカー老人を彷彿させるが、平沢は大宮工場の職工見習教場生時代、空き時間ができると率先して「人生いかに生くべきか」などをテーマに討論会をよく開いたという。

一九一四（大正三）年、鉄道院浜松工場から東京に戻ったとき、この国の労働者を「真人間」（「工場法」）にするために労働運動に生涯をささげようと考え、ただちに友愛会に入り、文学や芝居を通じて彼らの心の奥に飛び込んでいく必要を感じたのではないか。マルクス主義やアナルコ・サンジカリズムで社会の底辺にいる労働者を導くことは、日本の現実では画餅にも等しい。評論「芸術的自覚」「社会劇『十六形』を観る」「芸術と社会改造」はそれを主張している。小説「一労働者」で、上京して木賃宿で孤独に包まれている男も、街の灯を見ながら彼に「ここが人生だ、人間は強くなくてはならん」と力づける男も、二人ともに平沢の分身であるが、これから労働運動に入る自己を鼓舞するかのように「強い意志」を強調している。ここに彼がのちに待望する「巨人主義」の萌芽を見たい。

平沢は友愛会幹部として精力的に数々の労働争議に立ち会い、労資の間に立って調停や妥結に努力したが、一方ではすすんで組合の機関誌編集に従事し、何よりも労働者に読んでもらおうと自らもそこに多くの作品を発表した。商業誌への発表はほとんどなく友愛会の『労働及産業』『友愛婦人』、友愛会脱退後には自ら結成した純労働者組合の『新組織』、さらに労働戦線統一を目的とした労働組合同盟会の『労働週報』のそれぞれ編集責任者となり運動家、作家、ジャーナリストという三位一体の超人的な働きをした。

さて、小説発表は、平沢の創作活動の前半に集中している。それは友愛会で実際活動をしながらの執筆であったため、創作時間を必要とする戯曲がなかなか書けず、上演実現の見通しもなかったからであろう。従って小説も短篇、掌篇が多い。その短篇小説を集めた『創作労働問題』の「自序」（前出）には、ここに「現れた労働者は、哀れで悲惨で無智なのが多い。彼が熱望しているような巨人は、その強い意志のカケラさえ現して呉れぬ」という自解がある。つまり、ここには救いがたい労働者や民衆の姿しか描かれていない。平沢はこうした小説を彼らが読む総ルビの組合機関誌に載せるのである。現実の労働者の姿、いわば彼らの惨めな自画像を平沢は彼らに突きつける。それを読んで、彼らに考えてほしかったのだ。そこに描かれた労働者たちの姿には、様々な「労働問題」が横たわり、その諸問題を労働者自身が真剣に考えるよう、労働現場を熟知した平沢は単なるアジテーションではなく、読者の心を揺さぶるように書いたのである。

「石炭焚」は苛酷な長時間労働のすえに機械と化したような主人公の心が「だん〳〵尖って」いく物語だが、一方で工場による大気汚染で最愛の娘が病死するという公害問題も含まれている。炉前の主人公のリアルな労働描写などは、八年後に登場する葉山嘉樹の小説「セメント樽の中の手紙」(一九二六年)における同様の描写をすでに先取りしているともいえる。

「魂の価」でやや教訓的に語られているように、労働者はただ労働を売ればよいのだが、苛酷な労働によって肉体を破損し、魂までも傷つけられていく。つまり安い賃金で、肉体も売り、魂も売ってしまう、いわば深刻な労働疎外の問題を平沢は何度も描いている。実はこの問題を解決し、自らの生き方をたしかなものにするには労働者は組合運動をするしかないのだが、まずは自らのおかれた現状を学び、同時にその日暮らしではなく人間らしく生きんとする意志を強く持つことが大事だと平沢は言いたいのだろう。「苦学」もいわゆるワーカホリックの問題を交錯させつつ、苦学がたたりついには心も肉体も蝕まれていく青年の悲話が淡々と語られている。

「赤毛の子」は、深夜労働によって紡績女工が赤毛になり、それが子に遺伝するという発見の話だ。最後の「私」の慌てようは、深刻な職業病の遍在を暗示している。「死」は、箱根に慰安旅行に来た職工労働者らを乗せた電車の轢死事故をめぐって、日ごろ死と向かい合わせの労働を強いられている都市労働者の農漁村民への無意味な優越感、そしてその心理を利用する管理職をユーモラスに描く。しかし最後は「電車の中の職工等は自分達の生活に就いて平常考えていないように、この時も矢張考えていない。自分等の平常がこの土地の人達のような境遇に置かれてあるなぞとは、無論考えていない」という重い言葉で終わっている。

「国家の為め」はシベリア出兵直前の世相を背景に、夫の出征に備え叔父が貯金を勧めるという内容でいかにも教訓臭が漂うが、後半、出征後の妻子の生活を思い不安に襲われた夫に、「俺はもう国家の為めも厭《いや》になった」「何だって戦争なんかあるんだろうな、人殺をして何が面白いんだい」と言わせている。同様に「国を売る人」でも、「国家の為め」という大義の前に労働者を低賃金のまま働かせる資本家の狡猾さを描いている。労資協調、忠君愛国から出発した友愛会の機関誌に、平沢はこのように国家主義批判を潜ませている。「孝行」でも、大名の親孝行しか説いていない修身教科書は労働者の子弟に役立つのかという批判が織り込まれ、貧乏が孝行を妨げる原因であることを描き出す。

「金貨の音」も大変短いが、心に突き刺さるような作品である。賄賂問題を扱っていて、業者や部下からの「贈物」の中にある「人間のすまじきもの」が主人公の男を悩ませる。平沢は二五歳まで国営工場にいたので、賄賂が日常的に横行しているのを熟知していた。

著作（左上『創作労働問題』上製本、右上同並製本［大正8年　海外植民学校出版部］、左下『一つの先駆』［大正13年　玄文社］、右下『創作 一人と千三百人』［大正15年　昭文堂／『創作労働問題』の改版］）

平沢計七　追悼の碑（平成9年建立、新潟県小千谷市山本山・中道ポケットパーク）

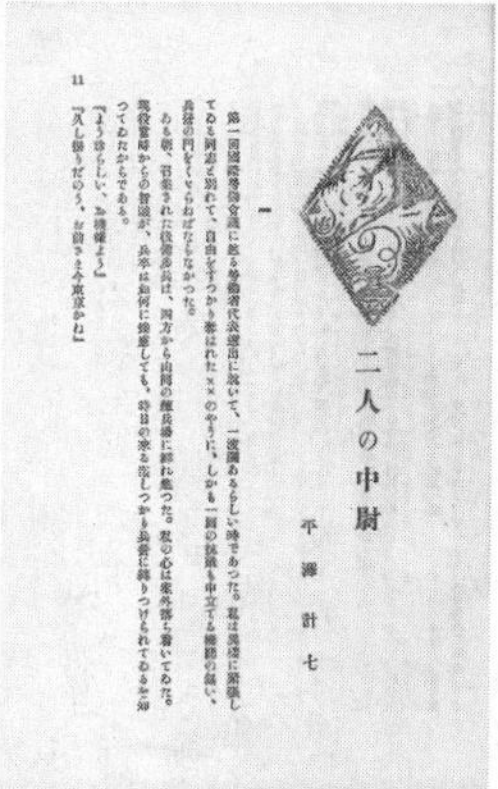

二人の中尉

平澤計七

一

第一回國際勞働會議に於る勞働者代表選出に就いて、一波瀾あるらしい時であつた。私は美唄に駐屯してゐる同志と別れて、自由をすつかり奪はれた××のやうに、しかも一個の抗議も申立てる機縁の無い、兵營の門をくゞらねばならなかつた。

ある朝、召集された後備歩兵は、四方から山間の衛兵場に群れ集つた。私の心は案外落ち着いてゐた。現役當時からの習慣が、兵卒は如何に發意しても、時日の來る迄しつかり兵營に縛りつけられてゐると知つてゐたからである。

『よう珍らしい、お達者よう』

『久し振りだのう、お前さん今東京かね』

11

「二人の中尉」冒頭
（「新興文学」大正12年6月号
新興文学社）

復も社會主義者九名
軍隊の手に刺殺さる
亀戸署管内に於ける怪事件
死體に石油を注いで直ちに燒却す

警官が拔刀で
乘込み來た

悲鳴叫喚の
その夜の亀戸署

田澤代表を
蹴り飛ばした

発生翌月に報じられた亀戸事件（『東京朝日新聞』大正12年10月11日付）

賄賂もそうだが、職場における因習的、非近代的労働慣行は簡単には改まらず、それゆえ労働者を一個の独立した人格とみなして、契約を基とする近代的な労資関係の問題を平沢はくり返し描いた。

「二人の中尉」は、一九二三（大正一二）年六月に発表された最後の小説である。平沢には二三歳のとき「夜行軍」という最初の戯曲があり、軍隊ものはこの二作である。後者は、現役兵士のとき師である小山内薫の世話で雑誌『歌舞伎』に載った厭戦的作品である。「二人の中尉」は、一九一九（大正八）年九月、平沢が後備兵役のために入営した新潟県村松町の歩兵第三〇連隊での経験をもとに反軍色を鮮明にした私小説風の作品である。古兵の「私」に、シベリアでボリシェヴィキと闘う苦悩を打ち明けるH中尉と、後備兵にも威圧的な行為を加えるK中尉の対照的姿を描き、連隊のシベリア出征の前日、「私」を議長にしたK中尉弾劾の「兵卒会議」が開かれるというストーリーである。ロシア革命における兵士ソビエト（兵士評議会）の存在を平沢はむろん知っていての試みであり、「兵営の空気と、民衆思想」が衝突して、皇軍における民主主義の一瞬の実現を描いたこの小説は、商業誌にも載った関係で、軍部の目に留まるところとなったのではないか。それが三ヵ月後の虐殺にも関係していたのではないだろうか。

一九一七（大正六）年のロシア革命の影響、そして「成金」ということばも生まれた第一次世界大戦による好景気が終わり、戦後不況下での馘首、労働条件改悪などから労働争議の頻発により、友愛会は闘う組織として「大日本労働総同盟友愛会」と改称、階級闘争的組織に移り変わっていった。マルクス主義思想の洗礼を受けた青年運動家が指導部に入り、たたき上げの活動家である平沢の手法は古くて妥協的だと批判して、彼は友愛会での足場を失いつつあった。そして一九二〇（大正九）年九月、ついに友愛会を脱退、城東聯合会の同志三二〇名とともに純労働者組合を結成し、拠点を亀戸・大島地区に置いた。

これにより平沢は逆に自由な活動の場を得ることになり、当地にいた改良主義の運動家である岡本利吉とともに、たちまち消費組合や労働金庫の設立、労学一体の文化義塾など、幅広い文化・福祉活動に着手した。そして何よりも念願だった自作の労働劇上演を実現、小説という雑誌をとおしての表現よりも、直接労働者・観客に語りかけられる戯曲創作に力を入れるようになった。小山内薫とともにその労働劇を観劇した演出家の土方与志は「戯曲は、労働階級の生活に則したもの、その生活に於ける問題を取り扱ったもので、舞台と客席の間には潑溂とした交流が行われ、悲しみ、喜び、怒りが波打っていた。私の永く演劇に求めていたもの、劇場に見たいと思っていたものに行き当たった喜びを深く味った」（『なすの夜ばなし』一九四七年）と書いている。小山内は演劇が「霊魂の彫刻の連続」であると言った。役者は「霊魂のある人形」のようにふるまえとも言ったが、平沢は師のこの教えを守っていたのであろう。

戯曲は小説とちがい、惨めな労働者ばかりを描いてはいない。ストライキを舞台とした作品も多く、平沢が待望した「巨人」に近い強い意志をもった労働者も登場する。「工場法」のほかに「一人と千三百人」、遺作となった「大衆の力」がそれにあたる。「一人と千三百人」には、一九一八（大正七）年夏の不況下、神奈川県のある造船会社でのストライキが描かれる。職工千三百人が総同盟罷工に入って六日目、彼らのあいだに焦りや不安が漂うなか、リーダーの職工組長山本は兵糧攻めにあっていても「吾人が若しも節を屈してこの目的を裏切ったならば、吾人は人間としての待遇をされないのみでなく、又実に人間としての心を失った奴隷にならねばならぬ」と演説し、労働者たちの胸奥に訴え団結の重要性を説いている。結局、労働者たちをインスパイアする謎の流れ職工荒海とその友人で野沢社長の息子芳春の仲介で、労働者を圧迫している野沢社長と労働者代表が対面する場面において、山本の熱い主張を聞き、野沢はこれまで知ることのなかった職工たちの意気地や自主自立の精神を感じとり、彼らの要求を受け入れる。労資の主従的関係から近代合理主義的関係への転換を図ろうというドラマである。この野沢社長のモデルは、リベラルな一面があった神戸の川崎造船所社長の松方幸次郎（美術品の松方コレクションで著名）であろうという説がこれまで有力である。同時期、平沢は「女工」（『労働世界』一九一九年七月〜一〇月）という三幕五場の比較的長い戯曲を発表したが、ここでもロシア革命に衝撃を受けた資本家たちが「温情主義」をもって労働者を遇することに異を唱え、近代的労資関係の模索が描かれている。平沢は、労働者にも資本家にも「人間として」変わること、自己変革を訴えたかったのである。

「大衆の力」は、第一場、酒場の場面でストライキ突入をめぐり、労働者たちが即刻突入論と慎重論を闘わせているが、「人間は何の為めに活きているのか」と問うことを常としている無職者の浪川作次がその議論を聞いて、「強い労働者がまだ出て来ない」現状では自重した方がいいと主張する。第二場にあるように資本家側でも強固なネットワークを作り、弾圧を厳しくしているため、労働者側はストをしてもなかなか勝てない状況になっていた。そんな閉塞状況を破るように、作次は大資本家伊庭常一邸に一人乗り込み、かつての強盗仲間だった常一を銃殺してしまう。このドラマチックな結末をどう理解したらいいのか。作次のセリフにもあるように、舞台全体からは資本家はつまり盗賊と同じなのだ、というメッセージとも読める。もはや単なる労資協調主義の平沢ではなかった。「悪魔」のテーマと関連するが、いわば全資本に対決するために、全労働戦線をいかに統一するのか、当時、平沢の頭にはそれ以外はなかった。自らが社会主義者かどうかはどうでもよかった。

エッセイ「生きる光明を与えたり」は、「仙台　原田忠一」名で書かれた文章で、『労働及産業』においてロシア革命の感想を募集した際、意外に投稿が少なく、平沢は企画倒れを懸念して秘密で投稿した。鈴木文治自らが選考し、これを平沢文と知らずに二等当選とした。一九七〇（昭和四五）年、友愛会の同僚だった野坂参三が自伝で明らかにするまで、原田忠一なる人物は謎だった。単純に労働者が天下を取ったことの喜びを表している。ここには初めて社会主義政権が樹立された、などという文言も意識もない。これに対し「二老人」は、おそらく暴力革命としてのロシア革命の実態を知るに及んで発想された戯曲である。革命記念日を心から祝えない対照的な二人の老人。一人は革命が自らも手を下した多数の殺戮の上に築かれている、と苦悩の日々を送る。革命の惨劇が老人の脳裏にフラッシュバックする場面には当時の表現主義の前衛的手法がとられている。もう一人は、ブルジョアや貴族への復讐心に燃えていた革命時の殺戮行為に人生最高の高揚感を味わい、いま何不自由なく暮らせる「共産社会」の平和と退屈を憎悪する老人である。暴力革命によってもたらされた懊悩と不幸を描いたものである。

「非逃避者」は外国人労働者問題を扱い、今日にも通じる作品である。日本人人夫と対立している中国人人夫によって娘が凌辱されても、アメリカで日本人労働者として差別を受けた経験のある人夫頭の茂平は、世界人として問題からけっして逃げない姿勢を見せた。運河が縦横に走り荷揚げ人夫が多かった亀戸・大島地区で、平沢も直面した切実な労働問題を題材にしている。

「悪魔」は平沢後期の思想を表出した作品である。「ブルジュアの娘」への愛をめぐる大学生と労働者との三角関係。労働者の男山岸は、ブルジョアへの復讐心に燃えて娘をもてあそんだだけだという。この若者たち三人の対面場面に立ち会った原という三三歳の労働者は、山岸から「愛だとか人道だとか」を口にして、いたずらに革命運動を混乱させる人物だと激しく批判される。これこそ労働組合や運動の中で平沢が、しばしばこのように誤解され非難されたことを暗示しているのだが、ここにあるように原（平沢）のいう「愛」や「人道主義」とは、大きくは人類的な視野からの相互扶助と、個人的愛憎を超えるレベルでの愛だと言える。だから、ブルジョアの娘を愛しているかのように偽って復讐する山岸の行為は厳しく否定されなければならない。階級闘争を否定するものではなく、広く人類的な位相から闘わなければ労働者のあるべき社会は生まれないということである。これらの考えはほかに対話劇「愛と憎厭」（『新組織』一九二二年一一月）や戯曲「苦闘」（同一九二二年二月）でも展開され、本当の敵は個々の人間ではなく、資本主義に侵された利己的精神とその人間性で、階級的な憎悪はつまりはテロリズムに向かうこと、小我にうごめく憎悪を捨て、「宇宙・人類」に連なる大我に生きる強さを持てということであろう。「先駆」の謀反人とされる老人の哲学もこれと重なり、「非逃避者」の茂平もこの地平に到達した。平沢は日々の労働運動や社会運動の中で、数々の軋轢、暗闘、分裂をいやというほど味わってきた。なぜ、人々は階級的憎悪をもってテロリズムに走るのか、なぜ思想のちがいや意見対立、すなわち小異を捨てて大同団結できないのか。彼にとって、革命は遼遠の彼方であった。社会主義云々という前に、「愛」と「人道」を基調とした労働組合主義者として、着実に一歩一歩を進んでいく必要を彼は痛いほど感じていた。

死の二ヵ月ほど前、平沢は菊池寛を訪ねて、安価な講談本を出したいと話した。それまでも労働者に直接語りかけ、容易に演じられる「社会講談」(自作の戯曲をベースにしている)を、随所で演じてきた。平沢はさらに労働者の意識に下降しようとしていた。彼は指導者意識が強かったが、一方では小説、戯曲、講談などで人々の内面にわかりやすく訴えかけていこうとした。その方法は少数の支持しか得られなかったし、労働運動家としては特異で先駆的な存在だったといえよう。のちにプロレタリア文学陣営で芸術大衆化論争が巻き起こるまで、数年を待たなければならなかったことを考えたい。格差社会が再来した現代日本において、平沢作品はどう響くのであろうか。

年譜

平沢計七

一八八九年（明治二二年）

七月一四日、父田中福平、母セイの長男として新潟県北魚沼郡小千谷町（現・小千谷市）一〇一五番戸に生まれる。姉のカネ（長女）は、八六年二月九日生まれ、同ヨシ（次女）は八八年二月七日生まれ（七ヵ月後死亡）。福平の実家平沢家は、小千谷町内で刀鍛冶の伝統を引き継ぐ「鍛《か》冶《じ》藤《とう》」という鍛冶屋兼金物店で、福平自身も鍛冶職人であった。次男であったため、近隣の田中家に婿養子に入った。

一八九二年（明治二五年）　三歳

二月三日、弟（次男）三平生まれるが、二三日死亡。

一八九三年（明治二六年）　四歳

四月、田中家より離縁された福平は平沢姓に復姓。姉カネは田中家に残り、計七は平沢家に引き取られ、平沢姓になる。

一八九五年（明治二八年）　六歳

四月、町立小千谷尋常小学校に入学。

一八九七年（明治三〇年）　八歳

四月、父福平は、太刀川二太郎長女チラと再婚し、養子入籍。計七はそのまま平沢家に残る。

一八九九年（明治三二年）　一〇歳

三月、小千谷尋常小学校を卒業。父福平は、日本鉄道大宮工場へ鍛冶工として就職。父とともに埼玉県大宮町に移住。四月、大宮小学校高等科に入学（推定）。七月一九日、末吉座において、大宮工場労働倶楽部演劇会が開催、高松豊次郎作「二大発明国家《みくに》之光輝《ひかり》職工錦」が上演され、計七が観劇したと推定される。

一九〇一年（明治三四年）一二歳

一二月、大宮工場の労働者を聴衆として片山潜、幸徳秋水、木下尚江、西川光二郎など、社会主義者らが大宮座で演説会を開催。

一九〇三年（明治三六年）一四歳

一月、姉田中カネ、小千谷で死去（一七歳）。実母田中セイは、大宮へ来て計七、福平と三人で生活を開始。三月、大宮小学校高等科を卒業（推定）。九月、大宮工場職工見習教場の職工見習生（鍛冶専門課程）となる。

一九〇六年（明治三九年）一七歳

三月八日、母セイ死去。五月、父福平は、太刀川家を離縁され、再び平沢姓に戻る。八月、席次二番で職工見習生を修了。九月、大宮工場の本工となる。一一月、三月に公布された鉄道国有法に基づき、鉄道局は日本鉄道株式会社を買収。

一九〇七年（明治四〇年）一八歳

七月、『文章世界』に小品文「職工」が掲載される。筆名は「平澤潮態」。以後、同誌に一九〇九年まで、小品文が四編掲載される。この頃、大宮工場の技師の娘に恋心を抱く。

一九〇八年（明治四一年）一九歳この頃、劇作家小山内薫を訪ねて、戯曲を見てもらう。以後、たびたび下渋谷の小山内宅を訪問する。

一九〇九年（明治四二年）二〇歳

この年、鉄道院新橋工場へ転勤。九月、近衛歩兵第二連隊（習志野）へ入営。

一九一〇年（明治四三年）二一歳

一〇月、福平は市村ツマと再々婚する。

一九一一年（明治四四年）　二二歳

一一月、小山内と久保田万太郎の紹介により戯曲「夜行軍」が『歌舞伎』に掲載される。筆名は「紫魂《しこん》」。

一九一二年（明治四五年・大正元年）　二三歳

三月より、小山内薫指導の土曜劇場（一二月まで計二八回公演、会場はすべて有楽座）を機会あるごとに観劇する。春、一等兵で除隊。八月、鉄道院新橋工場から浜松工場へ転勤。工場に近い静岡県浜松市大字伊場（現在の浜松市東伊場）の県定平方へ下宿。一二月一五日、渡欧する小山内薫を新橋で見送り、小山内と同じ列車の車輛に乗り、浜松駅でも見送る。浜松工場の職工が市内の風紀を乱すという風説がはびこり、それを打ち消すために同月、『駿遠日報』に「浜松市民足下」を投稿、掲載される。

一九一三年（大正二年）　二四歳

二月、浜松の加藤雪腸《せっちょう》、伊東紅緑天、法月紫星らと、短歌結社「曠野会（社）」を結成。四月、浜松工場の購買組合「友愛会」の創立に参加。

一九一四年（大正三年）　二五歳

四月、浜松の雑誌『死の塔』創刊号に戯曲「夢を追ふ女の群」を寄稿。七月、「福島と貫ちゃん」が、『読売新聞』懸賞小説の選外佳作となり、八月一七日の同紙に掲載される。この頃の筆名は「平澤紫魂」。九月、簡閲点呼で、小千谷町及び歩兵第三〇連隊のある新潟県中蒲原郡村松町へ赴く。浜松工場を辞め、東京スプリング製作所へ転職。同時に友愛会に入会する。江東支部に属す。東京府下南葛飾郡大島町荒久通四二六に居住。一二月、小説「一労働者」を友愛会機関誌『労働及産業』に発表。この頃、同誌を編集していた野坂鉄（参三）を知る。

一九一五年（大正四年）　二六歳

一月二四日、友愛会江東支部第一〇回例会で、実例講話をする。また、このとき、計七の尽力で大島分会が独立する。四月六日、計七が中心となり、四〇〇〇人の労働者を集め、友愛会大島分会発会式を挙行。開会の辞を述べ、鈴木文治が講演。この頃、帝国劇場で芸術座公演、中村吉蔵作の「飯」を観劇。五月、浜松の雑誌『第三者』に、戯曲「秋の歌」が載る。六月一日、鈴木文治渡米送別全国労働者大会において、「この腕を見よ」と題して演説する。友愛会内に、労働短歌会をつくる。七月一日、大島分会は会員一〇〇〇名以上に達したので、支部に正式に昇格。幹事に就任。八月、「芸術的自覚」を『労働及産業』に発表。一二月、大島町二丁目六八二に転居。

一九一六年（大正五年）　二七歳

二月二三日、野坂参三らとつくった労働者問題研究会（第二回からは労働問題研究会）第一回会合で、「労働運動における演劇の役割」を力説。以後、同研究会例会に出席する。二七日、浜松において計七作「秋の歌」が、鈴木十六稚ら『第三者』同人によって上演される。六月、戯曲「工場法」を『労働及産業』に発表。七月、友愛会本部書記に抜擢される。主に『労働及産業』『友愛婦人』の編集に従事。出版部長は坂本正雄。二六日、富士瓦斯紡績保土ヶ谷工場を訪れ、取材。以後、各地の工場を取材、ルポルタージュを執筆。九月、小説「石炭焚」を『労働及産業』に発表。同月上旬から一〇月、後備兵役のため、歩兵第三〇連隊（村松町）へ入営。一一月下旬、茨城、福島両県の鉱山・炭鉱を巡る。

一九一七年（大正六年）　二八歳

二月、小説「春の戯れ」を『友愛婦人』に発表。一一日、友愛会大宮支部第二回例会兼講演会で、鈴木文治とともに「旗本と陪臣」と題して講演（会場・大宮座）。四月六日〜八日、友愛会五周年大会に出席（会場・惟一《ゆいいつ》館《かん》、神田青年会館、渋沢栄一邸）。この頃、福島県八茎鉱山の友愛会会員解雇問題に奔走、解決を見る。六月、『労働及産業』の「労働文壇」欄を拡張し、「労働文学」欄を新設。九月三〇日、東京を中心に東日本で大暴風雨。死者、不明者一三〇〇名。一〇月、風水害に遭った友愛会会員及び家族のために、幹部らと本所・深川などで慰安会を催す。一一月二〇日、大学生労働者連合大演説会において、「人間として」と題して演説（会場・惟一館大講堂）。二七日、カルタ会で知り合った松本ヨシと結婚式を挙げる。媒酌人は友愛会教育兼会務部長の油谷治郎七、司式は統一教会副牧師で作家の沖野岩三郎（会場・惟一館）。

一九一八年（大正七年）　二九歳

二月、新潟県人会の招待で、帝国劇場の女優劇「女暫」「苅萱堂」を一等席で観る。三月一二日、吾嬬支部主催の友愛会婦人部講演会で、社会講談を演ずる（会場・本所押上倶楽部）。四月三日、大阪市天王寺公園西門前の公徳社で開催された友愛会六周年大会に出席。五月、小説「赤毛の子」を『社会改良』に発表。同月末、浅草観音劇場で、武田正憲の新日本劇公演の曾我廼家五郎作「十六形」を観る。六月、『社会改良』『友愛婦人』廃刊。浅草観音劇場で、「麓の家」を観る。八月、友愛会関東出張所書記を兼務。以後、その任務として、各支部の会合に精力的に出席し争議など諸問題解決に尽力する。この頃の住所は、東京市京橋区南鞘町三〇番地。小説「暴風雨の前」によると、同月一五日前後、茨城県の重内鉱山友愛会支部発足式に出席、周辺鉱山を廻り、鉱夫たちの惨状を目の当りにした。九月、後備兵簡閲点呼で新潟県村松町へ赴く。一〇月、「原田忠一」の名で、

『労働及産業』にロシア革命の感想「生きる光明を与へたり」を発表。一〇日、友愛会東京鉄工組合創立総会（会場・友愛会本部）で理事に選出される。この頃、英国留学する野坂の後任として、彼の推薦を受け友愛会出版部長に就任。関東出張所書記兼務を解かれる。一二月、小説「金貨の音」を『労働及産業』に発表。二七日、渡仏する鈴木文治の送別集会で、開会の辞を述べ、三〇日、横浜へ鈴木を見送り、「万歳」の音頭をとる。

一九一九年（大正八年）三〇歳

一月、亀戸支部、城東支部、鶴東支部、大島支部を統合して友愛会城東聯合会が発足し、初代会長に選出される。以後、城東地区で労働問題研究会や地域の経営者、警察署長、町会長などを招いての招待会等を開催する。三月一六日、城東聯合会講演会開催、聴衆約一〇〇〇人（会場・第一亀戸尋常高等小学校）。四月一日、東京毎日新聞社主催労働者演説会において「鉱山生活の真相」（または「鉱夫の生活」か）と題して講演する（会場・神田青年会館）。五月、戯曲「一人と千三百人」を『労働世界』に発表する。計七編集の『労働及産業』五月号が、「社会主義とはどんなものか」（無署名）のため、発禁になる。四日〜一一日、大島製鋼所の約一〇〇名の解雇争議・同盟罷工を指導、解決する。二七日、長女和嘉子誕生。麻生久ら知識人運動家が友愛会幹部に入り、六月一日、友愛会出版部長を辞任し、平の本部員に格下げされる。二二日、東京鉄工組合大崎支部と友愛会桑野電気部共催の大演説講演会で、「一人と千三百人」と題して講演する（会場・新大崎館）。一四日、単行本『創作労働問題』を上梓（海外植民学校出版部刊）。七月〜一〇月、戯曲「女工」を『労働世界』に四回連載。七月六日、城東聯合会総会に出席、議長を務める。来会者は約六〇〇名。「過激派に反対する声明の件」を満場一致で採択する。この頃、各工場の賃上げストを指導、妥結に導く。八月三〇日〜九月一日、友愛会第七周年大会開催（会場・本部）。この大会において大日本労働総同盟友愛会と改称、理事合議制へ移行する。計七は理事に選出されなかった。九月二日〜九月末、後備兵役のため歩兵第三〇連隊（村松町）へ入営、この体験はのちに小説「二人の中尉」に描かれる。一〇月五日、桝本卯平国際労働機関（ILO）労働側代表任命反対の二〇〇〇人デモを指揮し、芝公園から演説会場の明治座まで行進する。一二月、東京毎日新聞（編輯監督は茅原《かやはら》華《か》山《ざん》）の記者となり、城東聯合会会長を一時的に辞任。一日、友愛会砂村支部主催の労働問題講演会で、麻生久、棚橋小虎とともに、「？」と題して講演する（会場・砂村庚申倶楽部）。

一九二〇年（大正九年）　三一歳

一月、友愛会本部員を辞任。東京毎日新聞亀戸支局主任となる（一説には二月）。富士瓦斯紡績押上工場、亀戸千代田工業、園池製作所の争議などを支援。二月一一日、普通選挙期成・治安警察法撤廃関東労働者連盟大会（会場・芝公園運動場、一万人が参加）に、友愛会を代表して出席。五月、『東京毎日新聞』「自由評壇」欄に、時事評論を連載。二日、日本最初のメーデーに参加か。一六日、メーデーを機に、友愛会以下九団体が結集し労働組合同盟会が結成されたが、計七はこの同盟会の活動に熱心に参加。六月、広瀬自転車工場馘首争議を指導し、勝利する。八月、久原製作所亀戸工場請負工一〇〇人の争議を指導し、苦戦のうえ最低条件で解決。三一日、第一回友愛会関東大会は、計七が階級意識に欠け、久原争議において会社側と取引したとして、亀戸支部提出の平沢計七弾劾決議を可決。九月初旬、計七に対する査問委員会が開かれる。計七は友愛会脱退を表明、城東聯合会の同志三二〇人も同一行動をとる。一〇月二日、三二〇人の同志と純労働者組合（以下「純労」）を結成、創立大会で顧問に就任。理事長は戸沢仁三郎。純労は一九日より、東京毎日新聞亀戸支局（計七宅）において一〇日間連続で、岡本利吉を講師に労働問題講習会を開き、労働者のための消費組合設立が提案され準備に入る。一一月七日、岡本宅を大島労働会館として開設し、消費組合共働社を設立し店開きをする。計七は宣伝部長に就任。岡本は組合会長で仕入部を担当する。一二月、岡本が主筆の雑誌『新組織』に、論説「労働組合内の二つの傾向」と小説「出発点」を発表するが、後者のために発禁処分となる。四日、警視庁から九等俳優の鑑札を受ける。七日〜九日、大島町の寄席「五の橋館」で労働劇試演会を開く。「失業」を上演。東京毎日新聞の社会部長水谷竹紫《ちくし》がこの試演に一〇円の寄付をする。一二月末、東京毎日新聞記者を辞職。

一九二一年（大正一〇年） 三二歳

一月、『新組織』に、論説「掠奪者は誰ぞ」、エッセイ「俺達の芝居」を発表、以後、同誌に戯曲、小説、エッセイ等を発表していく。この頃、藤井真澄、井田秀明、丹潔、新井紀一、内藤辰雄、吉田金重、伊藤松雄など労働文学作家らと民衆芸術研究会を設立。同会は、計七の労働劇団を支援する。この頃、純労理事会の推挙で純労の主事に就任する。二月二〇日、純労第三回労働問題講演会に、茅原廉太郎（華山）とともに出席、「純労働者組合の本領」と題して講演する（会場・神奈川県川崎町バプテスト教会）。二六日〜二八日、大島町の五の橋館において、労働演劇本公演、自作の「失業」「血の賞与」「傷痕」などを上演。一日目には、鈴木文治、松岡駒吉が、二日目は、中村吉蔵、秋田雨雀《うじゃく》と藤井真澄ら民衆芸術研究会の人々が、三日目は小山内薫、土方与志《ひじかたよし》らが観劇する。三月二六日〜四月二三日、日本鋳鋼会社の解雇反対闘争を指導して、惨敗。一時亀戸署に検束される。この期間、羅漢寺などで開かれた罷業報告演説会の中で、労働劇を上演。この頃、岡本利吉らと有限責任信用組合労働金庫を設立し、大島労働会館を会場に労学一体の文化義塾を開設。五月、『新組織』の編輯兼発行人になり、同誌は純労の準機関誌に。一日、芝浦で開かれた第二回メーデーに参加し、「拳骨団」をつくって、拳骨をマークにした旗を押し立て、群衆の中で即興劇を演じる。八日、麻布周辺のそば屋二階で開かれた民衆芸術研究会に出席。六月、岡本利吉らと大島地区での上記の様々な運動を一括し「分離運動」宣言を発表。この頃、岡本とともに大阪に赴き、大阪共働社設立に努力する。神戸へも赴き、労働劇団の出張公演を賀川豊彦や久留弘三に交渉したとされる。また、藤井真澄と新興劇団旗揚げを準備したといわれる。純労は、友愛会脱退後の労働組合同盟会に加入。七月、大井町浜田屋で茅原華山主催の内観社労働者大会に出席。下中弥三郎、松岡駒吉、中西伊之助など、各労組の幹部が出席した。八月一六日、純労渋谷支部発会式に出席し、社会講談を演じる（会場・麻布四の橋倶楽部）。一〇月頃、妻子を小千谷の実家から呼び寄せ、大島労働会館に移り、常住を始める。一一月、新派公演、賀川豊彦原作「死線を越えて」を明治座で観る。一二月、純労は九支部に達する。

一九二二年（大正一一年）　三三歳

一月、『新組織』に戯曲「二老人」を発表。二月、労働組合同盟会共同機関紙『労働週報』の編集委員になる。この頃、新組織社人事相談部を始める。『労働週報』第四号に、「労働劇団規約（草案）」を発表。三月、『新組織』を第四巻第三号をもって終刊させる。この頃、『東京日日新聞』に小説「火華」を連載していた菊池寛が、月島労働会館に計七を訪ね、労働小説について意見を求める。五月一日、関東労働同盟会及び労働組合同盟会共催の第三回メーデーに参加（会場・芝浦埋立地）。七日、メーデー報告会が、月島労働会館で開かれ出席、下中弥三郎から全国労働戦線の統一へ向けた、総聯合構想が提唱され了承される。六月四日、計七らの尽力により機械労働組合聯合会が結成され、発会式が本所の江東雄弁大学で開催、執行委員に選出される。七月九日、全国労働組合総聯合促進演説会出席及び関西の実情調査のため、水沼辰夫、鶴岡貞之とともに大阪へ赴き、一ヵ月滞在する。一説には、大阪天満労働会館において井田秀明と社会講談を演じ、神戸葺合《ふきあい》の賀川豊彦を訪ねたといわれる。この頃、労働者露西亜飢饉救済委員会のメンバーとなる。八月、大杉栄主幹の『労働運動』第六号に「総聯合の組織に就いて」を発表。山川均らの『前衛』に、「機械労働組合聯合の成立」を発表。二〇日、全国労働者大会においてＩＬＯ代表問題に関する抗議団の一人に選出され、二一日、前日の大会決議に反して、政府任命の代表を辞退しない田沢義鋪《よしはる》を協調会内で殴打する（一説にはそのポーズをしただけ）。このため拘留二九日を受ける。九月、簡閲点呼で小千谷・村松へ赴く。三〇日、大阪・天王寺公会堂で開かれた日本労働組合総聯合創立大会（流会）に参加したが、開催が遅延したため、夜の演説会中止の旨を会場外にいる約一〇〇〇名の群衆に司会者を代表して説明する。一〇月一五日～一一月一二日、大島製鋼所の賃下げ反対闘争を指導し、首謀者と目され亀戸署に一時検束される。一〇月一六日、『労働週報』編集常任を受諾。三一日、新興文学社主催の文芸講演会において社会講談を上演（会場・神田中央仏教会館）。このとき、横須賀海軍工廠職工だった作家加藤由蔵《よしぞう》を知る。一一月、『労働週報』編集に専念するため、小千谷にいた家族を呼び寄せ、東京・芝区新桜田町一九番地の山崎今朝弥宅に住み込む。この月から同紙の発行兼編輯印刷人になる。一一月七日、種蒔き社が企画したロシア革命五周年記念の新興芸術大講演会で、日本初のインターナショナルを合唱したために、青野季吉《すえきち》、小牧近江、山田清三郎らと神楽坂署に検束される。一二月、労働週報社の人事相談部主任となる。『労働週報』編集専念のため、純労主事を辞任。二七日、亜細亜林業の賃金未払い争議のため、新潟へ赴き、三一日、東京で解決する。

一九二三年（大正一二年）三四歳

一月、『労働立国』に戯曲「非逃避者」を発表。一二日、労働週報社において過激社会運動取締法案反対懇談会（週報雑談会）が開かれ、経過報告と司会を務める。三〇日、月島労働会館において、三悪法反対全国労働組合同盟第三回聯合委員会が開かれ、議長に選出される。二月一〇日（一説には一一日）、機械労働組合聯合会は、独自に本所被服廠跡地で失業問題・労働組合法案反対演説会を開き、三〇〇〇人がデモ行進。三月、小田電機工場の争議を指導、二ヵ月かけて勝利する。四月一九日、『労働週報』休刊（実際は終刊）。山崎今朝弥宅から、東京府下大島町三丁目二三番地へ転居する。六月、『新興文学』に小説「二人の中尉」を発表。また、新興文学社に『新興劇団』結成を頼み、企画する。この頃、講談本出版の相談に菊池寛を訪ねる。七月、『新興文学』に戯曲「大衆の力」を発表。八月一六日、知人女性の男女問題解決のため、秋田市へ赴く。二九日、『一人と千三百人』出版のことで、朝日新聞記者になっていた坂本正雄（元友愛会出版部長）

を警視庁に訪ねる。九月一日、午前一一時五八分、関東大震災発生。午後、純労の正岡高一宅が倒壊したため、金品の取り出しを手伝う。その後、隣家の同志である浅野良と亀戸地区の火事が大島地区へ延焼しないよう人々に呼びかけ、消火活動に従事。二日、正岡高一の義妹捜しに浅草・上野一帯を捜索。夜警を提案し実行。三日、正岡宅の荷物取り出しを手伝う。岡本利吉と会い、その後岡本は、共働社の米買い付けのため群馬へ向かう。浅野と夜警にたって、連行されようとする朝鮮人一家を在郷軍人から守る。その後、亀戸署へ連行され、深夜から未明にかけて、習志野騎兵第一三連隊田村春吉騎兵少尉の命令により、川合義虎ら南葛労働会の活動家とともに刺殺される（死亡日については、「九月四日から五日」とする説もある）。遺体は、一時、大島鋳物工場横の土地に、多くの朝鮮人・中国人犠牲者とともに捨て置かれ、のち荒川放水路四ツ木橋付近の堤防で焼かれ埋められたと考えられる。世にいう亀戸事件である。九月下旬、虐殺の報が事実として伝えられてくる。南葛労働会の活動家や山崎今朝弥らが真相究明しようと活動。一〇月一〇日、亀戸事件の新聞発表解禁、号外も出る。翌日の新聞は一斉に軍部による虐殺を報道。一五日、山崎今朝弥・布施辰治らの自由法曹団は事件究明のため、遺族と南葛労働会や各労組と協力し、調書作りを開始する。同時に、遺体を捜索し、警視庁、亀戸署、地方裁判所などを訪れ、真相を詰問する。一一月から一二月にかけて、関西各地の労働者集会において、「官憲暴行糾弾演説会」が開かれ、亀戸事件の真相説明と糾弾が行なわれる。一二月一一日、日本労働総同盟において、亀戸事件対策連合委員会が開かれる。一四日、亀戸事件の議会対策相談会。一五日、山崎今朝弥宅で、主に文学者たちによる計七の追悼会が開かれる。出席者は、鈴木文治、新井紀一、藤井真澄、中西伊之助、松本弘二、小牧近江、白柳秀湖、新居格《にいいたる》、中村吉蔵、加藤勘十《かんじゅう》、山田清三郎、伊藤悳《つとむ》、布施辰治、島中雄三、岡本利吉、そして父福平、妻ヨシら遺族など約四〇名。席上、中西の発案で、遺稿集出版を決定する。北海道・小樽にいた小林多喜二は、一二日の『読売新聞』報道でこの会を知り、弔文を主催者に送る。

一九二四年（大正一三年）

一月二〇日、亀戸事件殉難者を追悼し、「平澤君の靴」（八島京一供述）「三日間の平澤君の行動」（正岡高一供述）が載った『種蒔き雑記』が、種蒔き社の金子洋文や小牧近江らの尽力で刊行される。二月一七日、青山斎場において、亀戸事件犠牲者九名の合同葬が執り行なわれる。三月、遺稿集『一つの先駆』（玄文社）が刊行される。菊池寛の「序」、中西伊之助の「著者小伝」が付される。六月、鈴木文治は、ジュネーブで開かれたＩＬＯ第六回総会において、日本政府の組合圧迫の例として、計七ら亀戸事件の犠牲者たちに触れ、暴露演説を行なう。

（大和田茂編）

著書目録

平沢計七

【単行本】

創作労働問題　大8・6　海外植民学校出版部

一つの先駆　大13・3　玄文社

創作一人と千三百人　大15・4　昭文堂
(『創作労働問題』の改版)

【全集・アンソロジーなど】

新興文学全集　日本篇9　昭5・11　平凡社

日本プロレタリア文学大系1　昭30・1　三一書房

雨の日文庫6　現代日本文学・大正編18　昭46・6　麦書房

日本近代文学大系51　昭46・9　角川書店

亀戸事件の記録　昭47・3　日本国民救援会

日本の左翼文献(ドイツ語)　昭48・9　ミュンヒェン大学日本学ゼミナール

一人と千三百人　平沢計七小説戯曲選集　昭52・8　演劇集団未踏

日本プロレタリア文学集2　昭60・5　新日本出版社

日本プロレタリア文学集35　昭63・5　新日本出版社

思想の海へ「解放と変革」13　平2・1　社会評論社
日本プロレタリア文学評論集1　平2・10　新日本出版社
都市と文学――大正社会文学の創生　平9・10　かたりべ舎
「戦争と平和」戯曲全集1　平10・9　日本図書センター
大正期の文学と都市　平13・5　原田企画
平澤計七作品集　平15・12　論創社
アンソロジー・プロレタリア文学3　平27・5　森話社
書棚から歌を　平27・6　深夜叢書社

【文庫】

平澤計七集　昭30・8　青木書店

本著書目録は、『平澤計七作品集』（論創社）の著作目録をもとに、その後刊行されたものを追補した。【単行本】は初刊行に限り、【全集・アンソロジーなど】【文庫】の編者・解説者等は省いた。

（大和田茂作成）

本書は『一つの先駆』（一九二四年三月、玄文社刊）及び『平澤計七作品集』（二〇〇三年一二月、論創社刊）を底本とし、大和田茂氏により小説一三篇、戯曲七篇、評論・エッセイ七篇を精選し、再編集しました。編者により、出来得る限り初出誌との校合を行い、明らかな誤記、誤植を訂正するとともに、現代の読者にとっての読みやすさを考慮して、一部振りがなや送りがなを補うなどしましたが、原則として底本に従いました。なお、復元できなかった伏字については、「×××」で示しました。また作中の表現で、今日からみれば不適切と思われる言葉がありますが、作品が書かれた時代背景と作品的価値、および著者が故人であることなどを考慮し、原文のままとしました。よろしくご理解のほど、お願いいたします。

一人《ひとり》と千三百人《せんさんびゃくにん》／二人《ふたり》の中尉《ちゅうい》 平沢計七《ひらさわけいしち》先駆《せんく》作品集《さくひんしゅう》

平沢計七《ひらさわけいしち》

二〇二〇年四月一〇日第一刷発行

発行者――渡瀬昌彦
発行所――株式会社 講談社
東京都文京区音羽2・12・21 〒112-8001
電話 編集（03）5395・3513
販売（03）5395・5817
業務（03）5395・3615

デザイン――菊地信義
印刷――豊国印刷株式会社
製本――株式会社国宝社
本文データ制作――講談社デジタル製作

定価はカバーに表示してあります。

講談社
文芸文庫

ISBN978-4-06-518803-3

講談社文芸文庫

加藤典洋
テクストから遠く離れて
解説=高橋源一郎　年譜=著者、編集部

ポストモダン批評を再検証し、大江健三郎、高橋源一郎、村上春樹ら同時代小説の読解を通して来るべき批評の方法論を開示する。急逝した著者の文芸批評の主著。

かP5
978-4-06-519279-5

平沢計七
一人と千三百人／二人の中尉
平沢計七先駆作品集
解説=大和田　茂　年譜=大和田　茂

関東大震災の混乱のなか亀戸事件で惨殺された若き労働運動家は、瑞々しくも鮮烈な先駆的文芸作品を遺していた。知られざる作家、再発見。

ひJ1
978-4-06-518803-3